U0772173

文学百年

名家散文自选集

一个人的纸屋

王子君 / 著

民主与建设出版社

· 北京 ·

真爱是走不完的路（序）

王宗仁

对于王子君和她的作品，我想说的话很多，认识她以后逐渐就有这样的想法。这位作家身上喷射出来的文学智慧和做人的品德，我一直饱有印象。她把做人和做文都视为崇高的追求。这里不说她为了创作反映黄克诚的长篇纪实作品，是如何不厌其烦地采访和修改；也不说她为了得到去鲁迅文学院学习的机会，偷偷坐在最后排旁听的尴尬；不说她退休后又在中国文字著作权协会工作，和同事协力做出的、令作家和社会上尤其是学生们交口称好的卓著成绩；也不说评论家许庆胜在接连对她的作品撰写评论时诸如"对现实美好的艺术还原以及其特有的民族忧患意识，便是这种'冲动'（萨特关于真正的艺术创造语）的表露""笔之所及，尽显出对自然和生命的热爱""都满蕴积极而不凡的美学魅力""王子君的确是个奇迹，让我们感动和佩服并从她身上汲取了不尽的文学力量"等评说，只说说她的四篇散文，见微知著，感受她的散文创作风格。

　　此刻，我面前放着她的散文集《一个人的纸屋》书稿。逐篇读来，深深被她散文的取材，尤其是蕴含的意味吸引。过去都是零零散散地读子君的散文，读了这本集子，我发现她的每篇散文几乎都有或长或短的故事。她总是贴着人物写故事，写场景。许多抓住人心的故事，都有能黏住读者眼球的细节描写。正如她在谈创作体会的文章中说的那样，"细节深嵌于历史发展的整体脉络中，需要创作者细心地拨动、厘清，放出原本的光来"，她善于发掘那些动人的细节，让它们放出异彩。

　　子君的不少作品写的是过往，但是她没有退场。她不让所写的人物随心所欲地改变她，而是尽量贴着自己展现人物和她交融在一起的命运。从她笔端走出来的故事，她能有侧重地做不同的思考、不同的面向，有较为广阔的容纳。我能研读出来，她非常在乎她和写作对象（包括家人）真正的真实联系，滤去沉渣泛枝，留下了真的浓缩的精华。

　　《我与母亲不"相生"》是一篇耐读且引人深思的散文。说它耐读是说作者敢碰自己和母亲在婚恋问题上的分歧，又能恰如其分地解决矛盾。作者泼墨挥洒，大胆却有分寸地写了自己和母亲的不同见解。由于母女俩站在不同的位置，有着不同的人生经历，特别是感情经历，对选择配偶很难有一致的标准。她甚至说是母亲"毁了我的初恋"。唯其这样，就使我们对复杂的两性之爱的理解更深刻，也更开放、更包容。可贵的是在这种母女两种爱情观的交锋中，作者通过细节精当地写出了她和母亲之间的骨肉亲情，感人至深。

难忘这样两个细节：一个是，她一意孤行不听母亲劝阻，调到海南工作后，对母亲因牵挂她写给她的信都不愿看，"将信一揉，扔在床上，'哼'一声。然后呆坐一会儿，又猛地将信抓起，展开，抹平，一遍遍地读，直读得珠泪横流，然后满怀激情地写回信"；另一个细节是，在她和母亲争辩了找什么样的男朋友后，母亲大光其火："'你读多了小说，要死去活来才叫爱吗？'大约觉得这话说得太刺激我，母亲把手伸过来，让我像小时候一样枕着，把我搂住。我心一酸，差点哭了。外面的世界不管是精彩还是无奈，总是没有母亲的怀抱温暖呵！"

两个细节，一个是女儿对母亲撕不断的爱，另一个是母亲对女儿放不下的情，把两颗滚烫的心放到了对方的手心上，能摸得着也能看得见。母女的爱是一生都走不完的路！

在《广安门的春天来了》里，子君的笔之敏锐是把广安门比喻成北京春天的入口，这实在是写京城之春找到了很新很妙的角度。你看广安门南滨河的春天多么花繁叶茂："或高或低的树木，淡紫的、茶青的、粉白的、嫣红的树叶温暖地铺排开去，浅红色的是樱花开了，更艳丽的是迎春花，黄灿灿的耀眼极了，奔放、自由，使整个两岸风景都灵动了起来。最撩拨人的是海棠花……春天，是开花的季节。"

作者的点睛之笔："广安门这一隅春天，也只是京都春天的一个缩影……也是春的入口，春就进城了，北京城的春天也就来了。"

我读过不少作家、诗人写的中南海的春天、天安门的春天、长安街的春天。子君写广安门的春天是北京春天的"入口"，实在是别具一格的丰满想象，也是大胆的投笔。广安门是她工作单位所在地，她偏爱广安门，更说明她对北京春天的热爱之情已经渗入到了古都的角角落落。一滴水中能听到万物生长的声音，就是这个道理。

人生最动人心扉的欢乐，如果缺少了爱情的火焰，便没有足够的魅力。人们在向往和追求爱情的生活中享受着甜蜜，也吞食着痛苦。子君在她的多篇散文里，都触及爱情，对渴盼得到真爱的倾情表达，对失去所爱恋之人的痛苦失落，她都能用真情文字跃然纸上。《纸屋》里那间"不到六平方米，没有封顶，没有窗户，唯一的窗户被封死了……"的房间，子君却快乐地把它叫作"纸屋"，因为她相信"造访纸屋的第一位异性客人，将成为我的爱人"。然而，约定的婚期远未到来，"他却让我饱尝了离别的痛苦。他出了远门"。没有了音信，没有电话，没有信件。子君写道："我按照他走前留的地址发了一封信，在信中，夹了两颗红豆……仍然是没有回音。"不久，她又遭到抢劫，"被两个强盗从自行车上揪下来，卡住了脖子"。紧接着，"我下班回来，发现抽屉被撬，钱没有了……那盗贼是从没有封顶的纸屋墙上爬上去再跳进来的"。这样的描写谁看了都会心疼。

无数消失的或正在消失的事物，从我们眼前闪过。很远处，也许在不远处，伫立着爱人温暖的身影，伸手却够不着。一个人虔诚地守护着心底的一间"纸屋"，陷入对所爱的人迷恋到无法自拔到海枯石烂的境地。爱情为什么这样难？但爱情就是如此简单而触动人心！不管她（他）以何种面貌出现，都难以抵挡他（她）的魅力！"纸屋"是一片空白吗？空白的地方蕴藏着更浓烈的力量！

子君深爱父亲。在《亲爱的父亲》一文中，她用十分生涩而又模糊的文字这样写道："也许正是父亲的与世无争、厚道善良的性格挽救了他被政治的洪流溺灭的命运，保护了他的家庭，使其在非常年代里得以存活……"怎么回事呢？原来，父亲曾踌躇满志地上了抗日前线，谁知内战很快爆发了。"年轻的父亲在惊骇与疑惧之中，稀里糊涂地随部队做了俘虏，被送往一个著名的湖区集中学习。"

作者正一腔挚爱地在她工作的北京城筹谋并渴盼和父母亲共度春节时，父亲却永远地离开了人世。她追悔难耐地写了最后的追念："父亲，我亲爱的父亲，一个父亲缺席的男人，该多么坚强才能让他的家人平安地生活在这个世界上！他经历战争，他经历乱世，他经历迫害，他经历贫穷，他经历时代的创伤……"子君讲的父亲的曲折经历，是一个特殊年代里的特殊事件，看似有些戏剧化，但是它会唤醒许多亲历者已经模糊了的记忆。子君的父亲是一个父亲缺席的男人，如今子君也成了一个父亲缺席的女人，这样的人总会是坚强的，是能化解命运中不幸的人。心之所至，都是春天。

其实，子君写她母亲也好，写她父亲也罢，虽然是围绕她个人的经历展开，但触及的是更广泛的社会问题。把个人的命运放到大背景下来考虑，借此可以呈现人的，特别是青年一代的困境。在青年人的不断成长的过程中，必然会遇到来自社会和时代及家庭的重负或其他问题。面对成长的困境，他们向上的支撑是什么？在何处寻求人生的答案？子君的散文《我与母亲不"相生"》《亲爱的父亲》等众多篇什，及至她这本散文集《一个人的纸屋》，值得我们细细品读。

2021年初夏于望柳庄

一个人的纸屋

目录

第一辑·闯海

我的海洋

一

……

然而，我看到海了！

过往的岁月，瞬间轻薄如云，散去。

大海，不再只是我的向往。

海很平静。

海诱惑着我，让我的目光不忍离去。

海水由黄色转为浅黄，然后是淡蓝到浅蓝到真正的蔚蓝。没有明显的分界线。有轻微的风和浪。轮船很傲然地驶过，在水面上划出一条洁白的路来，白路消失后，水面上又浮起一条赭红的飘带式的波纹，久久不散。天空很晴朗，海浪上映着太阳的光花，给一望无垠的海面平添着种种生机，偶尔有三五只渔船进入眼帘，转瞬就被抛到了后面。如果只看到一只，便止不住替渔船生出一种孤独的感觉，在茫茫人海中那岂不是一种奋争的历史，一种更生动的美吗？

　　海啊，我许久以来的渴望实现了。我感动得想哭。我知道，跨过了这海峡，新的生活便将开始了。

二

　　海鸥低低地掠过水面，在开阔浩瀚的海面上，它是那么渺小，那么轻盈，又是那么的纯洁。

　　记得有一次在长江上，也有这么一番景致，只是那是江，不是海，鸥鸟在江面上飞翔。

　　那时同行的嫚说：我以前总以为长江的水是清的，不料一年四季都这么浑浊。

　　容纳得太多，才显得不清不白吧。

　　我回答她。但我又在心里说，若能荡涤我内心的尘埃，漂白我滴血的心灵，我宁愿成为长江中的一朵浪。

　　我却只是一只鸥鸟，把忧伤贮存于心。尽管眼前是海，心境是海一样的开阔。

三

如果不是远处泊在海水中的船上的灯光,我是不知道前面是海的。

黑的海边,朋友告诉我,清晨,潮退下去了,沙滩边有许多的人捡拾贝壳。

然后,沙滩只留下深的浅的脚印,和大海的气息。

躺在温热的沙滩上,我遥望远天的那颗星。

我是为那颗星而来,我却只能遥望。

海水很苦很咸。

心里很忧郁。

沙滩渐渐凉下来,潮声渐渐地大了。

我独自思想,几度被自己的幻想所陶醉。世界如此美丽,而夜竟如此的空寂。唯有孤独灿烂地开放。

四

一切潮水一样涌来又涌去。

此刻,我坐在海边。背后,是喧闹的都市和我居住的楼房。海面上空,那轮月亮又圆了。

海之于我,永远充满了莫可名状的诱惑,它深邃、博大、温厚，像一个如海的人。

　　每一次坐在海边，我就想。那轮月亮，轻瞰着都市的如星星一样的灯光，飘逸，安闲，清静，给我的沉想拂一片温柔的色彩。在这个日照强烈的岛上，我酷爱着夜沙滩的宁静空阔。

五

　　我是个怕水的人，但我却喜欢去海边。

　　看浪花翻卷，我的心就欢喜。

　　泰戈尔说，世上最遥远的距离，是深潜海底的鱼与翱翔天际的飞鸟的距离。但每当我来到海边，就觉得泰戈尔只说出了表象。我相信，飞鸟是青鸟，青鸟的叫声，潜鱼它一定能够听到。或许，在无人知晓的黑夜，潜鱼会浮游而上，青鸟会贴水而翔，在水面上，鱼和飞鸟完成一次动情的约会。

　　我就这样幻想着，幻想着那个我从未谋面的爱人，突然从海滩走来，令我心头怦然。

　　想象，可以拥有一切。

　　面朝大海，放开你的想象，所有的梦想都会明艳发光。

六

不知从什么时候开始，无论我去到哪里，都会强烈地思念海口，盼望着早日回到海口。

每次回到海口，我会让前来接机的朋友开车绕城市的主要街道转一转。透过车窗，我再次观赏到那伸展着无数翅翼的椰子树（我将它们视为海口的灵魂）；海秀大道车流如织，两边高楼林立；宽阔的滨海大道花红树青，似乎比前一阵又漂亮了几分；万绿园更是绿茵无际……

然后，来到海边，看海。当海风吹散我旅途的疲劳，海浪有吟唱声萦绕耳际，我会情不自禁地想：我属于海口，这多好，海洋就在我的身边。

阳光洒满，照耀着每一个人；海风吹拂，润养着每一个人。

海洋的气息，乃是自由的气息。

椰子树的魅影

1988年夏季来临的时候，海南这个美丽却闭塞的海岛掀起了建省办大特区的热潮。到处都在叫卖《海南开发报》，到处都在传递海南大开发的信息。到南方去！到大特区去！热潮席卷了大江南北，骚动了万千人才的心灵，许多人义无反顾地到南方去了。

其时，我刚到湖南省作协"作家与企业家联谊报"临时办公室上班。说是联谊报办公室，实际上是莫应丰的办公室。莫应丰是省文联副主席、省作协副主席，是著名作家，他的《将军吟》获全国首届茅盾文学奖。他为人古道热肠，被人尊为"莫公"。这时候，他已率一众文人登上了海南岛，成为闯海先驱，要在海南大干一番事业。办公室墙上，一幅题为《梦里海南》的水墨画惊艳了我的双眼。画的内容看得人热血沸腾。藕白色的宣纸上，一棵树干挺拔的椰子树，几片随风翻飞的椰子树叶，背景海阔天空。据说，这是莫公去海南后第一次回长沙时的画作。他日夜思念海南，作此画后方得平静，转身又南下登岛了。他与人见面，尤其与年轻人见面，口口声声必说海南，似乎他的生命已在海南岛上花开遍地。你应该去海口！那是一片全新的天地！那里的椰子树俊美浪漫，那里的阳光像金子一样！那是一片全新的、未曾开垦的土地，意味着有无限的可能，无限光明的生机。那将是一块天然理想的自由岛！对于年轻人、对于富有理想激情的当代青年来说，是天赐良机！

年轻的我，对"自由岛"尚没有概念，却萌生了去看椰子树的念头。

提起简单的行囊，我踏上了奔赴海南的旅程。一路向南，向南，还向南！当我站在琼州一号海轮甲板上时，我看见了大海！这是我第一次看到大海。那一刻，我的心怦怦地跳着，我的眼泪止不住地涌出眼眶。海洋，我的海洋！我年轻的心，仿佛看到自己生活的道路像海洋一样宽广！

登上海南岛，坐上一辆三轮"篷篷车"，往市区去。车一上龙昆北路，外面就是风雨大作，举目一望，望不见楼房，所见之地，尽是滩涂，杂草丛生，在风雨中更显荒凉。顷刻间，龙昆北路就成了一条宽阔的河流。"篷篷车"好不容易拐上海秀大道，却不得不抛了锚。路边，停满了抛锚的各式车辆，人们说是台风来了。

就在行人四处躲避的时候，我被台风中椰子树的身影迷住了。椰子树，挺立着，用它宽大的枝叶柔曼地抗击着台风的肆虐，显得刚强而秀美，正是莫公梦中的椰子树啊！刹那间，我似乎明白了海南建省和自由岛的含义，对椰子树肃然起敬。

住下后，我去看望在开发报工作的姜贻斌。姜兄是我的小说处女作的责任编辑，也是老乡，早就知道他在开发报。他推了推眼镜，高度近视的眼睛凑到我面前盯视了半天，不敢相信在他印象中单纯柔弱、尚不知世故为何物的我也来到了海南。随后，他甩出一句家乡话来：你咯鬼妹子，上岛也不选个好天气！天天太阳晒死人不来，偏偏这台风刮得人出不了门就来了！你赶紧打道回府吧，这地方不是你这样娇生惯养的女孩子待得住的！我嘿嘿地笑，摇头说，我只是来看椰子树的。

几天后，在家乡人的一次聚会上，在海口开公司的老乡李总经理听说我来海南之前是当记者的，便邀我去帮他们办会议简报，他的公司正要召开全国性的工艺品展销会，条件是包吃包住，60元钱一个月。我乐滋滋地答应了。这成了我在海口的第一份工作。

紧张的筹备工作过后，会议就开始了。会址设在一家宾馆，来自全国各地的商家几百人济济一堂，令公司上下人员忙得不亦乐乎。临到开幕式时，才想起忘了请礼仪小姐了。而当时在任的王越丰副省长已来到了会场，马上就是剪彩仪式了。李总一眼望到人群中的我，便用家乡话火急火燎地大叫：四毛，快，你准备一下去给王省长端彩盘！要剪彩了！我反应过来，急匆匆放下手中采访本，跑到洗手间整理了一下头发与衣裙，又急匆匆返回会场，站到王越丰身边。后来的照片与录像里，我就像个傻丫头一样用盘子托住王越丰副省长剪过的红绸大花。我戴着一副蓝色近视眼镜，学生头已有些显长，浅黄色洗水布衣裙上起着白色圆点花纹，衬出几分清纯，笑吟吟地蛮可爱。无独有偶，站在王副省长另一侧的，竟也是一位临时抓来的"礼仪小姐"，而且，她也戴着近视眼镜。

会议结束后，一个海南风情专题摄制组的摄像递给我一张名片。他们正在物色撰稿人，他看过我编的会议简报，邀我为专题片撰稿，随摄制组环岛采访15天。环岛采风？我真是喜出望外。

一行5人斗志昂扬。那次环岛是我此后十来年在海南历时最长、走的地方最多、收获最大的一次，记忆相当深刻。东郊椰林、红树林、五指山，这些地方呈现着原始的风貌，安详静谧，生态美一览无余。在宋庆龄故居，我们与守屋的老人聊了一个下午；在黎寨山村，我们目睹了最古朴的婚礼；我们在清晨的雾岚中拍摄割胶的场景；半夜就上了铜鼓岭，在山尖上冒着寒冷等待日出；在临高角不染一丝尘质的清水里，我们自拍了一盘在洁白的海滩上捡贝壳、用脚印留字的录像带……

15天在忙碌疲累而又兴奋紧张中过去了。摄制组凯旋返程。不料，车行至琼海路段，便遇到了11级台风。行进中遭遇台风是一件极为恐怖的事。听着路边橡胶树断裂的声音，看着路边房屋被掀破瓦盖、刮碎门窗的残败景象，以及自己乘坐的车子与风厮扭、弯弯曲曲爬行的艰难，我着实体验到了什么是台风以及它的破坏力，但是，我也看到沿途没有一棵椰子树在台风中倒下。宽大的树叶即使被撕成了碎片，它们就是不折断，不掉落，不屈服。撕裂了的叶片挣扎着舞动，犹如凤凰在烈火中涅槃，那在台风中壮怀激烈的形象，在我的脑海里生成一幅最美的风景。

经历了这次台风洗礼，回到海口后，我做出了人生中里程碑式的决定：留下来，留在海口沸腾的改革开放建大特区的事业里！

就这样，我毅然决然地加入了闯海大军，开始求职找工作。适逢海口市要创办《海口晚报》，正在招兵买马，我壮着胆子前去应聘。

我真幸运。很快，我成了刚创刊的《海口晚报》的一分子。没有电，没有水，交通不便，民俗不通；太阳暴晒，蚊子乱咬；被偷，被抢，被骗；新生的海南遍地陷阱，劝我不要留在海南吃苦的声音不绝于耳，但是，我总是一抬眼就能看见椰子树，一迈步就可走到海岸边。我像椰子树一样，不动摇！

怀着对海南无限的憧憬，无限的爱，我在海南和十万热血儿女一起，奉献青春、智慧、才情、爱，无怨无悔，扎根，开花。我当记者，奔跑在炽白的阳光下，采访、抒写、报道为建经济特区做出贡献的精英；我当编辑，精心选发那些植入了对海南的爱与歌唱的作品；我成为作家，以文学的形式表达对海南的热恋情怀。椰子树长影绰绰，木棉花红若烈焰，青春燃烧着不熄的激情。海南，以他海洋般浩瀚的胸怀拥抱我，给足我伸枝展叶的空间，赐我海洋般自由明澈的心。

　　一切是那么艰苦，一切又是那么美好！

纸　屋

　　后来，我和丈夫搬进了新房，纸屋无可挽留地拆掉了。只是随着岁月的流逝，对于纸屋的怀念却日渐深刻，每每回忆起来，便有一种抑制不住的向往。

——题记

　　那是我的纸屋。

　　在几家住房、几间集体宿舍的外面，既是过道又是大厅的地方（所有这些原来都是做办公场所），用几块三合板围钉起来，就成了一间小屋。小屋不到六平方米，没有封顶，没有窗户，唯一的窗户被封死了，窗后边住着一对年轻的夫妇和他们几岁的孩子，这小小的房间简陋得别具一格。我奉命住了进去，内心按捺不住地激动。在海岛漂泊了两年，终于有了一个独立的空间了。我把纸屋的内墙用白纸糊住，以增加房间亮度，然后，在墙上挂满琐碎的艺术品，这小屋便具有了一种欧洲童话般的色彩，我快乐地把它叫作"纸屋"，暗中希望着它有一天会在回忆录里，占很长很重要的一段篇幅。

一只风中倦鸟有了一方巢穴，这令我感动不已。那个安适的晚上，一个毫无理由的念头冒了出来：造访纸屋的第一位异性客人，将成为我的爱人。

那是一个星期天的上午。太阳也许已经升得很高，我慵懒地躺在床上看一本充满爱情纠葛的小说。有人敲门。我倏地跳了起来，心中掠过一阵狂喜：我相信我的预言。

一个陌生的青年站在我的面前，犹如我想望中的英俊潇洒。半年前他被列为我的采访对象而又多次错过了机会。我想象着他坐在钢琴前的神态，站在指挥席上的风度，我的心迷乱起来。而他觉得这纸屋很有情趣，热烈地说他要常来。他要把他写的歌带给我，带给这纸屋。

这个人后来真的成了我的丈夫。一切仿佛都是上帝的旨意，我想。

我们很快就热恋了。他说，是我"引诱"了他。但是，我以为同时也是我那狭小而浪漫的纸屋迷惑了他的倦累的灵魂。是我的纸屋，带给了这个终日在太阳底下奔忙、皮肤黑红的男子温馨清爽的夏夜。他说，我像是一只快乐的小鸟，在他的身边飞绕，而且叽叽喳喳地鸣叫。而每当我沉静下来，我就深深凝望他，一种疼痛感觉掠过心尖。我知，这就是爱。我的纸屋，已抹去了我往日流浪般的酸楚委屈，而我的爱，已覆盖了我所有的情感伤痕。

心境变得很恬静而且充盈了幸福，一个女人的幸福。让我做你的妻子吧！我说。我知道，我需要一个家，做我心灵的避风港，我需要他那男子汉的肩膀，为我遮挡火焰似的夏阳……

难道你还不是我的妻子吗？他从容地回答着。同时，我们开始商定婚期。

然而，约定的日期远未到来，他却让我饱尝了离别的痛苦。他出了远门。

临行前，我叮嘱他一定要回来，我想一切话都是多余的。目送他的身影远去，我又陷入了独自一人的生活，但这一次不同了，心里被思念和隐秘的忧虑所占有。在海南，在这个人心浮躁，情场上充满了骗诈和欺蒙的岛上，爱情像钞票一样挣来又花去，相爱的人今天还如胶似漆，明天就各奔东西，被抛弃如同被爱慕一样突如其来。聚散无常的故事太多太多，令我不得不为自己设想，一旦他一去不回，我该如何故作镇静。

他果然就没有了音信！没有电话，没有信件，多少天过去，我渐渐地相信了海南是个制造爱情分裂的地方。但我不死心。我按照他走前留的地址发了一封信，在信中，夹了两颗红豆。这南国的红豆啊，你该是一段最相思的爱情的见证。

仍然是没有回音。我的纸屋的灯光，开始亮到天明。

而就在我苦苦地盼、苦苦地等待的时候，灾难一个接一个地降临到我的身上。

　　一个月朗灯明、椰风吹拂的晚上，我居然遭到了抢劫！我被两个强盗从自行车上揪下来，卡住了脖子。面对着亮闪闪的凶刀，我喊不出声。我并不精致的提包被抢了去，我并不贵重却深深珍爱的饰物被抢了去。待我从惊吓中回过神来，我的精神全垮了：在海南，我的生命受到了威胁！我回到纸屋，耳边回响着爱人的歌笑声，心内一片空茫。

　　紧接着，一个阳光灿烂的上午，我下班回来，发现抽屉被撬，钱没有了，满地乱七八糟的书本。那盗贼是从没有封顶的纸屋墙上爬上去再跳进来的。我愤怒得咬牙切齿，但案情终究没有被侦破。

　　我很快就平静下来。我想，这大概就叫祸不单行！我的爱情受到挫折，我的钱财受到偷抢，我对海南的爱心因此受到伤害。我把这一切归结为命运的安排。命运总有不公平的时候，它让一个无辜的人经受磨难，让一个罪恶的人得逞。

　　我在一种宿命的平淡之中迎接着台风的侵袭。那一年的台风好像特别的猛烈。风挟带着雨水，从纸屋上方的空隙部分旋灌进来，白纸被撕碎，纸条在风中呼呼作响。我亲爱的纸屋，那童话般的色彩暗淡了，在风雨中摇摇晃晃。我孤独地蜷缩在被子里，默想着三毛的《橄榄树》，想哭。偶尔也闪过我那没有音信的恋人的身影，但很快，我闭了眼。我把他生硬地赶走。我知道我得坚强起来，否则我就会心酸而死。我的纸屋可以做证，我不是一个脆弱的女孩子，我在暗地里与命运抗争。

就在我情绪低落、心境凄冷的时候，我的爱，背着厚重的行囊，面容疲惫，满眼爱意地叩开了我的纸屋。四目相对，我竟默默无语，积压已久的伤痛化作泪水奔涌而出。他这才知道他的残忍"考验"对我的身心伤害严重。他拥抱着我，发誓说他是属于纸屋的，这温暖的永恒的纸屋。他摊开手掌，两颗相思红豆湿亮鲜红，后来，竟成了爱情的信物。

我们开始策划着婚礼如何进行。我突然想到，结婚就意味着要离开纸屋。想着给了我不寻常的经历的纸屋会变得很遥远，我们将它拍成了照片。经过台风洗礼的纸屋已很残破，但仍然可以让人感觉出它正弥漫温情。

干枯的鸟

在我家客厅里，被我视为艺术品的东西，不是镜框中精致的玫瑰花瓶，不是我在旅游途中一眼望中、千里迢迢捧回来的浪漫小水晶杯，也不是花盆里青枝绿叶红花们别致的造型，或是经过细心装裱的某位名家的赠画——它是一只鸟儿，一只停歇在洁白的墙壁上的凤凰般的化身。

鸟儿冷冷独立，像一个黑色的精灵，无言地展示它曾经有过的高贵、骄傲、辉煌的业绩和生命的底蕴。它的头，它的眼，它的翅膀，它的丰羽，它的尾翼，组合成一个飞翔的姿影，让我百看不厌，不时地感觉并陶醉于它的灵性。

不知何时，鸟儿飞倦了。在归巢的路上，一支阴冷的箭伤害了它。鸟儿伤痛地鸣叫一声，从空中坠落下来。没有愤怒的挣扎，没有优雅的胡哨。它坠落在空旷的海滩，潮水涌上来，将它隐入海洋。

当放箭人疑惑不解地走远，海潮又将鸟儿送上岸来。日晒，风吹，浪打，鸟儿一日日干枯了，干枯如一丛鸟形的树枝，干枯成一件不是慧眼看不见的艺术品。

岁月如梭，过去了一年又一年。

一个年轻的艺术家，在一种宿命的召唤下，来到了这个人迹罕至的沙滩上。他站在这只枯死的鸟儿前，睁大了眼睛，屏住了呼吸。他的耳畔响起了凤凰涅槃之歌。

他兴奋得很没有风度地弯下身去，拂开鸟儿四周的沙渍，小心翼翼地把鸟儿捧了起来——鸟儿并未腐朽，它用枯干的身躯抗拒着岁月的侵蚀，并因此魅力四射。

年轻的艺术家像从火星上归来一样，把这美艳的鸟儿奉献给亲爱的妻子。他描述鸟儿的远古时代，描述鸟儿怎样历尽经年而灵魂不散。在他描述的过程中，妻子发现他的眼里有一种野欲般的渴望：他要让鸟儿重新飞翔。

春天可以使树木枯而复荣，妻子决意让鸟儿死而复生。

妻子把神话变成了现实——那个妻子便是我。

我按捺着心跳，洗净鸟儿身上的尘迹，用透明的清油浸润鸟儿干裂的肌肤。然后，在墙上选择了一个既通风又有阳光照耀的位置，让鸟儿在那儿完成它永远的造型——那是飞翔的精灵。我听到鸟儿穿越时空的树林、划过雨后天空的声音，它灵动的翅膀扇动了海风。但它未能预想到，有一支阴冷的箭在捕捉它矫健的身影。

鸟儿坠落了下来。很孤独，很悲壮，很遥远。

有朋自北方来，惊异于千百年后，鸟儿仍然在飞翔。他双目放光，不言不语。在酒喝得飘然欲仙的时候，他终于张开大嘴，吐出一句令我们惊慌失措的话来：

我要你们把那只鸟儿送给我。

我很快镇定下来：那是不可能的。

朋友骂我小气。丈夫很男子气地出来解围：这个屋里的物品，什么都可以馈赠，唯独鸟儿，不能。

多年过去，我渐渐淡忘了此事。年轻的艺术家也像鸟儿飞出森林寻找天空一样，飞出了这个家门。临走，他泪眼昏沉地凝望着鸟儿，神情犹如思想者陷在忧患意识里，许久才叹出一口气来：你不能因为仇恨我，而毁了这个美丽的传说。我轻轻摇头，温情顿生，说，我会因为这个美丽的传说，而在心中重塑一个艺术中的亲密爱人。只是，离家的人，可别遇到箭伤，在荒凉的海滩上干枯如鸟儿。

哦，后来，他就如这只鸟儿，枯中生辉，在我渐渐褪色的历史生活中定格了，就如这鸟儿固定在墙上，他在我的心灵上——那是我抹也抹不去的疼痛。

而朋友不知这个变故，依然远远地一次次捎来话，他要重金购买我的鸟儿。他知道，那已不是一只鸟儿的化身，那是鸟儿不死的灵魂。

但他忽视了，灵魂，艺术的灵魂，在我这，永不可出卖。

我注视着鸟儿。我相信，我的干枯的鸟儿正在飞翔。我听到了鸟儿穿越森林，划过天空的声音，它的翅膀扇动了海风。

台风吹不倒椰子树

台风又来了！

台风在这海南岛上，早已是司空见惯了，但这一次的台风似乎更加凶猛。台风登岛后，呼啸着长驱直入，将成片的橡胶林、满园的风景树，刮倒、吹断，甚至连根拔起。风过之处，一片残枝败叶之象。

可是，却没有一棵椰子树在台风中倒下。椰子树啊，这海岛上永远的奇迹！

摄影家朱跃升开着他那辆可坐七八个人的面包车来到了海滨大道上的一个台风登陆口。他想为这次大台风留下珍贵的椰子树影像资料。

雨暴风狂，老朱只能躲在车里。短暂的恐惧过后，他兴奋地举起了摄像机。他看到了那一排排在狂风中岿然屹立的椰子树！

椰子树时而弯倾着身子，时而又挺起树冠。宽大的树叶被风扯成一排直线，然后又被弹卷，扭曲，甩打，几经折腾，有的被撕成了碎片，但是，它们就是不折断，不掉落，不屈服。撕裂了的叶片挣扎着舞动，犹如凤凰在烈火中涅槃，壮怀激烈。那些纵然已经枝残叶败、遍体鳞伤却仍然高高地傲然挺立的椰子树，令老朱热泪盈眶。

海岛上的椰子树，它的影姿、它的风骨早已成为一种独特的风景。

老朱是1988年来到海南的。那时，正是海南建省、海南岛进行经济大开发的伊始。十万热血人才从祖国的大江南北奔赴海岛，满怀凌云壮志。很多人一上岛就为椰子树的风采所倾倒，并在日后的生活中将椰子树当作了参照物。我曾在反映海南大开发创业奋斗生活的长篇小说处女作《白太阳》中塑造了女主人公夏小米。作为十万人才下海南的一个代表，她也是这样，因为台风中椰子树的形象迷恋上了这块热土。"狂风暴雨之中，高大英挺的椰子树，在做着柔曼而疯狂的风中舞蹈，它们威猛的树干和飘飞的枝叶构成了一幅刚柔相济、俊秀亮丽的图画。就为了这样的风景，以后不管遇到多大的挫折，她都要铁了心地在海南奋斗下去。她要融入这片风景，成长为一棵不惧台风狂、不畏骄阳烈的椰子树。"对于那些像夏小米一样被称为"闯海者"的老朱们来说，椰子树是一种全新的事物，因为新而美，因为异而奇，宛如海南，吸引他们去了解、探寻其奥秘，并为之迷醉，为之奋斗。

作为植物的一种，椰子树全身都是宝。它的果汁可供饮用，犹如琼浆玉液；它白白嫩嫩的果肉可食，椰干、椰粉、椰油，岛内外飘香；它的幼嫩花须可以酿制美酒，人们酒饮微醉之际，诗意盎然；椰壳可以加工成生活器具或工艺品，弥漫椰风海韵；树干可作为燃料、家具，情暖四季……

椰子树是非常容易生长的树种，把树苗栽进坑里，掩上土就行了；如果在坑里撒上一把盐，它就会长得更好，更高大，更茂盛。闻名遐迩的东郊椰林，因为土壤遍布盐分，就成了一片长得更好的椰子树，密集，阔气，郁郁葱葱，从村庄一直延伸到海岸，辽阔如海。也因此，在海岛，林荫道上、马路边上、村庄里、海岸边……椰子树随处可见。最奇妙的是，尽管椰子树下总是人来人往，甚至歇息乘凉，熟透了的椰子也会不分时间地掉落，却从来不曾发生过椰子掉下来砸伤人的事件。人们说，椰子树是深具灵性的，它善良、友好，对生命充满了尊重与呵护之情。当你打开椰子，去掉果皮，可以看见种皮的上端有三个孔洞，据说那就是椰子的眼睛与嘴巴。

椰子树有一个美丽的传说。

很久很久以前，这海岛上只有高山，没有河流。泉水也深埋在地底，无法挖出，人们只能用器皿盛接雨水喝。遇到干旱天气，便只好到海边去喝那又苦又涩的海水。有些离海边远的人，不等走到海边就活活渴死了。有个名叫椰子的年轻姑娘，决心牺牲自己，把人们从苦难中解救出来。她知道只要吃下一个像火炭一样的红果子，就能达到愿望。于是，她请求玛祖婆给她一个红果子，然后毫不迟疑地吃下它。她变成了一只美丽的孔雀。美丽的孔雀一头扎进沙土坑里，尖尖的嘴巴不停地往下钻着。终于，她的嘴巴碰到了清凉的泉水，她痛快地喝着，希望把泉水含在嘴里带到地面上，送给那些渴了的人们。可是她的头被沙土埋住，沙土越来越深，越来越紧，她的嘴巴怎么也拔不出来了。她猛一用劲，一下子变成了一棵大树——她的身躯变成了高大的树干，尾巴变成了宽大的树叶，头和嘴变成了树根，她的气血变成了又大又圆的果实。她用劲吮吸着地下的泉水，通过树干把水送到大果子里，让人们摘下来就能解渴。找水的人们终于度过了旱期。为了纪念椰子姑娘，人们把这种树叫作椰子树，把它结的果叫作椰子。

夏小米们或老朱们明白，除了传说，椰子树有着更为丰饶的内容，它象征着质朴、坚守、独立、永不凋敝的精神。

如今，海南岛植被覆盖，绿意绵延。椰子树的长影随风摇曳，以它美妙的风姿和传奇的精神独领风骚。它是海南的岛之树，是海口的市之树，因为它，海南被热情地称作"椰岛"；因为它，海口被亲切地称作"椰城"。随着海南岛化身为国际旅游岛，椰子树作为海南的象征，它的美，让海南成为耸立在世界之林中的一种风情，一棵奇树。而它的气质，已潜移默化成岛的气质、城市的气质，以及海南人民的气质。一代又一代的海南人，他们是一个个摄影家老朱一样的个体，他们如椰子树一样，用青春、智慧和无尽的岁月，根植于此，开花、结果，育成了一个繁茂的椰岛。因为他们，海南，这块曾经荒芜偏僻、孤悬大海的岛屿，成为光耀南海的一颗明珠！

台风停歇了。每一次台风过境，对于椰子树来说，就是一次洗礼。年年岁岁，台风过去，椰子树愈发刚强美丽。老朱开始整理他的摄影作品，他要办一次"台风中的椰子树"摄影展览，纪念与歌颂椰子树的精神。台风会过去，灾难会过去，而椰子树永远不会倒下。

看啊，那台风过后更加美丽的椰子树！

夜坐沙滩

去海景湾办事，突然想到附近就住着阎正先生，心想好久没有见到先生了，便拐了个弯去拜访他。

阎正是集收藏家、作家、画家、影视导演于一身的名人，是"闯海"大军中的弄潮儿。

刚巧阎正从门里出来，后面跟着几个工作人员。他的门徒刘英杰正在发动一辆皇冠汽车。一见我，阎正说正好大家去吃晚饭，一起去吃，吃完后去玩。也不容我多问，便挥手示意我上车。我大吃一惊，这个若没有绝对必要，从来足不出户的阎正，怎么想到个"玩"字呢？想当初，阎正在这里住了一年半载，从来不开窗户，偌大的房间被他的字画充斥着，除了墨香，就是一种神秘之气。如果来了客人，他去开门，恰好有人经过，那人便会伸了头往里瞧一瞧。后来我们几个年轻后生去拜访他，也感觉到这份神秘和空气的阴冷憋闷，嚷叫着去开窗户，这才使屋里有了阳光和海风。

吃完饭，英杰就开车兜起风来。问他去哪儿，他不说，只神秘兮兮地笑。难得阎正有这份雅兴，我们就奉陪吧。

原来是去海甸岛。我们到的时候，天已黑下来。海甸那个沙滩上有几点灯光。我大约有一年没来这了。发现它已有了供旅游者换衣冲洗的地方，是个简陋的浴场了呢！

一到沙滩，一向在我们面前严肃得一派长者风范的阎正，就哇哇地大声嚷叫起来，也不在乎游人投来的惊讶的目光，在海滩上走来走去。"哎呀，这里太好了！""大海呀，你怎么这么可爱！"他挥着手，像朗诵诗歌。我们就窃笑，很诧异他突然的孩子气。英杰将兜里的报纸拿出来，准备铺在沙滩上。可阎正等不及，一屁股就坐了下去，然后迫不及待地脱鞋，光着脚丫在沙上划字。几个更年轻的便呼呼地冲向水中。

我们几个朋友便在沙滩上神聊起来。沙滩上偶尔有一些白的影子，海面上空茫茫的，而城市在我们的身后辉煌灿烂。极目处突然闪现出一束亮光，那是夜海上的军舰。如果是一个人，或者大家都沉默，这时就会生出一种孤独怆然之感，但我们很热烈地说着话，便觉得很轻松，很自在，像久囚的人得到了解放。

我们从眼前的海谈起，谈海的博大和深邃，谈海明威的《老人与海》。我记得有一次我们几个青年作家聚会，做了一个游戏也是关于海的。一个朋友说"海",然后大家就把"海"的最初反应写在纸上。写的是五花八门,解答者更是妙趣横生。比如有女作家写了"男人",那分析者便说,这个女作家渴望有一个像海一样的男人在她身边出现。我的叙述未完,阎正便打断我的话,下结论似的说,男人就应该是海,具有海的胸怀。我一听,忍不住讥笑他:既然这样,那次你为什么对安玲阿姨发脾气呢?我说的是有一次他与夫人安玲应邀去香港,我们几个晚辈去送行。一进门,发现气氛不对,安玲阿姨闷声坐在椅子上,阎正黑着脸在翻找东西。原来是一位香港朋友的通信地址找不着了,而它又是不可少的。安玲阿姨想帮着找,被阎正凶开了。我们想开句玩笑冲淡气氛,安玲阿姨连忙摆手,悄声说:他一发起火来,旁人最好别说话。安玲阿姨是个慈善的人,知道阎正有心脏病,从来都迁就阎正,我们暗地里为她抱不平呢。"那个时候,你像只老虎,安玲阿姨才是海呢!"我说,冒了被阎正训斥一顿的危险。

不料阎正丝毫不做狡辩。英杰说,以前他们在山区拍电视剧,阎正是导演,他不睡觉整个剧组的人就别想安宁,镜头一次拍不好再拍,再拍不好再继续拍,翻来覆去,真折腾人。那时阎正的脾气大得吓人,动不动就发火,后来落了个"阎王爷"的绰号。不过谁也不跟他计较,因为都知道他是个大好人，发火只为了把戏拍好。

眼下阎正却是笑意盈盈的，全然没有"大人物"的做派，两鬓虽有花白，却像个顽童一样纯真。他忆起往日那些又苦又乐的日子，手之舞之，开心得很。"累了，我们就唱歌，唱得满山是回音，解乏得很。"阎正神往地说。说着说着，竟就扯开嗓门唱了起来：

> 一片痴情四面墙
>
> 热泪滴在你冷背上
>
> 掰不开的苦瓜，靠不拢的鸳鸯
>
> 相聚相离为哪桩？
>
> 掰一块太阳送给你
>
> 怕你嫌烫
>
> 掰一块月亮送给你
>
> 怕你嫌凉
>
> 哭了笑了，都在庄稼人脸上
>
> 死了活了，都在这块疙瘩地上……

时光仿佛倒流，透过阎正热情而有些苍凉的歌声，我们感觉到了一颗不老的心，艺术的心。

　　大海仿佛也在倾听。海潮轻轻漫上来，又轻轻地退下去，似乎在为阎正的歌伴奏。是海使我们敞开了心境，是海使我们恢复了真实的天性的自我。我们的生活其实应该像海一样，有涨有落，有起有伏，但永远充满活力。

　　阎正定是深有体悟。往日闭门不出的历史结束了，而自然、海洋、阳光会使他进入一个更新的意境。

当纯情坠入尘埃

薇那张照片，是我迄今所认识的人的照片中最美丽的一张。这并不是她本人如何漂亮，而是那张照片所散发出来的妖媚、妖冶、落寞、傲慢、刚毅等复杂气质，成为一种独特的魅力。据说这是无意中拍摄的。她毫无目的地在大街上拍风景，拍着拍着，相机坏了，她摆弄着，毫无办法。这时来了一个也背着相机的男子，自称是摄影家，几下就给她找到了相机的毛病，并举起相机对准薇"咔嚓""咔嚓"几下，这一张就成了薇影集中的精品——甚或是极品。

因为对这张照片的印象，以后无论薇在实际生活中所表现出来的行为是大雅或是大俗，我仍然不愿意改变薇是个美丽的女人的看法。

与薇相识在某一天的凌晨三点。那是一个清凉的夏夜，我应约与一位女子对饮咖啡。至第二天凌晨两点多，正欲分手，那女子说，我们在这样的夜晚散散步吧，然后我们去薇那儿，她肯定还没睡。在椰影幢幢，只有零星几个男人出没的寂静的街头慢慢地走，然后又要去认识一个在这时候不睡觉的女子，对于我来说，不能不说是一种新鲜的刺激的体验，我允诺了。

薇果然没有睡觉，她正和另一个女子在自拍录像带哩。来不及寒暄，她就急急地把带子倒回来给我们看。薇高挑身材，偏瘦，却匀称，像是有着俄罗斯人的血统。她黑发齐腰，长裙曳地，或倚或站，或坐或躺。长发偶然会拂到胸前，遮蔽了大半个脸，只露出一双黑深的眼睛和高耸的鼻梁，整个画面，就浸透了浪漫的哀愁，袅绕于室，让我看到一个被爱情或别的什么打败了的天涯流浪女形象。而她，就在那些随意散淡的道白里，任眼泪慢慢地滚落下来。

看完带子，大家席地而坐，聊起天来。薇这时就没有了录像机里的风采。我心里顿时阵阵发紧。这样的女人，胸中该积郁了多少的怨愤呢？而那两个女子，则显得十分漠然——她们确实已能背出薇下面要说的话了。

薇是学美术的，随着海南热来到了椰岛。那个时候，她远没有我所喜欢的那张照片中的气韵，是一个有几分羞怯几分单纯的平常女孩，她在一家大公司里打工，做公关，月薪不薄。在一次企业界新闻界联谊会上，她被一个叫"橄"的记者瞄上了，很快，她与他开始了同居生活。久而久之，人们都管他们叫"夫妻"。她辞了职，一心一意地侍候"丈夫"，除了饮食起居，就是不知疲倦地做爱。但不知从哪一天开始，他在外面又有了一处住所，一个女人。

以后的持久的吵闹薇不愿再提。她只是不明白他穿梭于两个女人之间，却仍然那么精力旺盛。起初，她鄙视他，又离不开他；后来，她不堪忍受，决定放弃这种生活，他却不愿意，钱财也不让她带走分文。最后，她以死抗争，才终于得以分手。爱情彻底击垮了她，她像祥林嫂诉说阿毛的故事一样，逢人重复着自己的遭遇。慢慢地，没有人再同情她——她无法控制自己的情绪，她想强迫自己忘却或缄默，都不行。事实上，她若能控制好自己，整个事态发展的轨迹不就改变了吗？

薇这样子，已是大为缓解了。我望着薇，想着她为了爱情牺牲了的个性与艺术，不禁心疼。

没过多久，薇就说她已在某家报社上班了，她是美编。这份工作令她的精神为之一振。这时的薇，打扮得像个牛仔，每天骑辆破旧的摩托车上班，风尘仆仆，朝气勃发，生命又有了崭新的意义。

她坐在那堆满了报纸杂物的办公室里，嘴上叼一支烟，左手一把尺，右手一支笔，给报纸设计版面。不停地有人进来，不停地有电话铃声，她的工作不停地被打断，由此她显得有些散漫。不过这并不影响她的速度，版面也很美观现代，不得不让人佩服她的智慧和功底。许多时候，会有一些本报社的男性工作人员围在她的办公室里聊天，久久不愿离去。这时，薇会一只腿搁在椅子扶手上，背紧靠椅背，口吐烟圈，大侃海南的男人和女人，君子与小人，会不时地骂男人为"猪""小丑"，还要夹杂不少粗鄙话，比粗鄙的男人还有过之。侃完了，骂够了，吃饭的时候，那些男人又争着为她到食堂打饭，并把最好的那份菜拨一些到她的碗里。若是偶尔某个版要加班，还会有人到楼下的食店里为她买小吃。

如此受宠，薇却一点不惊。"男人，你以为是什么好东西！想泡我不成？姑奶奶正闷得慌，调戏调戏他们解闷呢，让他们像狗一样围着我转，好开心呵。但若是以为我有便宜可占，他就瞎了眼。"薇说着，笑声朗朗，匪气中透着豪放，像电影中的流氓大姐大。唉，她与男人们侃黄段子，粗鄙的字词不断闪烁，那些男人就以为闻到了腥臭，苍蝇一般嗡嗡围着她，谁承想这只是薇报复男人的一个小技巧而已。

薇表面上尽管放浪不羁，内心深处却时时涌动着痛苦的波澜。在抽烟、喝酒、侃大山、兜风等玩世不恭的办法都无济于事以后，薇便邀三两个朋友，到一家与报社有广告业务往来的歌舞厅去。不用花钱，可以坐到营业结束。坐了一阵，薇陡然升起了跳舞的欲望。在新的曲子开始时，她将手中的茶杯往小桌上一搁，扎着的长发一松，径自走入舞池。摆好姿势，找住一个音符，身子便蹁跹起来。那柔曼或劲扬的舞蹈动作、忘我投入的神情，居然让歌厅的玩客们看出半点专业的味道，以为是歌舞厅安排的节目呢，竟没有人下到舞池跳舞。一曲《请跟我来》结束的时候，薇已是满脸泪痕了。在一片掌声中下来，薇沉默半晌，让服务员叫来歌厅经理，说以后她要来跳舞，只跳一曲，不要报酬，条件是她自带音乐带。

经理看到了薇刚才舞蹈的效果，一曲也就几分钟，可以活跃舞厅气氛，何乐而不为？当即点头应诺了。

此后一个多月，薇如串场演员一样，晚间去这家歌舞厅跳一曲舞。她放的曲子是那首著名的英语歌《I Always Love You》。在激光灯影里，在动情的乐曲里，在自编自导的舞蹈里，薇成了一个艺术中的女人，爱情中的女人。薇一次又一次地遭受到爱情的创伤，酸楚和疼痛在她飘散的长发、轻扬的手臂、柔韧的舞步之中，任意流淌与弥洒。每次，她都跳得面容神圣忧凄，泪光迷离，令陪同她的伙伴也心碎不已。

但是，舞蹈没有使薇忘掉过去，反而让她更深地陷入对逝去的情感的追忆里。她失去了他，却仍然深爱着他，任何一个经历过爱情的人都体会得到她那份孤苦无依、几近疯狂的心境。薇回到冷清的小小房间，抽着烟，怔怔地呆坐着。突然，她跳起来，将一叠影集抱到地上，狠狠地撕着每一张有他的身影的照片，那甜蜜幸福的爱情终于被她撕得粉碎，撒落遍地。她仿佛被掏空了心一样睡了过去。一觉醒来，薇骑上摩托车，去歌舞厅取回了那盒音乐带。

薇不再跳舞，薇也厌倦了与男人们玩游戏的生活。她意识到与自己瞧不起的男人周旋，也损害了自己的尊严，长此以往，她不仅修复不了自己的伤痕，反而会造成人格的更大分裂，她不辞而别了。

足有半年没有薇的消息，却在一家酒店的西餐厅里与她不期而遇。她身着黑色紧身丝绒连衣裙，头发高高盘起，整个装束显得纹丝不乱，既没有了长发飘飞的浪漫，也不见了青春牛仔的飒爽。走在她身边的是一个大款气派的肥佬。我心里惊呼，薇果然"泡老板"了？正想避开视线，薇却微笑着快步走来，她说她已经"下海"经商了。"他奶奶的，不宰白不宰，你们这一桌的单，我一起买好了!"她满面春风，再不见仇恨、清贫、厌俗的表情，但我仍看到忧郁在她光滑的额上和黑深的眼里隐现。

此后就再也没有见到过薇。

春节前夕，我收到了一张来自雪域的明信片，落款是薇的拼音字母。

薇在明信片上写道：我很平静地——心灵破碎后的平静——离开海口的。回到故乡，才真正懂得什么是温暖的生活。

第二辑·相遇

我的小鸟儿飞了

朋友出远门去了，临走时提来一只精致的鸟笼，托我代他养鸟，并说如果他远行不再回来的话，这鸟儿就算是送给我了。抬眼看看那两只八哥，我默默接过了鸟笼。

鸟笼就挂到了我的房间里。那两只八哥，尚不会说话，但是它们从早到晚不知疲倦的鸣叫声很快就使我烦躁起来。实在静不下来时，我就将鸟笼提到室外，任它们去叫个够。可也奇怪，到了阳台上，它们反而缄默了，相互啄着羽毛，安静得很。而一将它们重新提进屋来，又百鸟集会一样，叽叽喳喳叫声一片。我生起气来，便干脆给它们断粮。但我很快便发现它们饿起来叫得更烈，又只得老老实实按时给它们喂食。唉，要不是看在好朋友的分上，我才没这么大耐心呢。

一日来了几个朋友，一进门听得鸟叫声，不胜惊讶。"呀，这么漂亮的鸟儿，哪儿买的？"待知道这两只八哥并非我所有时，一个个便又争着想买下来。像拍卖一样，价钱越喊越高，逗得我直乐。"这鸟儿这么值钱吗？""哈，这你就不懂了，花鸟虫鱼，闲情逸致也！难道你不觉得鸟儿的啁啾声有音乐般的动听吗？"我以为这话不过是酸文人们的巧舌而已，不加理会。不料后来又来了几批客人，一个个对这两只不会说话的八哥赞不绝口，怜爱备至。

我不由得注意起两只鸟儿来，发现它们确实很漂亮，很抢眼。雄八哥羽毛蓝如天，雌八哥颜色绿如叶，而在天蓝青绿之中，又点缀些白的或黄的绒毛，可爱得很。我反反复复地观赏，忍不住在心里给它们取了名字：蓝蓝和绿儿，并且就这样叫开了。

我开始亲近它们。喂食，换水，再也没有不良情绪。下班回来，家务累了，看书倦了的时候，我便要走到鸟笼边，逗逗它们，教它们学说话。八哥太小，学不来话，但那"叽哦""叽哦"清脆的声音令我十分快乐。只是那鸟儿一见我，便尽可能往里边飞，怕我似的。我努力了好久，想让它们相信我不再有敌意，但没有如愿。

这期间朋友来信了，他问及鸟儿的成长情况，深情地嘱咐我：到一定时候，你就将它们放了吧。

我弄不懂为何要放了它们，而不再是赠送给我或代他管好。但在我这方面，放了鸟儿是不可能了，因为这一对小八哥已成了我的爱物。

我对鸟儿的喜爱很快就到了宠的程度。但那鸟儿仍对我保持着十分陌生的距离。一日，蓝蓝趁我拉开笼门换水时，扑棱棱飞了出来。我一把抓住它，它受惊了，狠命地啄我一口，疼得我手一松，放了它。它飞一下，停一下，又飞一下，再停一下。我追着它，累出汗来，就是再也抓不着它。我看它并不能飞多远，心想就让它在笼外面待一待吧，待久了，说不定它自己想回鸟笼里去了。

就这样，蓝蓝在房间里乱飞乱叫了一天。到天黑的时候，我去抓它，它乖乖就擒，且动听地叫了两声，我听了舒心极了。

我有了抓它回笼的经验，也就不太计较鸟儿飞出来的事了。所以便常常有蓝蓝或绿儿飞出笼来自由自在一番。但它们绝不飞出窗口。

就这样快乐平静地过了些日子。鸟儿成长得很慢，慢得让我感觉不到它们的变化。

一天早晨，我照例拉开笼门去喂食，蓝蓝趁机又飞了出来，很清脆地"叽哦"叫了几声。像往常一样，我在地上撒了点鸟食，便去上班。

没料到午后刮了一场台风。暴雨过后，空气清新得很。我回到房里，听见房子周围的树上有鸟叫声，心里一惊，蓝蓝可不能被这鸟叫声给诱惑了去。目光搜寻整个房间，却真不见了蓝蓝！

我顿时蒙了。我已分不清是对朋友的责任心还是对鸟儿的爱怜，一心只想找回我的鸟儿。我先是学鸟叫，然后跑到房前房后，企图从某棵树上或是某家阳台上发现那可爱的一点儿天蓝。转了几个圈，我什么也没发现。

我变得没精打采了。有时满耳都听得见鸟叫声呢，探头窗外，却连鸟影儿也见不着。偶尔有朋友来玩，见我失魂落魄的样子，便安慰我："鸟儿会飞回来的。那鸟儿刚出去，好奇，但它飞不远，最终会飞回来。"可是这么多天过去了，没有一点儿迹象表明蓝蓝会飞回来。而绿儿孤独地待在笼里，终日凄厉地叫着，刺耳，也刺心。

蓝蓝终于没有飞回来。绿儿在孤独的等待中已瘦弱了下去，羽毛枯涩，叫声一天天疲软绝望。有人劝我再买一只鸟回来，或是将绿儿卖了或送人，可我不愿意。

在一个空气新鲜、天空明丽的早晨，我将鸟笼打开，将绿儿抓起，托在手上抚摸了好一会儿，然后站到窗前，将手伸了出去。绿儿在我手心里站立不动，过了好久，才低了头轻轻地啄我几下，极温柔、极生动地叫了几声，然后倏地飞向窗外。

很快，那一点儿青绿便融入了天色之中。

那一刻泪水模糊了我的双眼。

我的小鸟儿飞了。

我将这事很沉重地告知了朋友。他没有回信，也没有要结束远行回来的迹象。

我想朋友大约是不会回来了。

我与母亲不"相生"

小时候，一个八字先生给我看相算命，说我这个人什么都好，就是克父母。父亲自然是不信这一套的，但母亲就不同了，以后一有什么不顺她意的事情，她便拿这个贼典故来说我。次数一多，我也便信了这一点：我与母亲不相生。

为此我好内疚。

但总免不了吵嘴。母亲动不动就训，而我似乎到了天生的不受管束的年龄。姐便总瞪我眼睛，说母亲是我们的骄傲。在那极艰难的年代里，父亲成了走资派，母亲戴着右派帽子，从城里到乡下，上有老祖母，下有我们四姊妹（最大的不到11岁，最小的我才2岁），坚强地熬过来了，姐说不要怪妈妈严厉，是那个年代造就了她的急脾气。我常常被姐姐们说得泪流满面，发誓要尊重母亲，爱母亲，让母亲快乐。

但是，导致我与母亲以后真正合不来的事发生了。

那年我17岁。17岁，多梦多情的季节。我的生命里出现了爱情。那是很神圣的初恋啊。然而母亲知道了，毫不犹豫地加以干涉，说他是个坏男孩，曾经玩弄了某某女孩然后抛弃了她。他是个始乱终弃的人！我信以为真，发誓不再理他。他气昏了头，一刀削去了半个指头。爱变成了痛苦，我们又痛苦地相爱了。母亲见无可奈何，便发了脾气。好，我找你学校去，我不认你这个女儿，你也别想再念书！你跟他去吧。母亲的粗暴和恐吓在我心里烙下了爱被亵渎的感觉，但鉴于被学校知道了要开除的危险，我只得忍痛与他分手，但从此我对母亲也就有了成见。两年后，我回家度寒假。一个冬日的傍晚，我在阳台上无意中发现他在我们楼下的小路上徘徊，一见我，便拼命地挥手。我疯了一样地冲进屋去叫母亲："他在那里！你去看！你自己去看！"母亲终于明白，就陪着我哭："孩子，妈不是为别的，他父亲曾害得我们全家苦了十来年呵……"

我大梦初醒。母亲的偏见源于惨痛的历史，源于动乱时代中无辜的受害记忆。一场小病后，我更深地陷进了痛苦。一方面我理解了母亲的行为；另一方面，我对母亲依然耿耿于怀。社会大悲剧为什么要让17岁的少女来承担？上辈人的恩怨为什么不能以成全我们的爱情来了结？后来师范毕业，我就执意去到远离家乡、没有亲人的小城市里去，偶尔回到家，也不和母亲说什么知心话。母亲觉出我对她的情分淡了许多，常常无奈地叹气、发火，背后跟姐说，我记她的仇，八字里注定的克父母。有时候，母亲用那种带了歉疚的眼光看我，好像在请她的女儿原谅似的。我的心就酸酸的、软软的。但我克制自己：我的初恋被毁了。

我的生活中似乎再也不会有爱情。二十岁出头的时候，一脚踏上了仕途，青年得志，受人瞩目；后因兴趣所致，做了记者编辑，名声在外，追求者自然也不间断。然而，我无动于衷，像不食人间烟火。母亲的信中就常提及，催我早组小家庭。我反感至极，一有机会就去旅游，探亲假亦是一样，即便回家，也是成天出门转，不在家里待。母亲见我越来越疏远她，很难过。我也难过，但我就是不去亲近她。每次从家里返单位，我都拒绝母亲相送。其实，我是害怕看母亲的朦胧泪眼，害怕看她久举不放的双手，害怕听她反反复复的叮咛……我想我大约是疯了，为什么还要给母亲造成我仍计较几年前的事情的印象呢？于是一旦踏上旅程，我就紧闭双眼，强忍那沉浊的泪水，任脑子里一片空茫。

终于有一天我开始了所谓的恋爱。如果说初恋是朦胧而激情的，那这一次是清醒而理智的。从外表到人的内涵到家庭条件，母亲没哪一样不满意他，就开始暗暗为我出嫁做着准备。但是有一天我忽然发觉自己并没动情，并不爱他，于是我告知家里，我要去海南，也许得与他"拜拜"，因为他不愿与我同游大海。这次对母亲来说可是一次大的打击。母亲已近六十，我不成家，她不放心。而在家乡，二十四五岁的姑娘还不出嫁，那就要受人关注、担忧、说闲话的了，而我要与朋友分手的原因又那么莫名其妙。母亲召集了她所能召集的力量来劝我留下，朋友也更加努力活动，要调我去他身边，但我一到海南，就被海迷了心窍，再也不愿打道回府。就这样，我孑然一身，成了天涯流浪女。

而母亲的心，从此也就飘忽不定，时时牵挂着她远在海南的小女儿。海南的事必关心，海南的报刊必购阅，从海南回家乡的人她必去拜访。母亲知道我是义无反顾的，也就不再坚持让我调回去。母亲的信，一封一封地来，问及海南的一切，责怪我的信写得不详，又不厌其烦地教导我安心工作，注意身体，改掉坏脾气。我每每将信一揉，扔在床上，"哼"一声。然后呆坐一会儿，又猛地将信抓起，展开，抹平，一遍遍地读，直读得珠泪横流，然后满怀激情地回信。回到半途，又搁下笔来。而真正给母亲的信，却是一封比一封短，一封比一封简单，我甚至不想回家。回家干什么？与母亲吵架？但我也有一个原则：在信中只报喜不报忧，就是烦恼到极点也绝不流露半点。母亲就以为我在外面很风光快活，很有些运气和风度，日子过得很潇洒。每每与人谈及我，母亲就埋怨说我是个不孝女儿，但那口气是嗔爱而骄傲的。有一次我遭抢劫，人吓了个半死，情绪不安定好长一段时间，就是没向家里诉说，可不知哪个长舌妇告知了我的母亲。母亲急得团团转，准备派姐来探望我。正好我有机会回家一趟，一见我，母亲就叫着"四儿！四儿！"把我紧搂在怀里，一个劲儿地流泪。那一刻，我觉得我漂泊的疲倦的灵魂得到了抚慰。

那一次，开始算是与母亲和平共处了几天，可后来，又僵了。临走前那晚，我与母亲睡在一起。母亲又唠叨找朋友的事，说萍踪漂泊也要有个岸，女孩大了要有个家。我说我不是不想成家，就是找不到。母亲就训斥，举例某某人那时候追我，还不是因为我太冷淡、太傲气而不成，就是要什么凭感觉做事。然后说，只要人好，其他方面过得去就行。我说，那你帮我找吧。母亲听出了我话里的反感，大光其火，你读多了小说，要死去活来才叫爱吗？大约觉得这话太刺激我，母亲把手伸过来，让我像小时候一样枕着，把我搂住。我心一酸，差点哭了。外面的世界不管是精彩还是无奈，总是没有母亲的怀抱温暖呵！多少伤情，多少忧思此刻想对母亲述说，但我一转身，背对母亲，淡淡地说了一句：睡吧！

那淡然一定是伤透了母亲的心。第二天母亲破例地没有为我送行。漫长的孤独的旅途上，我就一直在想这事。我觉得我对不起母亲。我在心里说，母亲，你要原谅我。

我觉悟了过来。这么多年来我与母亲的不合，概因我的初恋的失败。我实在是深爱母亲的，但这份爱可能要在我再度拥有真正的爱情时才能明朗。

于是我假想我的生命里终于出现了爱情。我自信我会是很真很真地爱他——一个激情而沉稳、洒脱而痛苦、充满力量而又急需爱抚的男子。而我在坠入幸福的同时，母亲的身影便总在眼前闪现。于是，生活中时不时就出现如此风景：在我们家那个宽敞的阳台上，春天的太阳温情地照着；母亲坐在藤椅上，我小鸟依人似的伏着母亲的膝盖；我们彼此恬静地沉默着；母亲很轻柔很轻柔地抚我的美丽头发；爱人安静地走来，走进我的心帘……

亲爱的父亲

　　接到父亲过世的消息，是在那个温暖的五月的凌晨。

　　然后，我独坐在电话机旁，头脑一片空白，却又像塞满了什么未知的东西即将爆炸。就这样过了好久，我的眼泪才静静地奔涌下来。那种来自肉体心脏，来自灵魂深处的疼痛我永生难忘。

　　父亲没能遵守我们的约定。

　　两个月前，父亲病危。我从北京赶往远在湘西南的家。当父亲病情好转一些，我便和父亲约定，年末的时候，他和母亲去北京，并与我共度春节。父亲笑眯眯的样子令我根本没想过事情会发生变故，而且，父亲的话从来就是不被怀疑的。于是，父亲要一心养好身体，我则为父母来京做着精神与物质的双重准备。

　　然而，我一向诚信的父亲却在两个月后不给我做一声告别就匆匆地走了。

　　我深深地责怪父亲，这是他一生中对我的唯一一次"失信"呵。但这样的失信，却让我永远也无法再期待一次与他的再见。

　　我责怪着父亲。然而，我知道，在这个悲痛的时刻里，我亲爱的父亲的精神内核，却前所未有地融汇到我的血肉之躯中。对父亲的深藏在骨髓之中的爱，顷刻间浮游而出，升腾，弥漫了我的世界。

　　我要回去送别我亲爱的父亲。

　　路好长，路好远。

　　我的心，我的灵魂在痛。那种痛，我不能形容。

　　我的父亲是一个平凡的人，一生中，没有一件惊天动地的事情，也没有一件让人铭记的过失。在有些人眼里，父亲甚至还有些懦弱、无为。在很久很久以前，我曾经也羡慕别人有一个大树一样的父亲，而暗暗叹息自己的父亲无权无势的平凡。但是，当我与父亲在物理意义上越来越远，心灵意义上却越来越近时，我的父亲一天一天地赢得了我的理解与爱。当那些天生优越的人们醉心于他们父辈的荣耀时，我像一株无人看顾的小树苗，匍匐在大地深处，将根须偷偷伸展到地下，开始顽强而青绿地自我生长，以获取属于我的蓝天和阳光，不让它们被外力所遮蔽……

　　平凡的父亲却有着非凡的出身。父亲还在娘肚子里的时候，父亲的父亲却远离了亲人，北上"新民"求学去了。20世纪20年代，一个青年能在"新民"上学，家境的富裕与天资聪颖是可想而知的。是的，我的父亲降生在一个殷实的乡村大户人家。然而，父亲从降生的那一天起，从来没有见过自己的父亲。父亲的父亲还是个热血青年，外面的世界让他满怀了推翻旧世界的壮志豪情。他悄悄参加了革命，并许下誓言，为大家，舍小家，革命成功方回家。就在父亲的父亲准备回家看望久别的妻子和已经会写字背诗的儿子的时候，抗日战争爆发了。革命者，父亲的父亲又义无反顾地扛起了抗战的大旗，将个人的小家更远地抛在了身后。

　　一年过去了。

　　又一年过去了。

　　若干年过去了。

　　终于有一天，父亲的父亲不再往家里寄东西，不再写信，不再有消息了。

　　而我的父亲，在默默地期待中也长成了俊朗的青年。

　　尽管父亲是大户人家的独子，是一个受尽家人恩宠的少爷，却也没有在国难当头的时候缩在舒适的家里。他跟随着我的舅舅——国民党一个著名将领的副官，踌躇满志地上了抗日前线。他甚至觉得，这样或许可以在某个特殊的时刻与父亲不期而遇，成为共同向敌的盟友。

刺刀闪着凛凛的寒光，炮火在半夜里炸响，昨天还与自己一样年轻的生命来不及喊出一声"往前冲啊"的口号，就一个个惨烈地倒下了。那些生命连成一片，如同沙漠中枯干的驼影，永不能复生。然而，外敌刚被赶走，内战又爆发了。年轻的父亲在惊骇与疑惧之中，稀里糊涂地随部队做了俘虏，被送往一个著名的湖区集中学习。

学习结束，是回原籍还是接受改编？我亲爱的父亲的眼中在那时忽然出现的是成片成片的年轻生命，倒下去不再起来的生命，那些还没有来得及品味真正的生活芳香的生命。父亲做出了影响了他一生，也影响了他的家族、他的家人一生的决定。他返回了原籍，继续他的学业，陪伴他孤独的母亲。他慈眉善目的母亲仍在等待着他的父亲归来，明知爱已绵绵无期，却仍心存希冀。

父亲的生活渐渐平静。在那个时代，父亲的教育资历使他很容易有了一份体面的职业。然后，他成家了，他自立了，他做父亲了。他温厚、谦和、笃实，处处与人为善，偶尔梦见那些年轻而短暂的生命，他就愈发珍惜自己的生活，愈发对自己和身边的生命表达着尊重。父亲越来越明白，他的生命绝不只是他个人的，他对他的家和家族拥有一份不能怠慢的责任。

然而，就在这时，关于我父亲的父亲的传奇开始在那个地方流传。

那样一种家庭背景和个人经历，在接下来的一连串运动中，命运将会怎样，可想而知。父亲的父亲的历史像紧箍咒一样，将父亲本可以辉煌激烈的人生箍得清寂灰蒙。

父亲没有抗议，没有质疑，没有怨怼。也许在那时很多人以为这是一个人怯懦无语的表现。但多年以后，当我开始从事文字工作并对那一段历史加以了解时，我明白了，也许正是父亲的与世无争、厚道善良的性格挽救了他被政治的洪流溺灭的命运，保护了他的家庭，使其在非常年代里得以存活；是父亲对他父亲深刻的爱和同样深刻的恨，强烈的期待和同样强烈的绝望，让他用并不坚实的肩膀扛起了家庭的重负，承载了混乱社会的冲击与非礼。

因此，当平反的日子来临，父亲急不可耐地开始寻找他的父亲了。这时关于父亲的父亲的传说已具有了神话般的色彩，他的光芒穿透了因他而起的家族苦难的阴霾，让他的后代从刚刚新生的晨曦中感受到了太阳普照大地的光明。

但是，父亲最终却熄灭了寻找父亲的信念之火。那一个个盖有权威机构鲜红印章的文件似乎暗示了父亲的父亲注定只能成为他的家族辉煌的背影。因为，即使父亲的父亲也在关注着我们，但他已经属于另一种生活，那种生活更符合他的历史，他的轨迹。父亲暴怒地说，他是知道回家的路的，但这只是他遥远过去的一个小家，他的道路早已从他离开家乡的时候就向更远的地方敞开了。

我们终于明白，寻找实际上是毫无意义的。从此，关于父亲的父亲就成了这个家族一个忌讳的话题。父亲的坚定让我第一次感到了父亲内心潜埋着的奔突的火山。

其实，早在我童年的时候，就领教过父亲强硬的一面。

那时我们正下放在农村，而父亲远在城里工作，一年也难得见上一两面。每当父亲从城里回来，一家人就会欢天喜地，一时忘记无情的政治运动烙在我们心上的伤痕。大约是因为我打碎了一个碗或是偷吃了几颗花生米吧，奶奶数落了我几句。我觉得在父亲面前很没面子，不由得与奶奶顶撞起来，懵懂学童，竟学着外人的口气，不知轻重地喊了奶奶一声"大地主婆"。父亲听了非常生气，刚才还笑呵呵地护着我的父亲抄起一把笤帚朝我举起来。我见势不妙，撒腿直逃。可父亲竟然追了上来，在田埂上追着我转了好几个圈，将我捉住了。我是姊妹中最小的，父亲一直很疼我，从来就舍不得打我一下，这一次真是破例呵，父亲在我的屁股上使劲地打。父亲的愤怒是真实的。我懵懂的心隐隐感到了奶奶在父亲心中不可撼动的神圣的地位！此后，我对奶奶再也没有过不敬之词。我懂事以后，奶奶去世了。每次给奶奶扫墓，我都会真心地忏悔，尽管我知道奶奶早已原谅了我，我仍在内心请求她不要计较我当年的冒犯。当父亲决定不再寻找他的父亲时，我忽然明白了父亲对奶奶的感情。一个从来没有感受过父爱的男人，他的力量，完全来自他的母亲。奶奶将父亲的权威与母亲的慈爱集于一身，在艰难的、纷扰的岁月长河里，抚养儿子并让他健康成长，她该是多么伟大，多么高尚。

但与寻找父亲的事件相比，父亲对我的愤怒是可以忽略不计的。

我在家族的阴影和政治歧视的缝隙中渐渐长大了。父亲的形象一天天清晰起来。

记得在我13岁那年，父亲坐着单位的大卡车回来，说要带我去城里玩几天。那是我第一次单独跟父亲在一起，第一次去父亲工作的单位，第一次返回城里，也是第一次回我出生的地方。在现在看来非常轻松的车程在那时显得很漫长。一座座山，一条条小河，一个个小村庄过去了，可父亲总是说离目的地还很远。汽车在山中行驶，爬上半山腰后，停下了。开车的叔叔提了只铝桶，下到山坳里去提水。山坳中一个只有十几二十户人家的小村庄，村口有一片小小的竹林，在那些盛开着鲜花的植物映衬下，显得非常幽静、柔美；竹林旁一口碧清的水井反射着娴静的天光，仿如一面嵌在山野深处的镜子，令小小的村庄因此明艳。父亲拉着我下车，让我站在路旁往四周眺望。这里视野开阔，我可以看到很远的地方。山风轻轻地吹着，山上山下，我看见整座山都在开花，绚烂至极。父亲见我沉醉山景，笑眯眯地说，这样的景色很美吧，一路上我们还可以看到更美的风景。但我们还有很长的路要跑，司机叔叔要给车加水。汽车要时常加油补水，才能跑得动，跑得快。人也是这样，要不断地加油补水才能前进，当然，对于人来说，油和水指的是知识，各种各样的知识。人只有不断地汲取知识，才能不断地增加能量。人有了知识，有了能量，就能长出翅膀，有了翅膀，才可以飞起来，才可以看到更广阔的风景。父亲还说，从家里到城里的路很长，如果步行，我们就得一步一步地走，我们坐车，也得由车轮子一圈一圈地转动，不可能一步就跨过万水千山，一踩油门就可抵达终点站。做人也是这样，要一步一个脚印，踏踏实实地走下去，人生才有意义，才有价值。那时我还不是很明白父亲所说的道理，但我记住了父亲关于人有了知识与能量，就可以长出翅膀，就可以飞翔，飞得越高，看到的东西就更美的意思。尽管在当时我并没有意识到，但实际上，那次旅途中的谈话对我的影响是深远的。我从师范毕业时，我选择了远离家乡的方向。我想那就是我独立飞翔的意念最初的建立。我单纯地认为，离家越远，意味着我要走的路更长，路途上的景观会更丰富。

我越飞越远，越飞越高；看到一处风景，更希望靠近下一处风景。就这样，我与父亲和亲人相聚的时间一年比一年少。我一颗漂泊的心在自由的同时，将对父亲的思念凝聚起来，期望有一天安定了，我能加倍地偿还。

直到得到父亲病危的消息，我才惊悟，我的父亲已经老了，而我的理想仍在放大。

我在病重的父亲身边，安静地待了半个月。

初春的太阳暖洋洋地照在院子里，照在我坐在藤椅上的父亲身上。我为父亲修剪着指甲，回忆着我小时候出过的洋相，心里有一种温暖柔谧的亲情波浪一样轻轻涌动。也许是深受传统文化的影响，我们像大部分家庭一样，从来不曾用语言直接表达过对亲人的感情。但那天，我依偎在父亲的胸前，感受到父亲的温情，不由得感动地向父亲倾诉了深藏已久的爱。父亲，我爱你。父亲紧紧地拥抱了我，说，四毛呀，你这个哈宝，我也很爱你，我一直以你为骄傲。父亲笑眯眯地抚摸着我的脸颊，告诉我他早就知道我可以独立飞翔，而且会越飞越高。他望着春天阳光和煦的天空，像诗人一样感慨：天高任鸟飞，我相信你会是一只大鸟，无论我在九泉还是在天堂，我都会看见你掠过天空的翅膀。

父亲先知先觉般的笑容，让我回想起三十多年来他对我的"放纵"。在我选择独立行走时，是父亲的支持使我无惧跋涉的艰辛；当我的情感生活遭遇迷茫时，是父亲的开明让我勇敢地战胜了忧伤；当我穿越人生的十字街头，是父亲的民主态度让我明白失败是另一种成功的开始……是父亲，在我的后方为我点燃了一盏始终明亮的灯，照我积极向上……

在那个万物复荣的春天，我父亲的精神静静地契入他疼爱的女儿的灵魂。

但那时候我不曾意识到那会是我与父亲的最后的谈话。父亲的身体正在恢复，父亲的情绪甚为饱满，并信誓旦旦地要去北京与我一起过春节。他说他已经好多年没去北京了，他相信现在的北京早已变了模样。我唯一庆幸的是，我向父亲表达了我的爱，我让他明白了他的爱对我的生命的意义。

可是，这样的表达来得如此缓慢，我痛悔莫及。

终于到了家乡境内的公路了。这条路，就是我第一次跟随父亲进城的路。父亲领我上路，这条路就这样从这里向远方延伸着，让我看到了村庄以外的世界，让我理解了学识与飞翔的含义、人生与美景的哲理。

天突然下起了大雨。这是我从来没有遇到过的大雨。这不是普通意义的下雨，这是天水倾倒在大地。老天爷真的是看得见人间的善恶呵，它也在为一个坚忍慈善、淳良宽厚的老人，为我亲爱的父亲的辞世而悲怆流泪吗？

在瀑布一样奔泻的大雨中，我回到了家，回到了我父亲的身旁。

我亲爱的父亲，却再不能满是爱怜地叫我的小名，再不能伸开臂膀拥我入怀。

我的泪水也像天水一样倾落。我隐忍多年的泪水，竟然是为我亲爱的父亲流淌。

我握着父亲的手、无声地坐在父亲的身旁。

父亲的手冰冷、沁凉，我却仍然感到了他的柔韧与热量。我默默地向父亲倾诉着我的爱，我的痛，我的悔恨，我相信我的倾诉可以通过我的手心传达至我父亲的正在升腾的灵魂。呵，我亲爱的父亲，你可以安心地去寻找你的父亲了，让他为你植入再生的能量，让他偿还你一生的期盼，让他紧紧拥你入胸膛，让他知道你的生命创造了他的历史一样的奇迹……

是的，父亲，我亲爱的父亲，一个父亲缺席的男人，该多么坚强才能让他的家人平安地生活在这个世界上！他经历战争，他经历乱世，他经历迫害，他经历贫穷，他经历时代的创伤……一重一重的苦难，父亲用他沉默的智慧，用他宽容的处世，用他慈悲的为人……一个个地化解了，他用他的平凡铸就了坚强的、乐观的脊梁，成为了一个真正的父亲的传奇！

没有人能像我父亲一样赢得我的爱戴和崇拜，没有人能像我父亲的精神一样指引我高傲的灵魂。

在为父亲吹奏的乐曲声中，我静静地诉说着我对父亲深深的爱和依恋……

天，在我们送我父亲上路的时刻放晴了。温暖的太阳照耀在父亲的灵像上，让我的父亲仿佛回到了满怀爱国激情、宣誓报效祖国的青年时代。他的战友们一个一个地倒下去了，而他却在未来的生命里延续，并护佑着一个庞大的家庭的成长。他不是懦弱，他是感到了生命的重量，他抓住了生命的希望。上天在为他哭泣过后，现在在他通往天堂的路上洒下了金子般的光芒……

我亲爱的父亲在碎金色的阳光中微笑不语。我知道，我的父亲已长眠不醒。父亲肉体的生命将归于尘土，而父亲的灵魂却已在我的天空飞旋而上。父亲的意志、父亲的精神在我的心灵储积、沉淀，并经由我一直传承、沿袭、光大，而成为不朽。

红凉鞋

　　我和外甥女贝儿去购物。很多时候，我叫她"贝儿"，是因为我从心底里将她看成女儿，疼她并梦想她能尽快超越我。

　　我与贝儿相距不到一个小时的车程，平时她总在周末的时候从学校溜回到家里来。在SARS肆虐北京的日子里，我们却是两个多月未能相见了，她被隔离在校园里，而我，以尽量避免外出来保护自己。经历了这样一个心理备受折磨与考验的时期，亲情似乎更深、更浓了。"劫"后再见的那一刻，我们紧紧拥抱着，泪水稀里哗啦地流下来。

　　贝儿在隔离期间与她的大学同学度过了她的20岁生日。20岁，对于一个女孩来说太重要了，她的青春花朵一样地开放，她的思想将凌驾她被灌输的教育范畴，她要真正用自己的思维思考社会与世界了。

　　我要送她一份"大礼"，以弥补她生日里经受的孤独与不安，也算是对她理性地坚守校园、精神抗"非"的奖励。

　　在又开始拥挤与繁乱的商场里，我们从未像今次这般从容。我给她挑选了她喜爱的那个首饰品牌的项链与手链——我认为20岁的女孩子应该有些郑重其事的饰品了。当我们双手拎满了物品准备离开商场时，贝儿又看中了一双凉鞋。

凉鞋是皮质的，深红玫瑰色，式样新颖，手感极柔，很贵。我认为那样的价格对于一个普通女大学生来说，有点奢侈，即使不用自己掏腰包，也不应该承受。但那鞋子实在很漂亮，我无法无视贝儿渴望的眼神。

贝儿顺手拿了一双让我也试穿一下。这一试，真不想脱下来了，漂亮不说，还舒适至极。我伸展着圆润的美脚，任红凉鞋明艳地诱惑我。

贝儿说，你也要一双吧。

我犹豫着说，这太招摇了。

其实那种红正是我喜欢的颜色。

只是，望着青春的女孩，我却失去了热爱红色皮凉鞋的勇气。

"你穿着真是太好看了。"

"傻姑娘，你姨不年轻了。"我笑道。我知道自己不再年轻了。青春的花朵能开几时呢？为什么青春是那么的香艳、诱人啊，是因为青春像光阴一样，一去不复返吗？

"你怎么也说这样的话？你是与众不同的呀。"贝儿说。

在她眼里，我真是与众不同的，是年华不老的。从上小学起，我就一直是她的精神偶像。随着年龄的增长，她日益成熟，她不再接受我的思想，但她一直爱着我，并以我看上去更像是姐姐而骄傲，很多时候，尤其是上大学以来，我们是朋友而非两姨娘。她时常怂恿我穿青春时尚的服装，她说明亮的色彩正好衬托我年轻健康的心态。

但现在，我终于意识到我的青春已露出了它的尾巴——这一阵憋在家里，才发现往日里光滑如玉的眼角爬上了几丝深密的皱纹，黑油油的头发间竟潜伏了雪白的发丝，这就是青春将要消逝的信号吗？我认为这样光鲜的皮凉鞋，是属于贝儿她们的。她们穿着它，可以勇敢地露出涂着色泽艳丽的指甲油的脚指头，七分裤裹在富有弹性的小腿肚上，任裸在外面的皮肤闪耀出豆蔻珠光。

我已有十年不穿凉鞋了。十年来，这是唯一令我心动的凉鞋，却因为青春不再而要放弃掉。

淡淡的伤感落在柔软的红上。

贝儿见我沉默，亲热地趴到我的肩头："嘿，'非典'生活都经历过了，还怕一双红凉鞋嘛？"

我心一热。"非典"是什么，是瘟疫呀，当人们在弥漫着病毒的空气里生活，不知道灾难何时降临时，他们在想些什么？当恐惧过去，会不会后悔自己没有好好地享受生活，没有善待自己，果断地夺取自己爱不释手的东西，比如爱情与美物？

好好享受生活是不是也应该包括购买自己想要的一双鞋？

看这个时代的美容业，各式各样繁复更迭的时尚流行，就知道这个时代崇尚外在形象比崇尚心灵品质要盛了，追求拜金主义远比追求道德主义更让人理直气壮。我一向因心态放松而感受不到潮流的压力，因天生的肤质而无须追赶美容的脚步，但现在，很多令我动心的物品，我不能要了。尽管我知道现在45岁以前的人叫青年，65岁以后才叫"老"，我仍然属于"青年妇女"之列，我还是觉得很多心爱之物是那些尖尖小荷般少女的专利了。

是啊，时代变迁，少女已为人之妇。过去的十年、二十年恍如昨天，可时光如流的标志，却是无处不在。当年崇拜你的女孩不再狂热地追随你了，当年你喜爱的色彩不能在你的身上炫目了。你年轻的情人开始编造种种借口推迟着与你的约会，你发表讲话时越来越少地使用叹词……物是人非啊。

对于我们这一代女性来说，是多少有些不尴不尬的。年幼时，整个社会流行的是一种颜色，冷静而热烈；当社会开放了，本应是花枝招展的季节，观念却停留在愚忠的年代，于花季病态地拒绝绽放；当女人不再以失去贞操、背叛失败婚姻为耻辱时，我们的青春已呈凋敝之态了。这也许就是我们的命运，我们的机遇。

命运不给我们色彩斑斓的人生，不给我们享乐青春的心灵。为此，我们永远没有完美地展示和拥有生命的青春与内涵的机遇。

但也许正因如此，我们的心灵才沉淀出更深的认知与感悟？我们失去了光滑凝脂的肌肤，失去了秋波荡漾的眸子，失去了春光无限的丰美，失去了深爱已久的男人，可是，我们用这些失去换取了一份力量与坚忍，我们获得了透看人生与社会的眼力，我们更多地触摸到了这个社会的心脏，感受到了世界的悲凉或人类的荣光。我们更是多了一份责任，这份责任感令我们无所畏惧，你看，这场每个人不能置身其外的抗非典战争中，冲在最前面的有多少是我们曾经如花似玉过的女性天使。这样的责任感使我们高尚与纯真。

我脱下红色的皮质凉鞋，心有不甘却十分坦然地将它放回了原处。

贝儿却笑盈盈地将凉鞋重新套到我的脚上，并执意将旧皮鞋包裹起来。"这可不是我小姨的风格哟，'女人的生命是从三十岁开始的！'"

正好有女顾客过来试这款鞋，刚套上，就惊慌地脱下来，瞧着我的脚，艳羡地说："你穿着真漂亮。"

我感激地冲她点了点头，心里暗暗地做着决定。

"女人的生命是从三十岁开始的"，好些女友知道并接受着我的这个观点，在它的指引下，我们让自己三十岁以后的生活充满激情，散发出成熟芳香的魅力。

看啊，青春远还没有结束，我怎么可以拒绝这么柔软美艳、令我感性飞扬的皮凉鞋？

贝儿得意地掏我的钱包，她胜利了。而我，从正要慵懒懈怠的心态中超脱出来。

噢，亲爱的贝儿，谢谢你让我拥有了一双红色的皮凉鞋！不过，我，你的姨妈，将不再是个穿红鞋的舞者，在青春的舞台上旋转。她的精神已张开了翅膀——我可能会变成一只飞鸟了，天空才是最自由、最适于心灵翱翔的！

我要和国旗合个影

　　宝贝外甥孙可可和外甥孙女以以来北京，我问他们最想去哪里玩，可可说，去天安门。他说，我在电话里总说，来北京要带他去天安门，那里可以看升旗，还可以登天安门城楼。哦，确实如此。

　　我们一到天安门广场，他们便欢呼雀跃起来。广场已被装点得有如一个盛大的花园，四周花圃环绕，圆形的花柱、球形的花坛错落有致地伫立其间，游人绰绰，争相在花海中拍照。以以跳起了随心而起的舞蹈。跳完，她摆着姿势让我们给她照相。可可拿过我的手机，乐哈哈地为妹妹拍照。

　　那一瞬间，我忽然忆起了10年前在广场上给人拍照的一幕。那是一个深秋的早晨。为了参加在人民大会堂举行的"中国人口文化奖颁奖会"，我7点就到了天安门广场。让我惊讶的是，天安门广场上方的天空，与我以往看到的天空极不一样——居然透着许多的蓝，因为蓝，显得清澈无尘。清晨的广场，游人却已经不少了。广场中心的红旗高高地飘扬着，护卫它的哨兵在晨寒中岿然不动，表情刚强坚毅。三三两两的风筝飞上天，在广场上空漫天飞舞。有位戴着二杠四星肩章的女大校让我为她拍照，并强调说要将天安门城楼上的毛主席像和广场上空迎风招展的国旗拍进去。我按她的要求调整角度，连拍了几张照片。

女大校、飘动的红旗、天安门城楼和城楼上的毛主席像构成的画面，一下子刻进了我的脑海。

可可和以以的笑声让我回过神来。"宝贝们，我们和国旗合影去！"

"为什么要和国旗合影呢，四毛？"可可正拿着小小的袖珍遮阳伞自由地比画着。为了表示我们之间的平等和亲近，我一直让孩子们喊我"四毛"。

"嗯，国旗代表我们国家嘛！你看它红红的、飘动着，是不是很好看？"可可收住手，凝神看国旗："那么高，怎么照得下？""照得下。我们不仅要照国旗，还要把对面的城楼照下来，把那些花树也照下来。"我说。

"好呀好呀！四毛，我要和国旗照相。"以以欢喜。我们正在找角度照相，可可眼尖："解放军叔叔！"抬眼一看，只见国旗护卫队战士扛着枪、迈着整齐的步伐从金水桥那边走来，走向广场国旗哨。

哦，是降旗时刻到了。"那是国旗护卫队的叔叔。他们就是专门守卫国旗的。"我说。一转眼，国旗护卫队已到了国旗哨。降旗、甩旗、解旗、收旗，护旗手帅气地完成一系列动作后，降旗仪式结束，护卫队又迈着整齐的步伐护送国旗回天安门城楼里去。此时，太阳归落，天安门霓虹闪亮，一片辉煌。

"嗯，我们是这个国家的人是吧，所以要我们和国旗合影。但是现在旗降下来了，我们没有办法照相了吧？"可可说。"当然有办法。你真想和国旗照相？"我问。

"嗯。"可可点头。"我也想。"以以一直很用心地听我和可可说话，这时兴奋地拉扯了我一下。

"好。那我们明天来看升旗好不好？升旗的时候，还有仪仗队，还会奏国歌呢，比刚才还要好看。看完升旗，我们就可以和国旗照相了。"

"好啊！"

"那我们凌晨3点就要起床，4点半前要赶到这里来，还要排很久的队，很辛苦哦，你们会不会又变卦？"

"不会！"小兄妹俩齐声响亮地喊了一声。

热泪一下子涌上我的眼眶。我躬身张开手臂把他们揽入怀中，在他们的额上亲了又亲。我知道这一刻，我已把一颗爱的种子植入两个孩子幼小的心灵，是一颗大爱的种子。

初恋的回声

> 时隔十年有余，我写下这一行字。
>
> 我不再悲戚，我却依然满眼含泪。四月清明过后，气温下降得厉害，但午后的阳光从窗户照射进来，落在我的书桌上，透明耀眼。我感到异常温暖。
>
> 我的初恋，因为温暖而永恒。
>
> ——题记

2008年盛夏的那个清晨，我的电话铃声不祥地响起。电话说，他走了。

他，是友皓。因为他像极了三浦友和，他给自己取了一个笔名"友皓"。他从来没有使用过，除了我，谁也不曾喊过他"友皓"。就像他给我取的笔名"野艾子"，无人知晓，我也从来不用。

我没有哭，我只是泪如流泉，涌流不止。就在昨天，我请年少时我们的密友小菊去看望他，向他承诺三天后我回家乡见他最后一面。密友说，他幸福地笑，眼睛闪闪发光。然而今天清晨，他就死了。密友安慰我说，他一定是确认你要回来见他，安心了，又不想让你看见他形容枯槁的模样，决意永别。

但是，我陷入了深深的自责与痛悔不能自拔。

两个多月前，大约是6月，我接连收到由同一个陌生的手机号码发来的短信，全是爱与美的祝福，热烈、真挚。我请问他是哪位高友，他不回复；我多次回拨电话，他始终不接。我以为是哪个好开玩笑的朋友拿我开心，事情也就过去了。到了8月，我休假回到家乡，有朋友透露说，友皓两个多月前得了绝症，医生判他只有三个月好活，如今命不延一月了。震惊之际，我想起那些神秘短信，恍然大悟，是他，是友皓，那时他应该刚刚确诊，他是在向我求助，也是在向我告别！

我很快联系上了他。他是那么惊喜。当他承认那些短信是他所发，是他渴望得到我的帮助却又不愿惊吓到我而不敢打电话时，我泪如雨下。我为自己那曾引以为豪的第六感却在他最需要我的时候失去感应能力而痛心。如果我能第一时间得知他的噩讯，或许能在精神上成为他对付恶魔的一剂良药……

他在电话里笑声朗朗地安慰我说，你不要哭，我不怕，死亡不过是生命的一部分。他一直以他是我的初恋而感到骄傲。现在，他更是再无恐惧，因为我的出现将成为他的精神支柱。他相信奇迹。

他说话的语气和醇厚的声气完全迷惑了我。他不是一个绝症病人，他的生命不会只剩下一个月！

于是，我打消了去见他的念头。那些关于我和友皓初恋的故事，二十几年里像暗香一样浮动在这座小山城里，我不敢节外生枝。不见，期待他康复，期待生命真的出现奇迹。

怀着莫名的希望，也怀着一份忐忑，我回到京城，一面工作，一面等待着我的新书《蓝色玫瑰》出版。《蓝色玫瑰》是我以家乡为背景的一部中篇小说，讲述一个爱与生命在绝美的风景与温暖社会中神话般重生的故事，我希望友皓能读到它，从中汲取到战胜病魔的力量。

几天后，密友说，他希望见我一面。而且，为了更安静的治疗环境，他要住到医院去。

友皓住进了医院。我计划三天后一拿到《蓝色玫瑰》样书，便启程回家乡看望我行将死去的初恋情人。我要将书中最美的段落念给他听，以此回馈他最初的爱情。密友说，当他确认我将回去见他时，他的眼睛放出奇异的光亮。

然而，第二天清早，友皓死了。

我呆坐在沙发上，任泪水无声无息地涌流。我的眼前，漫过我和友皓的一切。

那一年，我17岁。单纯、懵懂的生命，却在不知不觉中迷上了文学。我的密友见我喜欢读诗歌小说，便将我带到她的邻居友皓住处借书。友皓是个已经参加工作的文学青年，在小城里小有名气。我和友皓就这样相识了。其后，借书，还书；再借书，再还书。循环往复，爱情的种子悄悄萌芽。那个冬天，我们坐在炭火不明不灭的屋子里，看他创作的文采飞扬却未曾结尾的小说。我们手握着手，心连着心，眼睛里流淌着蜜一样的爱情。纯洁的爱情啊，在那些令我精神滋养丰润、文学素养节节成长的日子里，镌刻进了我的灵魂。

半年后，友皓莫名其妙地从城里调到了乡镇。他的信越来越短，短得只剩下几句美好的祝福；我满腹疑问，却无法追寻到真实的原因。

我在这种氛围里参加高考，考得极不理想，却也算上了榜。就在那个假期，我听说他和城里最漂亮的女孩谈婚论嫁了。那一刻，我心中对他所有的爱情归零！从此，我的道路将从小城延伸出去，千里万里，我将轻装而行。

生活的路，一走就是13年。其间，我拥有了属于自己的事业，我经历了失败的婚姻。而他，奋斗成了一名周游在南方几省的律师，一切顺风顺水。这年春节，我在友人的家里与友皓意外相遇。友皓喝着喝着就醉了。他笑着，眼角挂着泪花，呼我"野艾子"，诉说着13年来对我的思恋。直到这一天，我才知道，当年，是我母亲坚信我不会生活在小城里，给他写信让他远离我。最让我惊愕的，母亲的信透露出了上辈人在运动中的一些怨结。原来我和友皓的爱情竟承载着时代的伤痕！这一天，我也才明白，他对我的爱是那么真，那么深……

我感动，我也哭泣。但不知道为什么，他说得越多，我感觉他离我越远。或许，我是不愿毁掉初恋的纯真美好，那份洁白无瑕的爱；或许是我的心已不能安置他。生活的河流，已将我们隔为两岸。

时光一年年过去，我生活的足迹抵达了京城。友皓给我打来了长长的电话。他要来北京，他要找回他青春时代的爱情。哪怕我只给他一线希望，他都会把它放大为一生的光明。但是，我语气很硬地拒绝了他，或许还带着轻微的傲慢。

我大概彻底伤害了他。从此，再也没有来自他本人的任何音信，直到那些神秘的短信发至我的手机，然后，就是他的病痛和死亡的噩耗！

从17岁到他死亡，岁月已悠悠逝去28年。我的内心被他死亡的信息紧紧地扼住。这人世间深爱我的男人死了，他用死亡阻止了我回乡的行程，这究竟是为什么？！痛苦中，我仰头疯狂地喊道："友皓！你若是真的深爱我28年，你就到我的梦里来，来亲口告诉我你真的走得无憾！"

我倦累不已，我的心倦累不已。我想沉沉地睡去。

友皓竟然真的出现在我的梦里。他的身子半浮在空中，背景是晶莹剔透、清澈如玉的冰山。冰山连绵起伏，最高处是一座哥特式的凌厉的顶峰，尖尖地耸入天空。冰山反射着太阳光照，闪闪的金光，灿若天堂的光芒。友皓自在地笑着，面庞是我初见他时的俊美光亮，他的眼睛在说：野艾子，我一直爱着你。

我从梦中醒来，静静地回味着梦境，再也没有入睡。纯属个体的情感经历，在这个梦境后，化作对"人从哪里来，要到哪里去"的终极哲学命题的思考，成为我生命中最震撼、最悲情、最奇幻的一次事件。物质生命与虚幻灵魂、俗世爱情与柏拉图精神、生与死亡、终结与永恒，种种与爱、与生命、与魂灵关联的符号纠结在一起，让我的心灵难以承受。

第二天清晨，我托家人订购了花圈，送至友皓的灵前。花圈中的每一朵鲜花都富有深意，友皓当能切切地体会。唯有红色玫瑰，我没有配置。面对友皓的爱情，我已失去了为他献上红玫瑰的资格。密友代我送他出殡上山，从我送的花圈中抽出一枝鲜花掷入墓穴。隔着千山万水，我与友皓深情告别：友皓，安息吧！天堂会赐给你永恒的爱！

那天下午，北京的天空像火烧一样，漫天红霞。《蓝色玫瑰》的样书到了。那比廊桥遗梦还要美丽的爱情神话，我把它献给梦中的友皓。

今天，我的回忆是冗长的，情感却不再沉重。我仿佛看到友皓正在至纯至美的天堂谈情说爱，那甜蜜的笑容已是全然忘

记了人世间曾有过的爱与荣光。我想起他第一次为我朗诵诗歌
的模样，耳畔回荡起他饱满、激情而又温柔的声音：

> 一切都是命运
>
> 一切都是烟云
>
> 一切都是没有结局的开始
>
> 一切都是稍纵即逝的追寻
>
> ……
>
> 一切希望都带着注释
>
> 一切信仰都带着呻吟
>
> 一切爆发都有片刻的宁静
>
> 一切死亡都有冗长的回声

友皓朗诵的是我和他都热爱的诗人北岛的《一切》。我和
友皓的一切是从这一首诗开始的。如今，我觉得这首诗映照了
我和友皓的纯真爱情。

这是我的初恋的回声，它属于那个离得越来越远的时代。

有些灵魂会重逢

"子君，我是大姐！"

微信里传来慧瑛大姐激动热切的声音。

我喜不自禁。大姐的声音像我第一次听到的那样，有一点清澈，有一点儿脆甜，有一点儿豪爽，又有一点儿孩子般天然的娇气。这种辨识度极高的声音，它属于慧瑛大姐，即使没有任何铺垫，即使已经过了二十八年，我也能瞬间确认。

时隔二十八年，她的声音没有一丝丝的苍老、喑哑，她的心一定保持着激情、梦想、阳光和海纳百川的容度。

有些人注定要相遇，有些灵魂注定会重逢。

像海浪逐涌，像火山喷发，像高山流水，我们尽情地表达着对彼此的记忆、思念和期盼之情。

在主编"勤径千里马·课文作家作品系列"之鲁迅卷《鸭的喜剧》时，编辑在书后附录了几篇名家写鲁迅的作品，其中有陈慧瑛的《美丽的足迹——鲁迅先生在厦门》。我一看篇名，断定此陈慧瑛就是我"失散"多年的慧瑛大姐，当即要了微信名片，火速加了好友。

二十八年前，我在《海口晚报》副刊负责"散文百家"专栏。一天，社领导交给我一份会议资料，说厦门著名散文家陈慧瑛在海口参会，让我想办法去采访并向她组稿。我欣然领命。

我很快联系上了陈慧瑛。约好见面时间后，她一再叮嘱，往宾馆来的那条路，入口处有五棵高高大大的棕榈树，一定不要走错了入口，是棕榈树，不是椰子树哦！海南最多的是椰子树，其形态和棕榈树有几分相似，常常让初见它们的人傻傻分不清。她不知道我已上岛三年多，且一上岛就被椰子树迷得五迷三道，绝对不会把棕榈树看成椰子树的。但也因此，棕榈树的美和慧瑛大姐体贴入微的性情烙进了我的记忆。

我如约到达酒店。敲了敲门，不见应声，便站在走廊里等候，看楼前花园椰树高耸，美人蕉开得艳丽，脑海里想象着即将到来的会面。

一位在花园边转悠的男士走过来问我："你是来找陈慧瑛的？"

我看他很和善，便点头应道："是的。"

"她不在。我也是来找她的，她大概还在会上。"男士看了看表。他问我怎么会认识陈慧瑛。得知我是《海口晚报》的记者后，他忍俊不禁："哈哈，你是《海口晚报》的记者，你居然不认得我吗？"

　　这时，一位满头棕红色卷发、戴着一副秀气的红框眼镜的女士疾步走来，男士立即迎上去和她握手。"慧瑛大姐，能在海口见到您，真是太好了！"他指了指我，"这位也是来找您的，《海口晚报》的王子君……"

　　"子君，不好意思，让你久等了！来，来，外面太热，快进房间！"陈慧瑛打开房间门，亲热地拉住我的手往里让，"没想到你们会一起来呢！"

　　"哪里，子君还不认识我呢。"男士打趣道，并把我们刚才在门口碰到的事说了一下。

　　陈慧瑛揶揄道："哎呀，子君小妹！你这记者当的！这是你们的曾浩荣市长呀！"

　　我一时尴尬得无地自容。《海口晚报》是海口市委机关报，市长天天在报纸上露脸，我却连面熟的感觉都没有。

　　曾浩荣乐呵呵地说："呃，大姐，这说明子君小妹是个单纯的人呐！"

　　"对对对，这说明她是个很单纯、不功利、不会钻营的人。我喜欢！"陈慧瑛立即赞同道，将我解了围。

　　我因此认识了市长，但此后却没有因此和市长加强联系。很多年以后，我听一位和曾浩荣相熟的朋友说，曾市长和他笑谈过这件事，为能遇到像我那样单纯得"不识泰山"的记者感慨不已。

曾市长走后，慧瑛大姐和我好一番长聊。她问了我许多问题，比如，为什么你年纪轻轻要跑到海南创业？在海口生活艰不艰苦？"散文百家"组稿顺利吗？你的创作以散文为主吗？

说是我采访她，结果，变成了我向她尽情倾诉的一次会面。痛与快，困惑与坚持，迷茫与希望，一股脑儿地说给这位第一次见面的文学大姐。她有一种让我说不清楚的魅力。临分别时，她抓着我的手，言辞恳切地说："子君，你是个率真、执着的女孩，我认你这个小妹了！你以后就管我叫大姐吧！"

谁能想到呢，一个是蜚声文坛、正如日中天的归侨作家，一个是一株刚刚开出小花的青青苹果树，却在阳光炽烈的海南岛上，成为一见亲如故的姐妹！

此后我们书信往来，不算频繁，却无比率性。

1998年，我去厦门旅游，告知慧瑛大姐，她非常高兴，约好和我见面。但临到头，她临时有会不能来了。原来，大姐不是专业作家，她是厦门市人大常委、厦门市侨港澳台外事宗教民族旅游委员会主任、福建省人大代表，行政事务繁杂，完全不能自由支配时间。我很释然，这次不能见面，以后再相见。

哪知这一错过就是二十多年。其间我生活的道路发生了重大变化，从南到北，一路风尘，友朋星散，和大姐的联系也像是风筝断了线。

不过，大姐的情谊我却从未忘却。那一次"采访"，她对我发自内心的赞美、赏识和指点，成为我心中膏良肥美的土地，引领我看到远处的风景。她是我文学生命中的贵人。

虽然多年不见，大姐也常常想起我。或许正因为彼此不曾相忘，我们的灵魂便注定能够重逢。借助微信语音，我们热火朝天地聊了近两个小时。我们分享这些年各自的生活经历和创作成果，也谈及正火热的抗疫话题，谁也不掩饰、不防备、无保留地发表自己的看法。我发现，大姐不仅声音未改变，还依然保有独立的观点、视角、思想，只是更有高度、广度和深度。坦诚，让我们的对话像一盘闪光的银子。

通话结束后，大姐发来了一个链接。打开一看，是2019年8月《学习时报》采访她的一篇报道。我反反复复读了，感到报道真正诠释了"布衣之交"的含义。布衣之交，如同溪水与树木，相助相依，共存共荣。

随后，我又收到了大姐快递来的书——《有一种爱叫永远》。绿底白字的封面，简洁大方、干净清爽，如春天扑面而来！我以前只知道大姐是著名散文家、官员、新加坡归侨，现在看勒口上的简介，她还是民族英雄陈化成将军嫡系五代孙！

"尊荣之前，必有谦卑。"我如醍醐灌顶。

随书而来的还有一封大姐的亲笔信。"有幸再续前缘，非常高兴！希望来日还能相见。'何当共剪西窗烛，却话巴山夜雨时！'"看那笔触圆润有力、酣畅淋漓的字迹，我真是为大姐喝彩，岁月流逝，却未曾消减她丝毫的激情与活力。

我迫不及待地翻阅了书中十几篇作品。

《有一种爱叫永远》，这种爱，是对祖国、对朋友、对亲人、对人类、对文学沦肌浃髓的爱，热烈、深邃、纯净、隽永！

真的是见书如见人。我仿佛置身于美丽的厦门，见到了依然热情如火、风采明艳的大姐，我要再一次尽情向她倾诉……大姐已饱经岁月砥砺，智慧丰厚，定会让我感受更清亮的思想、更明阔的情怀……

我给大姐回寄了我的书。随书，也手写回复了一封书信，诉说这些年来的成长与收获。我特意翻找出已多年不用的"王子君信笺"——我的专用信笺，似乎只有这样才能表达我心中的真诚、质朴、清纯，和对大姐的敬重。

当信写完，我好生欢悦，竟有一种荡气回肠之感。书信，在这一刻还原为如此美好的一种交流方式，每一笔，每一画，都代表着你的情绪，你的情感，你的愿望，你的爱。那种知音般潺潺流淌或飞流奔腾的爱，纵隔千山万水，也能传递、抵达，永续不断。

大姐在读信后的第一时间在微信里回复了我："一回到家，就收到你的书和信，真是十二分高兴！细细拜读了你长达数页的亲笔信，感动之心，难以言表！……难得天涯有知己，此子君和大姐之谓也！"

落款是"大姐"，后面跟了无数朵盛开的玫瑰。

这般激扬的文字，令人动容。大姐依然是二十八年前那个真诚纯粹的、未染纤毫浊气的名作家慧瑛大姐！年岁的韶华不再，心灵的韶华永驻！

我下意识地看了一下时间，23点27分。夜已深了。

我热泪盈眶。

灵魂的唱和是如此美妙！

一段情，一辈子

　　我曾在一篇散文中这样描写我心目中第一个英雄形象：关于祖父的传说在我的家族中几乎成了神话。祖父当年是新民大学的学子，抗日战争时奔赴战场，出生入死，战功赫赫……祖父成了我心目中当之无愧的英雄。我后来内心一直在渴望走向远方，并为这渴望一次次奔波漂泊，我以为这与当年对祖父的崇拜不无关联。

　　祖父是个军人，是个英雄，这在我年少的心里播下了从军梦的种子。

　　17岁那年，有同学穿上绿军装当兵去了。最让我羡慕的是有一个女同学也参军了，她穿军装的样子美极了。我想试穿一下她的军装，她手摁在衣扣上硬是舍不得脱，最后只将军帽往我头上扣了一下便拿开了。我突然发疯般地想，我要当女兵，我要有自己的一套军装！但这样的梦很快被现实粉碎，我只得把梦藏在心底。每每见到穿军装的人，我就会目不转睛地盯着看，真希望那个人就是自己。母亲的干儿子考上军校时，我比母亲还开心。我有一个军人弟弟了！后来弟弟在部队成长很快，偶尔在春节回家探亲时，我就站在他和母亲身旁听他讲部队见闻。后来他和我前后脚来到北京，每次去弟弟所在部队，我心中就莫名地涌起一种荣耀感。

第一次真正探访军营还是在海南岛。1988年，我年轻的心被十万人才下海南的热潮激荡，成了闯海的一分子。岛上有很多驻军，驻军中又以湖南兵居多，隔三岔五地会认识部队的湖南籍老乡。在《海口晚报》做了文艺副刊记者、编辑后，我有机会走进了军营。威严的岗哨，整洁的园林，一尘不染的办公楼，简洁明快的宿舍，两人成行、三人成伍的军人队列，都令我感到新奇、兴奋。此后便喜欢去军营探访，结交了越来越多的军人朋友。其中，来自某团某连的庞指导员成了我所在的副刊作者。庞指导员的散文描写军营生活，生动鲜活，情感真挚，很富有感染力，为副刊增色不少。

庞指导员邀我下部队体验生活，我欣然应允。

一辆七八成新的吉普车将我接到几十公里外的部队驻地。一下车，早已等在团部门口的徐政委就向我行了个军礼，称"老师来了"。原来，徐政委也是湖南老乡，且是一个文学超级发烧友，一有空便奋力"爬格子"，一直苦于没有几个文学上的良师益友。庞指导员向他报告了我要去采访的消息，他非常欢迎。徐政委为人耿直豪爽，幽默风趣，文学情怀宏阔，在部队既有威严的首长风范，又有平易近人的口碑。他后来高升了，文学创作也获得了丰收，我还推荐他加入了中国作家协会，但很多时候他仍呼我"老师"。

我在野战团待了两天，观摩战士们在亚热带阳光下射击、格斗、匍匐、攀越、越野，了解到部队除了日常的体力训练外，还有大量的野战训练科目。这些野战训练是为了提升战斗技能，以适应各种复杂的战场。采访结束，我和指战员们合影，那天不知道有多少军人，反正那张照片中，一大片橄榄绿中，我一身黑底红花的连衣裙，特别抢眼，真正是万绿丛中一点红。照完相，有些战士还紧紧张张地来和我合影。看着年轻战士黑红的脸庞，我的心升起一种怜惜与柔情，我突然明白了为什么人们总说当兵很苦、当兵就要流汗吃苦。作为当兵的人，他们必须时刻为上战场准备着。

过了好一段时间，庞指导员利用出差的机会给我送来一样礼物。他打开一个装饮料用的纸箱，一层层拿掉防震用的泡沫，小心翼翼地将礼物捧出来，竟然是一辆坦克模型！

坦克模型摆在办公桌上，庞指导员一五一十地介绍起来。因为我是第一个下到他们连队去采访的女记者，战士们决定要送我一个礼物，有人别出心裁地出了这个主意。一个连的战士前后花了近一个月的空闲时间用子弹壳做成了这辆坦克。他们从打靶场上捡回子弹壳，洗净、擦干、遴选，然后设计坦克式样，研究用什么胶水、怎样粘连，焊接部分如何才能看不出痕迹，等等，可是费尽了脑子。因为从来没有用子弹壳做过坦克模型，在坦克的轮胎、炮筒、驾驶舱等部位，尤其是坦克履带部分，反反复复试验了几十次才成功焊接，子弹壳都已被磨得锃亮发光。

坦克模型惟妙惟肖，遍身金黄，我当时是惊喜至极，都来不及琢磨庞指导员所说的话包含着什么样的情义。坦克模型摆放在我家客厅景观架上，每一次文朋好友来了，都要围着坦克模型好奇地问这问那，我也不厌其烦地解释它的由来。有一天，我心血来潮，细数起组装坦克模型的子弹壳数字，竟有600多颗！再仔细端详每一个接口，我深深震撼了！军人，那些野战训练场上的军人，比我年纪还要小几岁的战士，他们心里潜藏的那份铁血柔情，刹那间，让我心里感受到一种亲人般的温暖。

自那以后，我对来自军营的稿件特别地重视起来，陆续选发了不少部队作者的作品。报社新辟"椰岛长城"版时，将我调去主持版面，我得以更全方位地为部队的宣传服务。正是由于这些特殊的因缘，后来我被发展成了预备役少校军官。授衔的那天，我笑得嘴巴一刻也没有合拢过。当《南国都市报》以"女作家穿上绿军装"为题对我进行报道时，我的言语里抑制不住的喜悦与骄傲；去连队训练走正步，我一脸阳光，映得整个队列也喜气洋洋。那段时间我天天想，若是战争需要，我一定报名上前线当一名战地记者，在战火纷飞中报道英勇参战的英雄事迹，纵然牺牲也无所畏惧。

没过多久，有朋友邀我为一位将军写篇文章。我花了半个月时间看将军的履历资料。将军将自己的一生献给了祖国的国防事业，还曾在一场战役中担任过指挥官并光荣负伤。在一份描写局部战役的资料中，我真切体会到军人流血牺牲保家卫国的伟大意义，对军人的情怀瞬间升华为一种敬仰。

斗转星移。我人生的轨迹从海南延伸到了京城。但是，我与军人的缘分并未因此中断。一个偶然的机会，我应邀创作有关开国大将黄克诚的电视剧本，也因此结识了一批为军队事业燃烧生命的军人。他们每个人的履历对我来说都是一部引人入胜的文学作品。我为自己能接触到这样一个题材而深感幸运。随着对黄老的研究日益深入，我对中国人民解放军的历史、军队建设与发展也有了或多或少的了解，当初的幸运感转化为深沉的责任感、使命感。黄老的军中生涯、军事思想，数十年如一日敢说真话、坚持真理的伟大品格，在我心中立起一座英雄丰碑。我坚信这样一个革命英雄人物，将在历史的星空中闪闪发光。是啊，我如醍醐灌顶，潜藏心中几十年的军人情结，其实正是这样一种英雄情结，让我对一种波澜壮阔的传奇人生，对正直公正的高贵人格，对"苟利国家生死以，岂因祸福避趋之"的英雄精神充满切切向往。

我渴慕英雄，更渴慕英雄辈出的时代！

然而，军人情结得以释放的同时，却又更加浓烈。岁月若真可以重来，17岁那年，我一定要参军当兵，让梦想成真！

与你相遇的每个清晨

太阳缓缓升起的时候，我走在八里庄南里的街上。经过鲁迅文学院时，我不由得放慢了脚步。

无数次经过鲁院。每次经过，我都会这样放慢脚步。

从东边射来的阳光落在鲁院大门上，那黑色的铁门、栅栏、石头墙和嵌在门墙上的鲁迅浮雕，都涂上了一层金红色光泽。这样的光泽，使鲁迅先生瘦削的脸，显得更为冷峻。

鲁迅先生是否感知到，后世以他名字命名的这所文学院所饱含的崇敬之心？

以往每当我放慢脚步，就忍不住在心底发问。答案是早就存在的，我只是在发问中不断地强化它而已。鲁迅，早已不单纯是一个人的名字，而是一个时代的精神象征。

20世纪80年代中期，我尚是一个青涩的、刚踏入社会且向往文学的青年。被文学诱惑，我报名读了鲁迅文学院的函授课。在我心中，"鲁迅"二字是崇高的，鲁迅文学院更是神圣的殿堂。因此，对鲁院寄来的函授资料以及指导老师的意见，我都是一丝不苟地研读与吸纳。我不知那一年的函授课对我后来真正走上文学创作之路有多大影响，但我确实是在那时开始了小说创作，并且我的名字"子君"也和鲁迅的作品有了牵连。不过，那时对于"鲁迅"究竟意味着什么样的精神，还是懵懂的，就像感受到太阳的温暖，却不明白太阳为什么会产生温暖的力量。

随着涉足文学及对鲁迅先生自觉不自觉的了解，鲁迅精神的象征意义才渐次明晰。

毛泽东说，"鲁迅的骨头是最硬的，他没有丝毫的奴颜和媚骨……""鲁迅的方向，就是中华民族新文化的方向"。

从像匕首一样的文字，到没有丝毫的媚骨，再到代表新文化的方向，这样的鲁迅，成就了鲁迅精神。

21世纪初，怀着对文学的憧憬，我来到北京。或许是命运安排，我最初住的地方与鲁院相距不到300米，于是又喜又怯地走进鲁院参观。在校区里转了一圈，我惊讶于学院的促狭，也为校园内一草一木、一花一石似乎都浸染着鲁迅百草园的气息而惊喜。印象最为深刻的是院史展览室。展览室不大，却资料齐全，内容丰富，仿佛一条艺术长廊，展示了鲁院50年来艰难而光辉的历程。从首任所长丁玲开始，几乎所有的文学大师都曾来这里授课，一代代作家从这里走出。因而它当之无愧地被称作"中国作家的摇篮"。这里陈列的作品虽然仅仅只是一部分，却足以让人目不暇接，流连忘返。我兀自喜悦，便时不时地在节假日特意经过鲁院。经过时，我会刻意放慢脚步，透过铁栅栏聚精会神地凝望校内景色，似乎这样也可沐浴到一丝大师们的思想光芒。

鲁院新一期学员进修班开班了。我突发奇想，要去旁听文学课。我怀着兴奋的心情走进进修班，大模大样地找了个座位坐下来听课。我怎么也没想到第一次旁听，竟是陈建功在授课。陈建功认识我，他去海南时与海南作家有过座谈。我作为青年作家代表之一有幸参加了座谈会。大概是看学员名单里没有我，下课时，陈建功很是惊奇地问："你怎么来了？"我老实答道："来旁听。"他似乎是第一次看到有人旁听，很是受触动的样子，连声说"了不得"。我的第一部长篇小说出版后，他还特地向我表示祝贺。

不多久，我去单位的顶头上司家，发现雷抒雁在座。雷抒雁是我敬重的诗人，我曾在学生时代背诵过他的《小草在歌唱》。原来他是鲁院的院长，是我顶头上司的夫君！我好生震惊。他显得有些虚弱，言谈中没有诗人的豪迈与锐思，反而是一种超常的平静。但当听说我曾是鲁院的函授生，现在偶尔会去旁听文学课时，他的眼中却掠过一丝欣慰的光，如阳光般温暖的笑容浮上他的嘴角。

旁听丰富了我的文学知识。因为旁听，对鲁迅先生和他的精神也有了更深入的了解。就像毛姆说的，"钟摆摆过来又荡过去，这一旅程永远反复循环"。鲁院反复循环的，是文学之于社会的功能，是鲁迅的精神。

后来，由于搬家与工作的日渐忙碌，我终止了旁听，也渐渐疏离了鲁院。

一晃，好多年过去了，鲁院已发生了巨大变化。鲁院装修一新；鲁院有了新校区；学员的审核越来越严；有关文学的话题更多；深入生活的活动更扎实了，探索的文学课题更广泛了。最关键的是，从鲁院出来的优秀作家一年比一年多。所有有过鲁院学习经历的作家，都以此为傲。林林总总，令鲁院的名声愈发响亮。

不久前，一文友给我发来他所著的有关研究鲁迅的书稿。我为文友中有人多年潜心研究鲁迅而大感欣喜，立即推荐给了适合出版这类选题的出版业同仁。其实，每逢看到与鲁迅相关的作品，我都充满敬意。它们让我相信，"鲁迅热"从来就不曾消退。

不久前，我有了一个主编一套小学生课外读物的机会。在六年级的读物里，我毫不犹豫地选编了鲁迅的作品。我觉得，孩子们越早接触鲁迅，越有益于他们思想的成长。我最早知道鲁迅先生，也就是在小学时代。为了给孩子们选编出最合适的作品，我重新通读了《鲁迅全集》。我深深理解了那些大家们对先生的评价，尤其是这一句——"时间越久，越觉得鲁迅伟大"。鲁迅是文学星空里不落的星辰，他让后世追随仰望！

这样的认知，引领我一次又一次地经过鲁院。

回想着往事，我突然折回脚步，站在鲁迅雕像前仔细端详。阳光热烈了一些，鲁迅的脸变得柔和了许多，似乎在肯定我此时的理解。隔着校门，阳光在几棵杏树茂密的枝叶间闪闪烁烁，一派光辉耀眼的景致。

鲁迅文学院，不只代表后世对鲁迅先生的尊崇，还象征着对新文化方向的不懈追求与延承。

鲁迅从未离我们远去，鲁迅的灵魂终是不灭的。

我比以往任何时候更怀念我做鲁院函授生的时代，也由此强烈生发出到鲁院深造的愿望。这样的愿望，以我现今的年纪怕是有些奢侈了，但我还是希望能够实现。即使不能，我还可以更殷勤地从鲁院门前走过。我相信终有一天，在清晨将至的时候，我的生命将真正遇见先生的灵魂。

爱的灯亮着

"有你在，灯亮着。"巴金曾这样说冰心先生。

冰心先生离开我们已近18个年头了，但她一直活在我们的心里，活在中国文学史里，而且越活生命越是芬芳。

她是文学精神与人类文化的一座长明灯塔，永不熄灭。

2016年6月18日，对于我来说，是一个值得牢记的日子。这一天，第七届冰心散文奖颁奖会在承德市兴隆县剧场举行，我的散文集《无花》，迎来了属于它的花期。

当我步入颁奖会场的那一刻，我的心被深深地震撼了。冰心先生青年时期的照片和老年时期的照片分外醒目，让人一下子联想到她从一个文学青年到文坛祖母的辉煌历程。眼角倏然被热泪盈满之际，我听到冰心先生微笑着对我说，四毛，有了爱就有了一切。你拥有爱情了吗？

我感到荣耀。

我一颗从未停歇的热爱文学的心，感到幸福。

　　远在我少不更事的年纪，"冰心"二字就进入了我的心灵。

　　那时，我上初中一年级，担任我们班语文老师的，是我的表叔陈国梁。表叔是个文学修养深厚的人，也总以为我有些文学禀赋，常给我看他搜集的冰心作品，讲解冰心的作品好在哪里，嘱我以后要当作家，当个像冰心一样的作家，当"小冰心"。在他看来，冰心是中国现代最纯粹的作家，她的作品内涵大真、大爱，很美。我虽懵懂，"冰心"这个名字却在我心里扎下了根，播下了文学的种子。

　　我没有做"小冰心"，但确确实实迷恋上了文学。1993年，我拟出版自己的第一本散文集《没有爱情》，想起表叔曾经的比喻，我很想请冰心先生为我写点什么。我把这个想法在信中告诉了恩师周明，并附上了自己的一部分散文作品，但内心里并未抱多大希望。冰心先生是文学的一座高山，而我只是山脚下一株伏地的小草。我这样一个年轻陌生的名字、我的尚有几分青涩任性的文字怎么能入先生的法眼呢？

　　过了一些日子，周明老师却寄来了冰心先生为我题写的"没有爱情"书名原件。周明老师说，冰心先生是在病榻上断断续续地看完我的作品并强忍着病痛为我题写了书名的，她赞扬了我由心出发、真情写作的态度。周明老师还嘱我好好珍藏先生的手迹。单纯如我，虽然非常非常感动，却竟然完全未能意识到这个题写对自己意味着什么！

随着年岁的增长，我渐渐明白了其中的意义。94岁高龄的冰心先生，发现了一棵文学苗子，发现了一个崇尚"真""爱"创作理念——也是她的创作理念的文学女子。她高兴，她顾不得病痛，拿起了笔，为一个素不相识的晚辈留下了墨宝，留下了文学的嘱托！她这样的关爱，这样的嘱托，不只是对我这个个体的，更是对一代又一代追求文学理想的年轻人的！

有一天，北京突然传来了冰心先生辞世的消息。偏居海岛，尚未感受过死亡含义的我，对生命骤然生出敬畏之感。我捧出先生"没有爱情"的手迹，眼前幻化出她曾在病榻上题写这几个字的样子，抑制不住心灵的悲伤与疼痛。我醒悟到自己愧对冰心先生为我题写书名的美意，决心追寻文学的价值轨道。

我携带着青春励志长篇小说《白太阳》书稿北上京城，开始了属于我的北漂生活。《白太阳》出版后，我带着新书来到了中国现代文学馆。我驻足在冰心先生的雕像前，望着洁白的雕像和那句"有了爱就有了一切"的字样，在内心里不由自主地向先生倾诉着我的爱、我的梦与困惑。先生凝目远方，引领着我也望向远方。远方，有我的文学理想。

2014年夏天，我去烟台鲁东大学参加一部新书的发布活动。活动中，我参观了冰心纪念馆。

说来要忏悔的是，我蒙受着冰心先生的文恩，却从未系统地研究过冰心先生的生平。直到这时，我才完全了解冰心先生的一生充满了怎样的传奇，她的"文坛祖母"的地位为何无可撼动！她的伟大，绝不只是因为她的文学成就，"爱的哲学"，特别是对底层人民的爱的思想贯穿于她的创作之中。她是中国文学、中国文化和中国人民的使者，为国家的统一和增进与世界各国人民的友好往来做出了卓越贡献……

当我从冰心纪念馆走出来时，我对冰心先生的景仰之情无以复加！

我萌生了申报冰心散文奖的意愿。我想以参评冰心散文奖的形式让自己的文学创作接受一次权威的检验，看看自己是否对得起冰心先生当年对一个文学女子的厚爱与奖掖。

中国散文学会新春茶话会上，宣布了第七届冰心散文奖启动的消息。我于兴奋的同时，也忐忑不安。闲聊中，我谈到了自己的窘迫。我从来没申报过任何一个文学奖项。在文学奖项林立的那些年，我经受住了种种功利的试探，潜在城市的一隅静静写作。散文大家王宗仁老师笑着鼓励我道：你一直在文学中，这是最珍贵的！

是的，我一直在文学中。我沐浴着文学的光辉，以真诚的写作、以对文学的坚守，来增重自己灵魂的砝码，润养迷恋文学的初心。而我即将出版的散文精选集《无花》，是初心不渝结出的果子，它带着我生命与灵魂的清香。我决定将《无花》送呈来届的冰心散文奖。

我是幸运的。

我站到了冰心散文奖的领奖台上。

当我从王巨才先生手中接过精美雅致的奖杯时，我实实在在地感受到了冰心散文奖的分量，感受到以"爱"为原则、以"真"为内容的创作是多么珍贵！

冰心先生的女儿、以敢言真话著称于世的吴青大姐在颁奖会上以嘉宾的身份发表了简短的演说。她说，妈妈最爱说的话是，有了爱就有了一切。爱是什么？爱就是责任，就是担当，就是分担。我们每一个人，要对社会，对国家，对世界尽一份爱的责任……

是的，有了爱就有了一切。冰心先生的爱，早已潜移默化在我生命成长的历程中，对我这样普通的文学女子学会独立思考有着不可估量的意义。而我对冰心先生的爱与景仰，是对一个大写的"人"的爱，是对文学大真、大爱、大美本质的铁血忠诚。冰心先生，我，当年那个被你爱的光照耀过的年轻的文学女子，如今，已长成为"人"，我的心已被爱情充满，那是对文学的爱，对"人"的爱，对人类的爱。

这是爱的传承。

"有你在，灯亮着。"如今，冰心先生不在了，但她这灯却依然在，依然亮着，而且越来越明亮。这灯亮着，我们看得清未来的路，认得出理想的方向，望得见文学的山峰……

"老舍先生和你在一起"

　　大魏要为我在3D的大阳台上设个螃蟹宴。螃蟹是刚从海里捞上来的，15元一斤，只是他们要自己跑到秀英码头去取。天将黑的时候，大魏开着车顺道来酒店接我去3D。

　　3D，这个在海口名气已越来越响的文化沙龙，每天都是高朋满座。你可以自由地来，自由地谈论，自由地离开，不发生任何费用，也没有任何客套，喜欢这里的朋友会在下一次带新朋友来，不喜欢的也可以约在别处见大魏。大魏仿佛已经习惯并非常享受这样的日子，你如果找他，到3D来。

　　在很多人眼里，大魏很具神秘色彩。他早早地上岛，舍弃了光环笼罩、前途无量的团干官职，成为十万人才下海南的普通一员；但没过多久，他就坐上了当时最为前端的香港一家报纸驻琼记者站站长宝座，在新闻界呼风唤雨；就在海南新闻产业风生水起之际，他却来了个华丽转身，下海经商办起了企业；当大家以为他要将企业做大做强、叱咤商界风云时，他却悄然退到幕后，以3D为据点，研究起佛经道学来了……

很快就到了3D。对了，3D，就是3楼D座。

我一眼看到了摆放在3D显要位置的老舍先生画像！

刹那间，我感到亲切，感到震撼！因为这幅画像，3D与以往有了完全不一样的气质，云淡风轻之中，有一种天高地厚的神韵！

大魏是老舍的崇拜者，对老舍的了解与热爱可能要让很多老舍研究者自愧不如。年初的时候，大魏请人花了一个星期的时间画了一幅老舍的画像，希望通过我请舒乙先生为画像题字，在随画像邮到北京的快件中，大魏还附了一封给舒乙的信件。我提着一篮经过精心挑选的鲜花前去拜访老舍之子、中国现代文学馆馆长舒乙。在舒乙的家里，我恭敬地呈上了画像与信件。舒乙读完信，眼眶湿润，哑默良久，然后缓缓走进书房，在老舍先生的画像上，深情地写下了一行字："老舍先生和你在一起"。或许，写这句话的时候，舒乙也在告慰他的父亲，作为人民的艺术家，他的读者永远记得他，永远热爱他。有了舒乙题词的老舍画像重返海口的时候，有海南媒体还从文化事件的角度报道了这件事情。

如今，这幅老舍画像已成为3D的文化地标，接受着越来越多的人的朝拜。

螃蟹端上大餐桌的时候，我就闻到了鲜香。所谓螃蟹宴，其实非常简单，就是将螃蟹洗净了一锅清蒸至熟而已，吃的时候无须蘸任何佐料。而且，除了螃蟹，也不会有第二道菜。

我每次回海口，大魏都要邀几位海南名流在3D畅聚。这次，大魏邀请了古建筑专家关先生、文物专家沈先生和著名画家刘老师等人，希望我们有一次关于古建筑与收藏文化的沙龙主题研讨。海风轻拂，灯光红黄，螃蟹味道鲜美，空气清新宜人，主题研讨暂且搁下，大家不约而同地抓起了螃蟹。天哪，真是诱人！

待到16斤螃蟹被彻底消灭，我忽然悟得，大魏选择退隐政商界是多么智慧。坐在露天清风中吃着螃蟹清谈，远比绞尽脑汁的权谋商战要惬意！心自由了，天地就更广阔！

每个人都有选择自己生活方式的自由。但是，我们从来不曾认真地从生命意义的角度主动选择过，不曾意识到我们也许已经放弃了自由选择的权利。这是生命的遗憾，这种遗憾可能很难自行觉醒。我越想越感到此刻轻松自在、无拘无束的氛围是多么的可贵，便提议今晚不谈古建筑与收藏文化，我们谈一谈3D客厅的老舍先生画像，领略大魏对老舍先生的情感。

众人热烈响应。

大魏颇为兴奋地给大家讲述了画像的来历。谈到那封写给舒乙的信，他居然信口就复述了出来。那是一封感人至深的信件，并没有什么煽情的语言，而是字里行间中不自觉地流淌出的对老舍的热爱与追忆。信质朴深情，信息量丰富，我不由得随手记录下了主要内容：

　　我从青年时候就热爱老舍先生，直到现在人届中年，每当想起或念叨起老舍先生的时候，心里还是觉得很温暖。我爱老舍，一是爱他的文学，二是爱他的脾气为人。他的为人和他的文学与我的心性特别贴近，所以虽然不能见到老舍先生，但总觉得他亲切而真切地活在我的心里。我多年在海南从事经营工作，离文学很远了，但唯有老舍先生作品里的语言常挂在嘴边。与朋友聊天时，常讲起老舍先生作品中人物的对白，引得一片片欢快的笑声。我也爱给大家讲老舍先生把大褂当了请朋友吃饭的故事，引得大家又惊讶又肃然起敬。前几年在一次拍卖会上看到老舍先生的书法作品《还我河山》，心里像见到熟悉的前辈一样高兴。电影《周恩来》中，总理带秘书来到湖边，神色黯然，说："今天是老舍先生的祭日啊！"给我留下难忘的印象。1984年去团中央开会，我想找找老舍先生的那个小院，没找到。前两年终于在同学的带领下走进了那个四合院，一眼一眼看着老舍先生的环境，耳边似响起了他的笑声。也终于有一次在录音里听到了老舍先生做报告的声音，京腔京韵，真是亲切。去年海南成立了实验话剧团，我想，要是把《茶馆》排出来就太棒了！《茶馆》在法国演出，谢幕三十多次，可以想见老舍先生的巨大魅力。我现在已不敢轻易打开老舍先生的书，打开了就难合上。前些年我读过您的文章，是回忆您父亲的、收录在《文苑的悲歌》这部书中，我因此记住了您的大名。多年来，您担任中国现代文学馆的领导工作，在此请允许我向您对中国现代文学研究工作的贡献表达敬意……

大魏还在信后向舒乙先生发出邀请，请舒乙先生在适当的时候到海南做客。"海南的空气、气候极好，将来您的退休生活可以有一部分安排在海南。只要海南人民知道老舍先生是您的父亲，您会受到欢迎和热爱。"多么诚挚的语言啊！

上一次回海口时，大魏谈及他的一个夙愿，希望在3D挂一幅老舍先生的像，并且希望请舒乙先生在上面写一行文字，那样他会觉得老舍先生真的就如同在他们身边了。我很惊讶，对一切事物都显出超然淡然的大魏怎么会如此钟情老舍？我随口问往来3D的年轻人，你们知道老舍吗？也许是受大魏日常的熏陶，他们竟都能脱口说出老舍的作品！我很欣喜，老舍先生真的活在一代一代人的心中了。于是，我郑重地答应帮忙完成他对老舍的怀念之愿。

之后，大魏在网上找出了一幅他最喜欢的老舍照片，差人拿去照相馆复制。由于网上的照片放大后清晰度不高，所以又请了一位青年画家仿照照片画了一幅画像。他在电话里告诉我，大家都很喜欢这幅画像，说：老舍先生好酷！

我被深深地感动了。我也不食言，于是有了这幅挂在3D最显要位置的老舍先生画像。

画像挂上后不久，3D竟迎来了一位尊贵的客人——王铁成先生。王铁成在老舍先生这幅画像前站了好久，深情地回忆起他演老舍先生儿童剧时老舍先生到剧院说戏的往事，还给大家即兴表演了剧中的一个片段，话语间充满了对老舍先生的敬爱之情。饭后，慕名而来的一群年轻人陪王铁成在3D观看了电影《周恩来》。当电影出现周总理站在太平湖边为老舍先生暗自流泪的镜头时，一个年轻人问王铁成：周总理为什么对老舍先生如此痛惜？王铁成有点激动地指着银幕说：他对不起老舍先生啊！他把人家叫回国的，到头落了个这个下场……王铁成那痛苦无奈的语气和表情，令大魏久久难忘。

重忆起这件事，大魏在我眼里不再神秘，而是突然明亮起来。在老舍的那个时代，老舍不能自由地选择他的生活，只能以悲绝的方式主宰自己生命的最终去向。如今，大魏可以从容地把握自己的生命形式，与他心目中的老舍先生神聚。他不仅仅是一个隐居的研道者，还是老舍艺术的布道者，是人民艺术的传播者。

文学艺术只有扎根于人民，才有永恒的生命力。老舍的作品大多取材于市民生活，刻画中下层市民的命运。他记录人民语言，以平白朴素又精炼成金的文字反映时代和生活，成就了他作为语言大师的境界，成就了他"人民艺术家"的不朽地位。3D因为入注了老舍先生的魂灵，不再只是一个单纯松散的文化沙龙符号，而成了一片艺术交流的殿堂。在喧嚣的尘世里，殿堂更显神圣。

而今晚，螃蟹宴成了这个殿堂里的一道贡品，因为，老舍先生和我们在一起。

傅惟慈的崀山游玩梦

　　每到四月，我总是会忆起与傅老先生的交往，为未曾帮他实现一个梦想而深深怀念他。

　　傅老先生就是傅惟慈，我们称他"傅老"，中国最著名的文学翻译家之一，德国罗莎·卢森堡的《狱中书简》、英国毛姆的《月亮和六便士》、英国乔治·奥威尔的《动物农场》等作品就是经他妙手翻译与中国读者见面的。说起和傅老的交往，很短暂，记忆却不可磨灭。

　　大约是2012年夏季的一天，两个年轻于我的吃货文友——戴莹和《艺术财经》的舒文峰，分别从北五环和东城跑到城中心，在我住地附近的护国寺街请我吃螺蛳粉——说这螺蛳粉可是全北京城最好吃最有名的。待到螺蛳粉吃完，我已是满头大汗。舒见时间尚早，便提议去拜访他一个忘年交朋友——傅老先生。得知他说的就是大翻译家傅惟慈，我暑气顿消，连声响应。

　　我们散步着拐进一个胡同，只见前方不远处，有一片高高耸立的树木，枝干粗壮，叶叶相缠，在清一色青砖灰瓦的平房上，煞是特别。舒说，那有树的地方就是傅老的家。

傅老的家，原来就在四根柏胡同，与我家竟仅隔了一条赵登禹路，步行距离不会超过5分钟！

说话间就到了傅老的家门口。只见院门上方，一株合欢树粗壮的枝干很放肆地伸展着，将半堵墙掩得严严实实。

门开了。傅老笑呵呵地说着"欢迎"，热烈地与我们握手。他身材瘦高，庞眉皓发，背不驼，腰不弯，声音洪亮，怎么看也不像是90岁高龄的老人。虽然前不久摔了一跤，腿脚有些不便，但他拄着拐杖的样子倒显出几分诗意的派头。

我打量着院子，惊叹并不豪阔的院子里，竟生长着六株参天的大树。傅老便说，几乎所有的来访者最先注意的就是这几株树了。问的人多了，关于这个小院和院中的树木，他干脆在随笔《牌戏人生》一文中趣谈了一番。我便要了《牌戏人生》，果然读出了其中的奥妙：

> ……在这些巷子里，有一条名字尚称娴雅，叫四根柏胡同。估计多年前胡同里一定长着四根柏树，只是如今两棵已经遍寻不着，另外有两棵委委屈屈地被圈在一个小院里。就是在这个小院，我一住就是半个多世纪。我叫它四根柏小院，是因巷取名，并非说我

有四株柏树……

除了原有的两棵柏树外，几年来又增加了一棵核桃树、一棵石榴树，年年都结出丰硕果实。小门房阶前二十年前种的一株金银藤，枝叶繁茂，每年春季都令满院嗅到幽香。北房正门前有老伴的嫂子种的一株合欢，生长极快，已经压到原来的一棵柏树上面。这株树树干粗壮，夏季骄阳似火，合欢树却浓荫匝地，使院内气温比街上低三四度……

傅老九十高龄尚有随笔美文不断，一定与拥有这样一片生命之树相关。走出小院回头仰望在夜空中伸展身躯的树冠，我这样想。

尔后不久，我应舒文峰之邀去傅老家参加烧烤聚会。据说四根柏小院就是一个西式的文艺沙龙，时常有话题开放的文化Party举办。我横过赵登禹路，三弯两拐就到了四根柏小院。瘦高的傅老正站在门口，我猜想傅老肯定认不出我了，正要做自我介绍，他却一下子喊出了我的名字。院子里已是笑声荡漾，树盖下，散落着几张或圆或方的桌子，各个年龄层次的翻译家、出版家、诗人、记者济济一院，站的站，坐的坐，边吃着美食边畅谈着各国的文学与风物，而傅老刚从英国探望他的女儿女婿回来，则在烤炉前欢快地翻烤着鸡翅和羊肉串。空气中弥漫着合欢树的花香、烤羊肉的美味和生朋熟友的亲密。那一刻，我内心里满溢了感动，为傅老的人格魅力和从未老去的朝气。

谈笑声一浪高过一浪。酷热的夏夜，在满是树木的四根柏小院里，却有着别具一格的沁凉。那些久违了的外国文学家的名字，连同文学家遥远的梦想，如潮水般涌来，漫过我的心田。我沉浸在塔希提岛的月亮之下，有一种灵魂得到文学艺术抚慰的自由宁静。

忽然，傅老站起来，朗声宣布："各位，你们继续吃，继续神侃，我看《中国好声音》去了！"我好惊讶。90岁的老人居然在宾客相谈甚欢之际去看电视节目，《中国好声音》究竟有多大魅力？

第二天，我打探了一下《中国好声音》的情报，这才知道《中国好声音》是一档由荷兰引进的大型励志音乐真人秀节目，在浙江卫视开播一个多月来，已造成盛夏里的收视狂潮。那个周末，我也加入了《中国好声音》的粉丝行列。每当迎来一期"好声音"，我就不由得想起傅老，感慨傅老这样一个饱学之士，竟葆有一颗追逐潮流的心。

转眼就是深秋了。

《中国好声音》第一季完美收官，我决定去看望傅老，和他探讨一下"好声音"好在哪里。我还特地带上了自己的小说

《蓝色玫瑰》。

四根柏小院里的树木依然青绿，空气十分清冽。

傅老接过我的《蓝色玫瑰》随手一放。谈及"好声音"与荷兰，他便颇有兴致地讲起他四处游玩的历史。他最为自豪的，是5年前，也就是他85岁的时候还骑着自行车去西藏游玩了一趟。他用的词是"游玩"而不是"旅游"，更不是"旅行"。舒曾说，傅老这一生就是一个字："玩"。他做什么都是一个"玩"的心态。傅老聊着聊着，起身折进屋子去取了几本相册让我欣赏。那是他在不同的年代去湘西游玩时拍的照片精粹，他最中意的是20世纪80年代初期在凤凰乡村的一组照片。金子般的阳光披洒在红檐褐瓦的原木房子上，有一种古朴温暖的文明意境。我啧啧称美，傅老却有些怅惘地说，中国真正的文明是在农村，可惜现在我们离农村越来越远了，而农村的广阔天地也在一寸寸窄化。

我的心为之一颤。这朴素的话里隐含着沉重的忧患意识。傅老是一个"玩家"，但又岂止是一个玩家？

这次畅聊后不到三天，我竟接到了傅老打来的电话。他的声音在手机里十分清亮："小王，你的《蓝色玫瑰》我看了，写得很美！语言美，背景美，故事美，风格清新，非常纯美！"听到这样的谬赞，我好生激动，乐颠颠地去拜谒傅老，希望当面聆听他的指教。

合欢树从院墙上探出大半个身子，青中泛黄的树叶温婉动人。

我进得院子，在树下的长条形桌子前与傅老相对而坐。我谈起以崀山为背景创作《蓝色玫瑰》的经历，并介绍了崀山概况。崀山之名乃舜帝所赐；崀山是世界级的丹霞地貌；崀山是清朝刘坤一的故地；崀山流传着姜子牙垂钓的传说；艾青在崀山写下了"桂林山水甲天下，崀山风景赛桂林"的诗句……傅老这才知道崀山是个真实存在的风景，扼腕自己"孤陋寡闻"的同时，说："崀山真有那么迷人吗？我可得去游玩游玩！"我立即回应道："只要您老愿意，我给您做导游！您好生休养，养好腿脚，崀山春暖花开的时候，我陪您去！"我欣喜，如果傅老真以九十高龄之身游玩崀山，无疑是崀山的一次文化盛事，亦将会成为崀山后世的一枚人文果实。

话题由游玩引开，傅老又滔滔不绝地说起了他周游全国各地、世界各地的趣事，真心希望自己能回到健步如飞、说出发就可以背个军用挎包出发的年少轻狂时代。

也许是聊得投机，也许是《蓝色玫瑰》使他认可我的写作，临走，傅老拿给我几篇打印的文稿，让我看看，给他"提点意见"。这是他这一两年写的随笔，都还在不断润色修改当中，任何意见都是有益的参考。

我诚惶诚恐地表示，一定认真拜读。

　　傅老的文字，比起《月亮和六便士》，早已斫雕为朴，平实而厚重老辣，轻松而意蕴深长，我一开读就不忍放下。其中一篇《千里负笈记》讲述他在抗日战争时期和同学们奔赴重庆，寻找抗日机会的故事，个人命运与国家命运融为一体，演绎出一曲动人的青春之歌；一篇《出亡记》则写他在解放战争后期怎样从国统区逃往解放区，极富传奇色彩的情节，比当今荧屏酣畅演绎的谍战片不知要精彩多少倍！

　　我连着读了几天傅老的文稿，对傅老越发敬重。他们那一代文学翻译家，曾经给我们建造了多么华丽的世界文学殿堂，但他们独具风骨的气质、富有格调的阅历，他们对生活的思考与反哺，他们跌宕自喜超越世俗的性情，是我们更为丰富的文化宝藏！这几篇打印的、尚未定稿的文稿，我当视作傅老对我的精神馈赠。

　　我想起傅老的"游玩"之表达。"游玩"，只是他人生的一种方式，或许是很多人不能感知的一种追求旷达、自由、纵横天地的境界……

　　我想整理好思绪去和傅老谈我的读后感，到时，我要郑重地邀请他去我的家乡崀山游玩，为傅老圆一个崀山游玩的梦想。

　　谁知我很突然的一次搬迁，让我陪同傅老游玩崀山的美意成了两世相隔的空想！

很多人都是傅老送别会后好多天才得知先生仙逝的消息的，因而未及送别。但傅老一生散漫，轻看生死，享尽热闹，却从不害怕孤独，谁知谁不知，谁送谁不送，他都会潇洒挥手，再不会回头。

傅老去世不久，我收到了一封邮件。邮件的内容是一篇纪念傅老的文章，题为《最后的玩家》，作者是久未联系的一个朋友，文化学者、前外交官刘勇先生。读这篇文章，我读到了傅老作为一个大"玩家"的优雅生命。傅老的"玩"，不仅是心态，还是智慧。正是在"玩"这样一种无拘无束的心态下，傅老得以在几度动荡之中国社会，虽经历起起伏伏的命运，追求自由的灵魂却始终未曾蒙尘积灰，更没有怨怼颓废，相反在文学、翻译、旅游、收藏等方面"玩"出了90多个春秋多姿多彩的大人生！

崀山如今，又是春天苏醒、万花含苞的时节，可是傅老，却已在京城的某个墓园安眠。不，他应该早已在天堂之上，那里的美景令他流连欢喜。这个一生热衷于游玩的老玩家，人间的风情早已被他撇在了身后，崀山游玩的梦，就让我留在记忆之中，成为一个绝美的遗憾吧……

第三辑·走过

广安门的春天来了

清晨，天空透明。窗外的树木昨天还是遍身的霾尘，此时却露出了鹅黄娇嫩的容颜。

春天来了吗？

我推开窗，像推开了春天的门。

扑进眼帘的，是广安门南滨河公园的风景。

我要扑进春天里去，我要呼吸这春天的第一缕空气，这清新洁净的空气。

果然，滨河路边的草地就和昨天不一样了。昨天形容枯槁的草地冒出了柔柔的青绿，尚有几分羞怯的样子，似乎触碰一下就会消弭隐去。

草地深处，有几朵硬币大小的花朵，花开几瓣，钻石般地落在青绿之中，鲜艳夺目。

一叶能知秋，一花更能知春。春天来了！

青草，碎花，然后是树丛。鹅黄的叶芽一片连着一片，晕染似的在阳光下闪着光泽，散发出流金岁月般的温情。我真想坐在阳光里，坐在这青青草地上，坐在这明艳的树叶旁边，静静地看青草生长，看鲜花盛开，看春天完全醒来，看我心沉醉。

我心沉醉。万物复荣，春天就这样苏醒了。

很快，南滨河两岸，就是一派春的景色了。草地是去年的，树是去年的。花从去年凋谢的地方再开出来。大自然就是这样生生不息，让人感悟生命的真谛。

或高或低的树木，淡紫的、茶青的、粉白的、嫣红的树叶温暖地铺排开去，浅红色的是樱花开了，更艳丽的是迎春花，黄灿灿的耀眼极了，奔放、自由，使整个两岸风景都灵动了起来。

最撩拨人的是海棠花。

海棠花一开就是一树，亲密，繁茂，紧致，惊艳。花与树叶贴梗生长，交错向上，叶若翠玉，花如胭脂。这有着"国艳"美誉的海棠花呀，原来就开在市声之中，开在民众的公园之中，因此更加绚烂。

微醺的风拂过，南滨河两岸，杨柳随风摇摆，与苏醒的河渠嬉戏着。渠水映着天光，如蜜一样温柔活泼。明亮的天空下，暗香浮动，鱼影悠悠。不知道是哪一年，春寒料峭的时节，水面上阴霾笼罩，久久不尽，我悲观地写下了微诗歌《春天的河流》："那寻找春天的鱼，竟溺水而亡。"今年的春天，看这阳光普照，大地清明，潜鱼再深，也能呼吸到春天的温暖了。

春天，是开花的季节。

花儿继续盛开，一天比一天热烈。那玉兰、桃花、梨花、芍药含苞吐蕊，争奇斗艳，昭告人们，春天真的来了！玉兰，冰清冷媚；桃花，娇红欲滴；梨花，洁白无瑕；芍药，锦绣华丽……

春天如画，吸引着我往滨河公园风景的深处走去。

就在滨河公园的繁花盛处，突然有了一片开阔的广场，广场中央，一座青铜制的纪念碑兀自耸立。奔跑嬉戏的儿童，蹓鸟的老人，低语的情侣，跳舞的大姐，欣欣放歌的学生，为广场平添了一幅市俗风景图，与冷峻巍峨的纪念碑相映成趣。

这座纪念碑叫"北京建都纪念阙"。

一个"阙"字，把我从春天带进广安门的历史宫殿里去。

广安门的历史，可以追溯到三四千年前。

那时候周朝实行分封制，北京古城不叫北京，叫蓟国。春秋时期，燕国灭了蓟，定蓟为都城。此后，燕城渐渐湮废，蓟城却一直沿用。到了辽代，扩蓟为南京，作陪都，也称燕京。金朝建立后，1153年，在辽陪都的基础上扩建其城，改称"中都"。自此，北京城开始了作为王朝都城的历史。金中都城址之中心，就在今天的广安门南。

后来，蒙古军队放火焚城，金王朝一夜倾圮。中都饱受战乱，损毁严重，元朝另择良地兴建元大都，广安门南地渐被边缘化。乾隆三十一年（公元1766年），以广安门为南方各省进京的主要通路，仿永定门城楼改建广安门，广安门城阙巍然，地位陡高，繁华盛极。

这是广安门旧时的历史，也是北京古城历史的一方缩影。

20世纪80年代，滨河公园开始建设，因紧靠旧朝外城的西护城河而得名，其西侧，自北而南，正是金中都中轴线所在地。旧时的皇宫，化身人民的公园。世章盛世，遗址大安——金宫殿的主殿大安殿遗址正在此地。由此，滨河公园有了与众不同的旧都记忆。2003年，在纪念北京建都850周年之际，宣武区（后并入西城区）人民政府在滨河公园内这片金中都大安殿遗址上筑起了这座"北京建都纪念阙"。

纪念阙整体造型独特，由一个青铜斗拱和四条分别朝向东南西北四个方向的仿金代青铜座龙构成。基座上镌刻有《北京建都记》一文，概述了北京建都历史。

阙在这里，代表宫阙，城阙的意思。

纪念阙向东、滨河西岸的坡堤之上，建有五个神兽喷水，斜面上刻绘着云纹、山脉、河流，象征润泽祖国大地，周围花坛环绕，喷泉欢涌，与滨河公园"以史为魂、以人为本、以绿为主"的主题相呼应，营造出历史积淀与现代文明共依共融的精神氛围。

历史、现在和未来，宛如一条河流，有源头、流域、方向，虽千曲百折，却不可断裂。以史为鉴，珍惜今天，昭示后人，设立北京建都纪念阙的用意也许正在于此。这美丽的公园，曾经战火纷飞，今天的安宁祥和，是历史的洗礼与馈赠，任何人没有权力摧毁之。

原来，风景的深处，就是千百年来的民族文化沉积。我们走在滨河公园，是走在金宫殿的遗迹里；我们漫步在春天的风景里，也是漫步在历史的纵深处。空间未变，时光远逝。860多年过去，辉煌显赫的宫殿光耀无存，那时的春天却还在往复更迭。王朝会废去，宫殿主会消亡，而春天周而复始，永不枯萎，文化脉络经受住历史的淬火延绵不朽。朝朝代代，无出其右，车轮滚滚，只为不断向前。前方，是梦想开花的地方。

原来，春天是开始，历史却不是结束。风吹散糠秕，露出金黄的谷堆，值得铭记的历史会以各种形式铭刻于后世，高耸在人心的厚地。有历史，才有梦想，才有未来。那些为春天植入花草种子的人，才会在民众心田的公园永生。梦想的种子播种在人心里，时候到了，就能开出美好的花朵，结出美好的果子。

如今，又是一个春天。百花竞妍的春天来了。

广安门的春天真的来了。

广安门这一隅春天，也只是京都春天的一个缩影。

我放开想象，透过这曾经荣为古老王城入口的城阙广安门，春风由此渡进城去，春水由此流淌进城去，春花蔓延着绽放进城去，那么这也是春的入口，春就进城了，北京城的春天也就来了。

春正在广阔的大地绵延。春风和煦，春光明媚。最重要的是，霾雾消散，天清地明，情绪不再悲伤，人心自在光明。

这是真正的春天。

春天是永恒的。

月季遍开

又是满城尽开月季花的季节了！

见到小区花园里第一株月季开花的时候，我满眼里就都是月季花了。

上班途中有一个小小的处在转角口的街边花园。春天一到，花园里一片阔大的月季花丛就成了一处诱人的风景。红的、粉红的、紫红的、玫红的；白的、乳白的、藕白的；黄的、金黄的、橘黄的、柠檬黄的；甚至黑色、黑红色，你想象中的花色几乎都能在这里分辨出来，真正是姹紫嫣红，美不胜收！这些花朵，一天一个样，一天比一天大。最大朵的花有十几层，慢慢地，花边蜷缩起来，像是天然的彩色皱褶纸，却比彩色皱褶纸要生动鲜艳，充满了生命的灵气。在绿叶的扶持下，在阳光下，繁密的、肥硕的花朵艳光照人，聚成花束状，大大方方地要献给你似的，引得所有路过的人都要驻足欣赏，流连难舍。

我在街边花园停下了脚步。果然！这小小的花园里月季花已热烈地绽放了！早晨的太阳正明媚媚地照耀着这片花园，娇艳的月季花映得半个天空都鲜艳明快。盛开着的花朵，红的、白的、粉的、黄的，娇艳欲滴，散发出袭人的芳香；没有盛开的，则花蕾饱满，仿佛随时都会怒放……

怀着喜悦的心情到了办公室，又看到一个摄影家发的月季花组图，月季花开得更令人惊叹。我问：这是在哪里？他答：西便门。午休时分我疾奔到西便门，寻找摄影家镜头下的月季花景。正午的阳光下，红色的、黄色的、复色的月季花轰轰烈烈地开着，像油画，像彩虹，像烈焰！比照片更生动、更立体、更宏阔的月季花呀，愉悦了我整个身心！

北京城还有多少这么美的月季花景我没有观赏到？

月季是中国古老的花卉。18世纪，月季传入欧洲，经世界各地园艺家之手不断创新，演变成"现代月季"，品种多达上万种，成为各地广为栽培的品种。现代月季花型多样，花容秀美，色彩丰富，且多数有芳香，又四时常开，寓意希望、幸福、光荣、美艳长新，深受人们的喜爱。在北京，20世纪80年代，月季荣膺"市花"之誉。

记不清是从哪一年开始的，总之连续好几年了，每年，到月季花开得最盛的时候，我就满北京城跑，去寻开得最美的月季花风景。因为寻找，我看到了一片美过一片的月季花。

鲁谷路绿化隔离带上，树状月季正开得热烈、繁密，花色丰富极了。乍一看，树干高挑，枝叶相偎，像一群手挽手舞蹈的仙女，头戴花冠，婀娜多姿。

郎家园往东，隔离带在主道与人行道之间，红色、黄色月季花色相间地开着，形成夹道风景，一直向东延伸而去。

最难忘的是东二环，从左安门桥往北一直到建国门，月季又高又大，强壮的枝条上挂满了花朵，花妍艳足。快速行驶的汽车尾气刮起的强风，吹得她们摇摇摆摆，但她们不仅没有花容失色，反而因为摇摆而生波浪般的曲线，更加妖娆夺目，蔚为壮观……

月季花无处不在，看似普通，却艳而不俗。而且，她的花期长达五六个月，秋季、冬季也有品种开花。"一枝才谢一枝妍"，使得北京的大街小巷总有月季在开花，令城市活色生香。

兴犹未尽，我特地绕三环路转了整整一圈。三环主路上，整个绿化带都开满了月季花！双井桥下，连绵数百米的隔离带上，清一色黄色的月季花在阳光下十分耀眼；马甸桥下沿线，黄色和粉色月季掩住了低矮的松柏，抢尽风头；北太平桥，月季闪着金光；而西三环紫竹桥往南三环草桥方向，能见到上千米路段"花墙"，其间间种的蔷薇或别的时令花卉，也是花朵簇生，色泽鲜艳，与月季共同构筑起非凡的景观效果。到晚上，在霓虹灯的华光中，她们宛如蒙上一层清透彩纱……整个三环路，俨然成了一条赏花大道！

我问在烈焰下修剪花草的园丁，他说每天看到这么漂亮的花，很多的烦恼就不见了。

我问被堵在水泄不通的道路上的车主，他指着路中间的"花墙"说，堵车烦躁，好在鲜花养眼，可以想象自己是行走在花海中。

我问匆匆在月季花前自拍的年轻人，他说，忙，没时间仔细赏花，拍一张与月季花的合影做头像，看见头像，就看见月季花，心中就有诗意……

原来，他们和我一样，每到花开，眼睛里就只看见美，心里就只感受到美。因为这份美，他们在人生路上坚持着、奋斗着、包容着，始终怀抱对美好生活的向往。

今年，我不仅要去三环、四环观赏月季花，我还要到更多小街小巷，到更远的五环、六环去寻访月季的芳踪，看遍开的月季。我更希望月季种在人的心里，种在人心的盼望里，在那里开得更加恣肆、奔放，开成丰盛的生命。

穿过奥森北园的秋天

1

我站在阳台上看奥森——奥林匹克森林公园，看见一团红，火一样的，然后是一片青翠连着一片青黄，再是一片紫红连着又一片青翠。就这样连绵而去，丰富的色彩开始涂染整个园区。奥森的秋天到了。

我已见过奥森春的娇艳、夏的蓬勃、冬的冷媚，奥森的秋，这还是第一眼见到。英国伟大的当代画家、弗洛伊德的孙子卢西安·弗洛伊德说，"我不要人们注意色彩，我要的是一种'生命的色彩'"。但奥森初秋的色彩却让我不得不注意，因了这色彩，我要去探寻自然生命的色彩。

洒满阳光的下午，我走进了奥森北园，找到那最早看到的一团红。一棵高大的枫树，枝繁叶茂，遍身金红，光华灼灼。一些人在树下拍照，我也走过去，和那一树红合了影。

　　我兴奋地漫走，不知疲倦。北园种满了树，除了枫树，最常见的还有榆树、松树、柳树、樱树、银杏树，等等，更多的树我要凑近树牌去看才知道它的名字。有资料说，截至2013年，园内已植有100余种共55万余株乔木、80余种灌木和100余种地被植物，它们组成了公园生物多样性自然林系统。秋天来了，所有的树叶颜色都开始发生变化，它们将变成黄色、黄褐色、焦黄色，或变成红色、紫色、枯红。秋天树叶为什么会变黄变红然后掉落？这是植物生长的奥秘，是大自然生命的奥秘。叶子越来越少，秋天的气息越来越浓。

　　天色暗了，园中的灯都亮了。白色的节能灯光，柔柔的、淡淡的、朦朦胧胧的，使得夜更幽静，更魔幻。风动，传来一股香气，好奇异的香气。那是秋天的花的气息、树叶的气息、土地的气息、水的气息、青草的气息，一切滋润清润的气息混合而成的芳香，沁人心脾。

　　很轻易地，就爱上了北园。

2

　　阳光明媚，空气冷沁。秋意浓了。

　　我再次来到那棵枫树下。满地的枫叶，三角形纹路非常的清晰，黄的、金黄的，枯红的、金红的，混在一起，很浪漫。

树上还挂着一些树叶，风来了，簌簌飘落，划着弧线，还未落地，又随风向空中翻飞，那种律动恰似《秋日私语》的旋律。

其他的树，也大都是树叶金黄或者泛着红晕，还不时地落下几片叶子。叶子落在地面的声音，我能听到，那是它们在枯萎中盛放生命。

鸟的声音让四周显得非常清寂。啊，有几只喜鹊散开在地里、草里、叶子当中，叽叽呱呱咕咕的，一颠一颠地跳着，慢悠悠地啄着草地。它们是从哪里衔来了种子要埋在土里吗？喜鹊的毛色黑白相间，尾巴很长，姿态闲散。人走近了它们就飞了，但它也不飞远，不飞高，飞起来很漂亮，翅膀无声地扇动，那飞翔的影姿更像是一种表演。奥森的动物以鸟类为主，迄今已录得鸟类176种，隶属于16目51科，其中有夏候鸟、冬候鸟、留鸟、迷鸟等，涵盖了六大生态类群。喜鹊当属奥森的留鸟吧。对了，喜鹊是喜寒的鸟，秋天因有它们嬉戏的身影而变得灵动。

北园有一条自北向南流的河，叫清洋河，是奥森水系的一部分。我游南园的时候，曾有朋友介绍过，奥森公园的山水方案构建出山和水的组合，其水系设计因地制宜地建成了龙形水系，从空中俯瞰，园中大大小小的水流弯弯曲曲，有如游龙，最终连通主湖奥海，与仰山等山地地形组成独立、完整的自然景观。湿地则担负着园内水循环系统水质净化的功能。清洋河沿岸一派湿地风光。河水清悠，水边香蒲、芦苇丛丛，叶片橙黄橘红，花穗洁白如棉，温柔摇曳，与远处雄立的奥运塔在水中的倒影相映成趣。说到奥运塔，那真是神一样的存在。它在奥森南门入口处，但人们在园区游览，无论在南园还是北园，总是一转身就能看到它的身影。阳光落在河水里，折射出一团团炫目的金光，岸上那些高大的树木，各显美姿，树叶或金黄或焦青，或稀疏或卷曲，树木的生命在做着自由的选择。那些树的影子也倒映在水中，枝枝杈杈地乱了秋水。

有水鸟突然飞起，飞过河面，叽叽咕咕向着另一个方向飞去。看着水鸟的身影，我想起一个朋友分享过的他在奥森游园时的见闻。他从西门入园，走到一个小湖边，看见不远处有一群鸭子，一时童心大发，"呱呱呱"地学起了鸭子叫，希望把鸭子叫过来。可那些鸭子毫不理会。他忽然记起一部韩剧中鸭子叫的情节，便用韩语的发音再学鸭子叫。呃，奇了，那群鸭子朝他游过来了，1234567，一共7只鸭子，整整齐齐地排着队。这鸭子居然能听懂韩语，真是醉了。还有一次，他发现一棵大树上有一个鸟窝，两只麻雀在上面忙碌，不一会儿又飞离鸟窝，大概是去找树枝了。他正要离去，却见一只野鸭腾地飞上了鸟窝。呀，这不是"鸠占鹊巢"，是"野鸭占鹊巢"呢，野鸭居然能够飞那么高！麻雀回来了怎么办？奥森的动物世界是多么美好！

一阵歌声传来，抬眼望去，见有男子在河对岸自由地放歌。其实，园区里是有不少人的。独自一人闲庭信步的，两个老人相搀着走走停停的，三五成群的年轻人又是抢拍风景又是自拍，都神态悦然。还有人坐在木椅上，手持画板，画着树，画着秋天。在步道上慢跑的人，步履轻盈，生怕打扰到行人。一些穿着橘红马甲的园林工人，分散在道路边、树林里，有条不紊地劳作，或清扫落叶，把落叶装进编织袋里；或剪枝；或给树木根部涂上防护液。一些树旁新挖了一些土，我忽然很想从这里包一包土回去，放在家里面那个尚空着的花盆里，我要种一些花，在家里看见花开。一个工人大方地说，你尽管包吧，这土很肥的！我望了一眼他纯朴的笑容和美丽的树林，止住了自己的欲念。我想我已经看见了花开。

人和飞鸟，植物和动物，山和水，在奥森相生相荣。一切，都只是为了烘托秋的静美。整个奥森，都是静美的秋。

我无法想象，奥森这个地方当年是一些落后零乱、寂寥荒僻的村子。可以确定的是，这里已经是北京一个集旅游观光、休闲娱乐、体育健身等多功能于一体的大型公园，是繁华城市中一个天然绿色氧吧，是承载了人文关怀和生态保护双重功能的京城名胜，是首都现代社会千万人民心灵栖息之美地。民众喜悦之地，静秋就成了动秋。

3

外出采风，归来第一件事，是去北园。

深秋，树叶都快掉光了。

银杏树林在我外出前还是枝叶交错，茂密如金色华盖，现在是一地金黄。小小的扇形的叶子，在地上一层一层地铺开，铺成金黄的地毯，踩在上面发出又脆又柔的声音，令树林愈发寂静。

我是在来北京以后才认识银杏树的。那时办公楼前有一排高大挺拔的行道树，我来来回回地经过，终于有一天知道那就是银杏树。秋天一到，银杏树叶开始掉落，青黄的、黄的、金黄的，特别漂亮，等到全部变成金黄色，太阳一照，金子一样闪闪发光。有一年北京早早地降了一场大雪。大雪那天，我正在审看我的散文集《无花》的封面设计，刚要回复责编"没意见"，却见一位老同学在朋友圈晒雪景图，遍地金黄的银杏叶间，白雪错落，雪后的阳光特别明艳，那些树叶闪着光，仿佛在说，它们就是明年的花，就是春天花开。我的眼泪一下子涌上眼眶。我将图片发给责编，他竟也觉得这个画面和《无花》意蕴乃是天成，当即采用它做了封面。从此，我对银杏充满了热爱之情。

夕阳西下，晚霞如火，银杏林一片光辉。就在惊艳不已

时，突然看见一棵树，树身不是很高，树冠圆形，枝杈细细、
叶子绯红，优优雅雅，既沉静又张扬，在逆光里闪着红光，
一下子抢去了银杏树的风头。原来这就是黄栌。黄栌是红叶树
种，叶片秋季变红，鲜艳夺目。香山红叶就是黄栌树种。香山
红叶在秋天一叶一叶、一树一树、一山一山地红，热烈恣肆、
自由奔放，怎么不名满天下呢？黄栌红了，晚秋到了。

　　走过银杏林，又进了毛白杨林。好大的一片毛白杨林！上
次经过这里时，恰逢阵风吹起，树叶沙沙地响。我抬眼看，那
些虽有些倦意但还青着的树叶相互碰着护着，任凭风吹就是不
掉落。我看呆了！什么树叶如此顽强，经得起秋风如此吹扫？
我使用"形色识花"，知道正在沙沙响的是一种叫毛白杨的
树。它们粗壮高大，枝丫错综向上。我想，它们如果落光了
叶，会是一种冷峻的美。眼前的毛白杨印证了我那时的想法。
毛白杨阔大的叶子几乎掉光了，飘得满地都是。原来茂密的树
林显得非常的空旷。阳光映射进树林的面积更大了，大块大块
的光影明亮温暖。西边的天空正显出鹅黄、浅黄、金黄的色
彩，层层叠叠。透过落光了叶子的树林看过去，那光越发的璀
璨耀眼，像一幅抽象派的画。冷冷树杈，高天苍穹，在几分萧
索肃杀之际，又有一种清澈干净的美。这景象，于树木，有一
种别离之美；于人，却是灵魂安宁的意境。我想起加拿大诗人
科恩的《赞美诗》（Anthem），"万物皆有裂痕，那是光照进

来的地方"。有了光，就有了一切。

我忍不住拍了照片发朋友圈。我激情地说，来呀朋友，到奥森来，挣脱喧嚣烦琐，到这里来看落叶，看落掉了树叶欲与天公比高的树权，来看密密麻麻的芦苇荡，看水鸟飞，看喜鹊叽叽喳喳，看奥运塔映在水里的英姿。你会与奥森融为一体，与这都市里的自然融为一体，你也会成为一处行走的风景，成为美。

4

立冬前一天，我去北园散步。一路走一路看那些树，樱树、桃树、白蜡树的叶子都不见了；老榆树的枝丫砍掉了，偶尔在高高的枯裸的树干上悬着一个鸟窝；紫薇树、臭椿树……都枝丫光裸；毛白杨通直挺拔，威武壮观，侧枝向天伸展，似乎在向即将到来的凛冬宣战。

也许我是太专注于那些充满诱人色彩的树木了，它们的美让我忽视了那些在秋天依然绿着青着的植物，如松树、柏树、樟树。榆树的叶据说是且落且生，要到春天才会完全换叶，因此看上去仍是绿的；红瑞木叶子枯落，紫红紫红的枝干倒显出另类的妖娆；旱柳高高的顶冠，远看像一把把透明的遮阳伞；油松粗壮的树身树皮斑驳，枝叶青中带枯，无惧瑟瑟寒意；

忍冬科属的天目琼花枯卷的叶下，细看仍有红红叶芽，傲妖得很；尤其是玉兰，似乎每一个枝头都正在萌生花苞……奥森森林资源丰富，乔灌木品种繁多，且在品种布局上匠心独运，所以，即使大部分树叶在秋天落光了，也依然千姿百态，实现了公园维护城市生态绿地系统、保障生物多样性最初的设计理念。

奥森位于北京市朝阳区北五环林萃路，东至安立路，西至林萃路，北至清河，南至科荟路，共占地680公顷。以北五环路为界，公园分为南北两园，横跨五环路的生态廊道将南北两园连为一体。南园占地约380公顷，以仰山、奥海、人造湿地等大型山水景观为主；北园占地约300公顷，以花田野趣、雨燕塔、大树园等小型溪涧景观为主。整个秋天，我就在北园里随意地走。我隔三岔五地去北园，从北门进，从北门出，每一次都不曾转完整个北园，甚至没有刻意去看那几个有名的景观。但我每次来都觉得新鲜。我看每一棵树都是景，看它们从绿到红，从红到黄，从黄到金黄，从鲜活的生叶到坠地的落叶，任由它们触动我心。我相信，我看到的就是整个奥森秋天"生命的色彩"。我也时常站在奥森游览地图前仔细地看它的地形地貌，又比对它在北京城寸土寸金的地理位置，一次次慨叹设计者的魄力、智慧、勇气和情怀。从自然山水景观的营造，到生态功能的科学完善，再到人性化的细节呈现，奥森是极富远见的一项园林工程。随着时间的推移，它的生态价值、人文意义和民生勋绩将越来越彰显。这些，是奥森永不会掉落的色彩。

"爸爸，快拍呀，你快拍我呀！"一串清亮亮的声音在近旁响起。哦，又到了清洋河边了。河边的枯草已被收拾干净，苇花仍在枝头俏立，河面显得宽阔了许多。岸边一棵毛白杨最后几片树叶轻轻地飘落下来，和其他树的落叶铺成最后的彩叶小径。一个五六岁的女孩，追着落叶奔跑。她没能追上落叶，便弯下身子捧起一捧黄叶，使劲往上抛撒开，像天女散花似的。她的爸爸，一个年轻的父亲举着手机，笑呵呵地抓拍着小女孩飞舞的身姿。晚秋被他们的声音感染得沸腾了。我忍不住多看了几眼这个画面，把看到的美在心里描绘下来。这美好的画面，像一棵树的种子。树好，就会结出好果子。美种在人心里，就会结出美的果子。

这天回家后，我再在阳台上看奥森，满目是暗绿色、苍青色、烟灰色了，偶有颜色黄或红一点的，也是焦红或枯黄色。但这是秋天生命必然显现的一种色彩。我的心依然愉悦。

人们看到落叶往往会伤感，悲秋，为什么要悲秋呢？秋天，集春的明丽、夏的热烈和冬的纯洁于一身，应该是繁华瑰丽、大放异彩。没有永恒不变的树叶，即使那些叫着不落松的，它也是在更替，在孕育。光秃秃的树身并不代表死亡，落叶恰恰是树木的自我保护形式，只有一年一年的换叶更替，才有树木的成长。我反反复复地去看树，就是因为我敬畏它们具有这种根植于大地、自我革新、向上拓展、完成新旧交替的伟大能力。这是大自然的规律，这是大地生命的奇迹。

转眼就会是冬天了，奥森会暂时冷清下来。但我会时常来。我看到了秋天向冬天的过渡，我想看冬天到春天的进程。秋的落叶，经过冬的冷藏，将在春天复生复荣。那时树木葱茏，河水漫漫，湿地上长满新草，飞鸟翔戏，百花盛开，万物万象自由生长，明媚生光。

冬天过后就是春天。

我的目光穿越冬天，看到了春天万物勃发的意境，看到秋天树叶从色彩绚烂到枯萎飘落的意义。它是在为春天积蓄能量，是一个新的循环的起始。

在黔江遇见棕榈树

恍惚间，我看见了棕榈树，高大挺拔，排列在酒店主楼前，既逸然独立，又形成族群，一派南国风光。咦，我们是来访黔江，还是置身在海南？

没错，没错！酒店入口是一条铺着红花地毯的廊道，廊道两边，各是一口方方正正的水池，酒店大堂透射出来的灯光落在清泠泠的池水中，像是簇簇火花落在银河，一片辉煌。紧靠水池主楼的一边，各有几棵棕榈树，圆柱形的树干高高直立，叶丛生于茎顶，叶柄坚硬且阔长，向外开展成圆扇形，叶色浓绿，既挺拔又柔美，形成群植景观，壮丽醒目。另外的两边，则是棕榈树和桂花树、香樟树、香蒲间生间长，相拥相簇，绿意绵绵。

这真是一派我曾经多么熟悉、多么热爱，多年来又一直萦牵梦绕的南国风光！

但这是在重庆黔江啊。

黔江，是重庆的一个区名，即使在以前，也是四川涪陵的一个县，不是贵州的某地；黔江也不是一条江，黔江的江叫阿蓬江。这些，我很轻易地就理解了，但在黔江遇见棕榈树，心中还是又惊又疑。放眼城区四周，甚至城中凹凸有致的山岭，这武陵山脉腹地和南国风物，怎么也联系不起来。

我曾在海南生活十年，那时，不曾想过了解棕榈树的前世今生，而现在，我却一心想知道为什么在平均海拔高至千米的黔江地区能见到它。

入夜，黔江城一片灯火。空气沁凉而清澈。我和著名作家张庆和、著名诗人高若虹在黔江本地作家维扬、笑崇钟陪同下去看三岔河。三岔河是黔江城区西沙桥、新华桥、闸桥之间围合而成的核心景观区域，走过两条街就可到达。

一路上，仍不时地看见棕榈树。我忍不住唠叨，黔江的植被和海南很像呢，棕榈树特别多，感觉像是到了海南。维扬说："是的，我们这里的棕榈树很多，棕榈科属的植物也很多。有外面引种的，也有本地种。我们小时候唱一首歌：'在那绿色的棕榈树下，桂花盛开的地方……'"维扬唱了起来，那旋律很优美，"我们黔江不仅有棕榈树，还有银杏，桂花树，很多树。冬天不冷，夏天不热，适合动植物生长，特别适合植物多样性生长。我们有原始森林八面山，次森林灰千梁子，植物资源十分丰富，主要乔木品种42科、81属、146种。黔江靠近北纬30度，北纬30度地区是最适合人类生活的地方，所以黔江也是宜居地区。"

维扬的话信息量大、知识性强，又有重庆话特有的抑扬顿挫感，散文一样优美。

迎面又见几棵棕榈树，在一行由樟树、榆树、桂花树组成的行道树里，枝叶婀娜，树干刚健，显得特别另类，一下子又将我迷惑住了。

"哎呀呀，好美的棕榈树耶！"

钟主席却说，武陵水岸那里还有规模更大、更美的棕榈树。

武陵水岸是武陵水岸公园内由三岔河上的长生桥、双龙桥、西沙桥连接两河三岸而形成的亲水栈道核心环线。黔江城被誉为"武陵会客厅"，武陵水岸公园又被称为这个"会客厅"里的"会客厅"，已成为黔江城市旅游热门"打卡"地。亲水栈道总长约1700米，沿岸园林景观植物在保留原有大乔木，如香樟、雪松、柳树的基础上，加种了棕榈树等观赏性强的树种。栈道面层铺装以生态木为主，适当点缀部分防腐木铺装，给人一种古朴自然的观感。

转眼就走上了亲水栈道。三岔河波光粼粼，在城市的夜色中闪烁着魅惑的光。三岔河是黔江河和城西河的统称。两河交汇口建有闸桥，叫"双龙桥"，一边是土家族图腾白虎的巨大雕塑，一边是黔江人引以为豪的范公祠。范公，即范长生，土生土长的黔江人，在西晋五胡十六国时期任大成国丞相。他倡导"休养生息，薄赋兴教"，令大成政权一度昌盛。后来范长生迁移到成都，在青城山修道，活了一百岁。为纪念范长生，黔江人在此修建范公祠。水面上，百多米高的水柱随着音乐的旋律此起彼伏地喷涌。音乐、喷泉、岸景、灯光，交相辉映，亦真亦幻，恍如梦境。

历史文化、民族风情、自然风光构成了武陵水岸独特的景观。

江风河风轻抚脸颊，惬意得很。我惦记着河边有规模更大的棕榈树的事，便不时地在水岸灯影里逡巡棕榈树的身影。夜光闪烁，树影婆娑，香樟、雪松、柳树……棕榈树终于出现了！一棵接着一棵，比酒店前看到的更高大、更壮观！尤其是其中一棵，两个人合抱恐怕都抱不住，在光影中巍峨壮丽。我又一次惊喜地喊了一声："好高好大的棕榈树耶！"

众人皆兴奋，迅速往那棵巨大的棕榈树凑近。

"哎哟！"一声惊恐的喊声吓了大家一跳。原来是张庆和抬眼看我所说的树，没发现有一个小台阶，被绊了一下，一个趔趄差点摔倒。有惊无险，我想定是那棕榈树的灵气护住了他。

　　我一直以为棕榈树和椰子树一样是热带植物。海南最多的是椰子树，其形态和棕榈树有几分相似，常常让初见它们的人傻傻分不清。20世纪90年代初，厦门的陈慧瑛大姐去海南，我前去采访。因她住的酒店临海，距主街有一段距离，她便一再叮嘱我说，往宾馆来的那条路入口处有五棵高高大大的棕榈树，一定不要走错了入口，是棕榈树，不是椰子树哦！她不知道我已上岛两年，且一上岛就被椰子树迷得五魂三道，绝对不会把棕榈树看成椰子树的。但也因此，棕榈树的美从此烙进了我的记忆。

　　棕榈树的生长跟湿度和阳光、纬度有关系，但我还是不解，如此粗壮高阔的棕榈树，在海南也难得一见。

　　回到酒店，我百度出棕榈树的条目。棕榈树是一种常绿乔木，寓意胜利和好运、希望与和平。它原产中国，除西藏外秦岭以南地区均有分布，常用于庭院、路边及花坛之中，适于四季观赏，喜温暖湿润气候，喜光，耐寒性极强，稍耐阴。黔江处于北回归线边缘偏南一侧，气候温润，温度较高，比较利于棕榈树的生长。别说棕榈树，凡在北纬30度线的珍稀植物，在黔江几乎都能找到。

　　棕榈树不只是热带、亚热带植物，还是耐寒植物，我有些怅然若失。

但由此多了几分植物知识和对黔江生态的了解，我也开心。我回想着夜游武陵水岸的悠然时光，默默在心里将维扬、笑崇钟和棕榈树做着比较。他们尊重传统文化，崇尚开放，其精神某种程度上就像棕榈树，随潮顺势，一心汲取阳光，向上温润生长，在实现自身的价值之时也为黔江的文化繁荣增枝添叶。

长满棕榈树的黔江，这一派南国风光的美，从此在我脑海里将挥之不去了罢。

走过沧浪桥

我一眼望见沧浪桥时，似惊鸿一瞥，坠入梦境。

沧浪桥位于重庆市濯水古镇。此刻，它静静地横卧在阿蓬江上，木质桥身，重檐歇顶，形如波浪起伏，状若龙行凤舞。它并不高耸，却雄伟壮观。桥下，阿蓬江静水深流，一艘白色游艇正飞驶而过，在苍青色的水面划出洁白如银的光链，水波荡漾，倒影轻轻飘摇。岸边，水草丰美，或青或黄，柔柔地与江水、廊桥相映成趣。水鸟不知栖在何处，不时地传出"叽叽，叽叽"的啁啾鸣唱，有一种隐匿的欢悦气息……

据当地人介绍，这座廊桥始建于唐朝，已造福两岸人民1000多年。但2013年，古廊桥遭遇大火。濯水人悲叹之际，把染黑的江水清淤，把滩涂建成湿地，把荒地辟为花园，把倒伏的水草小心地扶起，给水岸的空地种上芭茅，在旧址上建起了这座新廊桥。新廊桥依然叫"沧浪"，集廊、塔、亭、阁于一体，横跨濯水古镇内河、阿蓬江和蒲花河，被评为"世界第一风雨廊桥"。

耳畔，响起古老的吟唱之音："沧浪之水清兮，可以濯我缨，沧浪之水浊兮，可以濯我足。"廊桥之所以叫沧浪，莫不是与濯水的"濯"字相呼应？沧浪，这苍青色的水呀，濯我缨，濯我足，更濯我心，濯我民情。

顾不得行车劳顿，我迫不及待去走廊桥。印象中的廊桥就是一条直直的走廊式通道，哪知这座廊桥路面却如流线，高低起伏，上上下下，需要时而拾级而上，时而沿阶而下。如果你脚步轻快跳跃，那真是一种随波浪起舞的感觉了。我就是这样迈着舞步式的步子，登上了层塔亭，来到最高处的中心楼阁。在这里，濯水风光一览无余。

东望，廊桥顶面龙鳞高耸，龙身隐没；西望，廊身蜿蜒，桥头若隐若现。极目处，是漫天霞光披拂下的山脉逶迤秀美；桥北桥南，是一个太极、如意图案相交相错的半岛湿地公园，岛中水汊、石径、木桥纵横交叉，草木花卉间生间长，有人或坐或立或行，下棋嬉戏，一派逸然。

从高高的楼阁下到底部，瞬间，我又被那茎干高深、花穗紧簇的密密芦竹震撼到了。廊桥两边的花园种植着一大片芦竹。芦竹，在濯水叫芭茅，又称蒲花。它们高高地立在枝头，一枝挨着一枝，却又枝枝独立，枝枝向天，清风一来，摇曳生辉。西天际，此刻成了它们最美的布景。那晚霞，碎金一般铺了半边天，而阿蓬江，已被漫天的流霞染成了青底金彩的水粉画！波光潋潋，天色斑斓，怎一个美字了得！我被美景所诱，一步一停，658米的廊桥竟走了一个多小时。华灯初上，廊桥上灯光齐亮，水上水下璀璨辉煌。

第二天早上，廊桥在晨光中还原为大自然的生态原色。我忍不住再去走廊桥。廊桥安静得很，江水是安静的，水草是安静的，房舍也是安静的。只有小鸟在栏杆上飞跳，旁若无人地啁啾。而偶尔一两个行人踏出来的脚步声也那么动听，那么富有节奏，反衬得一切静美。

我看到两三个保洁员在清洁廊桥的地板，她们的动作是轻柔的，生怕用多一点力就会皴坏地面。木质的地板泛着古色古香的光。我问她们，风雨廊桥，刮风下雨时它真能为行人遮风挡雨吗？保洁员笑着回答："能啊，廊桥始终能够保持干燥。下大雨的时候，雨水也会飘进来。但你看呀，这是人字形廊桥，青瓦木梁，又这么宽绰，四面通透，雨水自然不会浸到桥中间来，雨水一过，桥面会立即恢复干燥。"

旁边一位男士看上去像是廊桥管理员，他插话道："这些年濯水搞扶贫脱贫、产业创新，又大力发展生态旅游，环境越来越美，老百姓的日子过得越来越好。"

濯水古镇，正是因为有像他们一样热爱这里的青山绿水、为这里的一草一木付出汗水与心血的人民，阿蓬江、廊桥、蒲花河、湿地公园……才能各美其美，美美与共，形成并保持一个完整而现代的生态体系。

这次，我只用了八分钟的时间走过了廊桥。但我觉得已走过了濯水的悠久历史，走过了廊桥的风风雨雨。太阳升起来了，温情地照耀着古镇的山山水水，照耀着廊桥这梦境一样美好的存在。

从南丰带回橘子香

九月中旬，有机会去南丰，因时间上有些冲突，我便有些犹豫，遂问密友：我去不去南丰？

密友说：去！南丰蜜橘好吃，带两箱回来。

密友平时并不喜食水果，为何对南丰蜜橘情有独钟？

密友说：南丰蜜橘，酸酸甜甜。曾被作为国礼赠送给外国领导人，被赞为"橘中之王"。

我当即决定去南丰。

一路上，脑海里总是浮现出橘子的图像，也仿佛闻到了橘子的清香。一入南丰地界，那橙黄溜圆的橘子图案竟随处可见，橘子的香味似乎也更浓郁了。

但眼下南丰蜜橘还不到成熟的季节，说闻到橘子香当然只是我的幻觉。南丰，这座因橘而富的城市，正在准备迎接今年的蜜橘上市期。而硕果累累的国礼园，更是游人如织。金秋的阳光明艳艳的，将红色的充气拱门、红色的地毯、红色的"国礼园"字迹照得异常热烈。拱门底柱两边，坐卧着两个硕大的橘子雕塑，橙黄中泛着金红。数百名来自南丰各中学的学生，穿着白底橙色波纹的上衣，胸前佩戴着橘子形图案的校徽，生机勃发。

我问身旁的学生：作为南丰人，你们对南丰蜜橘有什么感受？

学生们七嘴八舌地回应："很骄傲呀！""逢年过节，我们用橘子招待客人"……

南丰，是唐宋八大家之一的曾巩故里。我又问：南丰有蜜橘，还有曾巩。曾巩和蜜橘有故事吗？

学生们一愣，但很快，就有女生接了腔，曾巩应该也和我们今天的南丰人一样吧，在橘子熟了的时候，天天吃橘子。另一位女生说，曾巩吃橘子，和我们吃橘子是不一样的，他写出了赞颂橘子的诗——《橙子》。

橘、柑、橙、金柑、柚、枳等总称柑橘，曾巩的诗题为《橙子》，写的就是橘子。

女生又大方地吟了两句："谁能出口献天子，一致大树凌沧波。"

"凌沧波"，多么熟悉的诗句！

自屈原始，多少文人墨客不吝啬笔墨才情，赋诗题词，讴歌其色其香，品味其意其韵，留下无数美诗佳句。曾巩的《橙子》，把橘子的形、色、意表达得淋漓尽致，既描绘了南丰金黄色柑橘挂满枝头的美丽景色，又写出了柑橘的价值与地位：
"鲜明百数见秋实，错缀众叶倾霜柯。翠羽流苏出天仗，黄金
戏球相荡摩。入苞岂数橘柚贱，宅鼎始足盐梅和。江湖苦遭
俗眼慢，禁御尚觉凡木多。谁能出口献天子，一致大树凌沧
波。"女生吟诵的两句，正是称颂南丰蜜橘的"贡橘"身份。

我朝女生跷起大拇指，对蜜橘的向往之情也已升华为对南
丰深厚文化的敬仰。

步入国礼园，满眼是青油油的橘林！密密实实的青色橘
子，一簇簇簇拥枝头，有些已泛出些微的黄红，预示着丰收在
即。终于有人忍不住摘下一颗，剥开细薄的果皮，掰儿瓣放
进嘴里，酸涩得皱了眉头，却仍笑逐颜开："呀，酸酸甜甜，
酸酸多于甜甜！好吃！"引得众人大笑。大家都知道，再过些
日子，橘子熟了的时候，那才是真的好吃，千年贡品，必名不
虚传。我们来得早了，只能望"橘"止渴。但我们能想象出，
当那青涩的橘子变成黄澄澄的熟果时，橘园就会再现曾巩诗中
"黄金戏球相荡摩"的美景了。

而在观必上乐园，橘园又是另一番景象。

观必上种植有万亩橘树，遍布了整片山岭，自山脚到山
坡，自山坡到山顶，浩瀚壮美。电缆车行驶在橘园中，就如行
驶在绿色海洋。到了半山坡，游人便只能步行往山上去。一
路蜿蜒山路，石阶陡峭，却是一步一景，仿佛是攀登在巨幅的

橘园秋意图上。上了山顶，已是夕阳西下，万物生辉，温暖迷人。回望上山的路，已掩在汪洋橘林之中。万亩橘园，绿意连绵，恢弘壮阔。换个角度俯瞰，脚下则是绿水绕山，对岸是丹霞风貌，鬼斧神工，雕造出神形兼备的物像，栩栩如生。山色灿若晚霞，落入青青山水，构成一幅与橘园相接、层次分明、色彩丰富、恣肆铺展开去的山水画卷，而远处，南丰城一片片白色楼房，好似画卷中的留白，令人浮想联翩……

上天厚爱南丰，将这样一幅人间美景图画安放在南丰地域，就连它的名字，也寓意了丰丰满满的意境！看一眼南丰的橘园，有谁不会记住这美好的名，并在心中写满诗意呢？

我记住了南丰。虽然在南丰只停留了短短三日，却将它的橘林装进了心怀。我回京城，没能给密友带回两箱蜜橘，却带回了比蜜橘还要鲜亮美妙的人文，在密友心里植入了一片辽阔的橘园，成熟的橘子挂满枝头，一片金黄。我忆起那些在国礼园拱门前与我对答的学生，感觉他们也正如橘苗，将长成一棵棵青翠翠的橘树，连成一片片橘园，开花、结果，成为大地和祖国的果实。

不几日，我去院子里的美发店洗发。洗发小哥的口音让我觉得好生熟悉，便探问他是不是江西人。小哥颇为自豪地说，是江西南丰人。我大喜，南丰有何特产？小哥脱口而出：南丰有二宝，一为蜜橘，二为曾巩。我说我刚从南丰回来，那里山青水美、橘林成园，但遗憾未能吃到南丰蜜橘。小哥安慰我说，橘子要到11月方能见熟，那时你来我这里，你要多少，我帮你订上。闲聊中得知，南丰人家家户户都栽种橘树，每家百十来棵，年收三四万斤橘子不在话下。他们小时候在橘园里嬉戏打闹，捉迷藏，荡秋千，快乐胜过仙童。尤其是橘子开花的时候，那个美呢，漫山遍野，香气扑鼻，雪白雪白的橘子花绽放在翠绿的橘子叶里，晶莹耀眼。小哥还告诉我辨识正宗的南丰蜜橘方法，说要看它的果形、色泽、味道。一般自然生长的正宗的南丰蜜橘表皮轻薄，且多少会有自然生长产生的细微疤点，小巧可爱。拿一个橘子用手轻轻挤一下，再放在鼻子下闻一闻，有股橘香味，吃起来，脉不粘瓣、汁多无渣、味甜而不酸……小哥说得津津有味，我则当即决定订购蜜橘，亲尝南丰蜜橘无上美味。

几千里外，我"闻"到了南丰蜜橘的香。

念山归来思念山

　　念山是一幅真正美丽的画，一幅色彩斑斓、层次丰富的油画，其恣肆汪洋、令人遐想无限的意象，神合我所热爱的凡·高画作中的种种元素，一见便深深烙进了脑海，成为挥之不去的影像，以至从念山归来两个月了，它仍然要反反复复地在我的心田放映。

　　念山啊！

　　念山，又称黄念山，是福建省政和县东部星溪乡的一个行政村，距县城11公里，平均海拔860米，最高处海拔1100米，包括分布在山坡上的东屯、陈屯、后门厂、余屯、厝角、后山仔、上园仔、北新等8个自然村，以云上梯田闻名八方。

　　今年9月24日至29日，我有幸以作家身份参加了"2018美丽中国行·玩转大武夷"中央媒体和名作家采风活动。行程最后那天，我们乘车上了念山。念山村地处大山的顶部，上山的路自然没有"平坦"二字。山道弯弯，弯出了茂林修竹、悠悠溪水，弯出了形状各异的梯田、重叠错综的山冈峰峦。待到达最高峰念山余屯，一切皆隐去了，眼前是一片密不透风的古树林，古红豆杉、古枫树、古银杏、古南酸枣树等树种，一树古过一树，争相参天，几百年几千年了，似乎仍在向上生长扩张。

耳畔，不由掠过一阵阵齐天的呐喊，伴和着兵戎刀剑相拼相杀的金属碰撞声，声声激烈。

1138年前，农民起义军领袖黄巢，为反抗唐朝黑暗腐朽的统治，率农民起义军进入政和境内，在念山屯营驻兵，开垦农田给养队伍，修筑防御工事，迎战唐朝招讨使张谨，大获全胜，拉开了唐朝覆灭的大幕。他们在念山修筑的防御工事，从此让念山人蒙福受益。念山人复垦其工事，开辟出连绵千亩的梯田，壮美无比。为纪念黄巢起义，念山村民将其他7个村庄皆冠以"黄"姓，统称为黄念山。

我从历史的烟尘中回过神来，跟着队伍去参观下一站——念山湖，一边走一边观赏山间美景。没走几步，就有一队村民敲锣打鼓地超过了我们，在他们身后，是一支12人组成的舞龙队。舞龙队员们穿着绣有红色滚边、上绘龙形图案的黄色衣裤，头扎镶有龙珠饰带的黄色头巾，手握木柄，高举着一节节龙身相连、绸布扎成的金色长龙，踏着锣鼓声点秩序而行。原来，念山现在正值开镰节。"中国·念山开镰节"活动自2016年开办以来，今年是第三届。开镰节必不可少的一个项目就是

舞龙，一来欢庆丰收，感恩天地；二来祝祷来年风调雨顺，五
谷丰登。舞龙是巡舞，必须舞到每一家每一户，场面非常壮
观。所有人都兴奋了起来，跟在舞龙队旁边前进，步伐也踩在
了鼓点上。舞龙队见有人旁观，更是起劲，将金色长龙舞成腾
空翻飞的形态，像是把整个念山都舞得欢腾了。

　　确实是一片欢腾。

　　正兴奋间，一片地势平缓的稻田出现了。金黄的稻穗昭示
着今年非同小可的收成。稻田已经开镰，割出了一片空地，空
地上摆放着几台打稻机，十几个村民割稻的割稻，打谷的打
谷，一片忙碌而有序的景象。我心里突起念头，开镰节！且让
我也来开镰割稻，感受一下丰收的喜悦吧！意念一起，我人已
经跳进稻田，从一村民手里接过禾镰，躬身割稻了。或许我有
些冒失鲁莽，却不料一下子掀起了采风团割稻体验的高潮。76
岁的毛佩琦教授、中国交通报记者卢锐等人也纷纷下到田里，
割稻的挥镰割稻，打谷的脚踩打稻机打谷，稻田里顿时欢声四
起。我放下禾镰，又兴致勃勃地去体验打谷。在村民的指导
下，我将自己刚刚收割的稻穗把在手中，一边踩动打稻机，一
边往滚轮上喂放稻穗。滚轮滚动几下，谷粒和稻秆就分开了，
谷框里，金黄的谷堆越堆越高。这是丰收的谷堆呀，多么令人
欢欣鼓舞！一时间，跟团采访的县电视台和报纸记者们也忙坏
了，摄像机、照相机、手机齐齐开动，记录下这欢快的一幕。

这欢快的一幕，是开镰节意外的收获。

意犹未尽地出得稻田，来到念山湖，坐上游船，心境一下子奇迹般地感受到了静美。说是湖，其实是水库，修建于20世纪70年代，蓄水量达65万立方米，解决了早期念山非常干旱的难题。水库面积不大，一眼就能望尽全貌。但那水质，碧绿深邃，清澈无尘，水岸边或凸或凹，岸上树林郁郁葱葱，幽静深远。当地的一位很有名气的笛子吹奏家"老牌笛友"——他因痴迷笛子而得绰号"老牌笛友"，后来干脆将绰号用作网名，久而久之，人们都喊他"老牌笛友"——特地上船来为我们吹奏他拿手的几支曲子。笛声悠扬，桨声轻回，天空融在水里，水光潋滟，心情荡漾，好一处世外桃源，好一派人间仙境！

绕水库一周，只需二十几分钟。我们上得岸来，在导游的引领下去登观景台。

上观景台的路是由大小规则不一的石头铺成的，古朴结实。路旁边是一纵随着坡度向上的白茶园，清新碧翠，色泽圆润，充满生机。导游小刘说，念山像这样的茶园很多，每个茶园的面积很小，但加在一起就很可观了，而且念山的茶园都是有机、纯天然、原生态的，统称"政和大白茶"，随便摘一片就可以入口尝食。我扫视着茶园，感知到它们晨汲清雾、夜披水露、日沐阳光、午后浴轻风，在大自然的滋养中自由地生长，是多么美好！摘一叶茶树叶放进嘴里咀嚼，果然是无尘无土，苦中带甘，别是一番自然天赐的青青白茶味道。

越过茶园，我们上到了观景台。观景台就是黄巢时代的烽火台，现如今是一个上下两层的大亭子。绕着观景台转几圈，我心震撼：风光无限，视野无边，整个念山已是一览无余！

向东，山下星溪河如带缠绕，山丘龙脊蛇腰，逶迤蜿蜒；向南，梯田似原野铺开，边际处层峦叠嶂，浑厚壮美；向北，古树蔽日，山势雄阔伟岸，俨然天然屏障，一鸟惊飞，将有万鸟出林；向西，念山湖碧绿如玉，镶嵌在山林深处，丘峦漫卷而去……

难怪黄巢当年要把烽火台建在这里！

我静静地凝视着山野中那层层叠叠、金黄色的梯田。那就是念山村闻名遐迩的云上梯田，福建最美最大的梯田。纵向，梯田从山脚海拔300米的星溪河梯级而上，最高处海拔860米，垂直高度达500多米，高低错落，如链似带；横向，梯田绕过山梁岭脊，连绵5公里，共1600多亩，大如曲池，小似新月，千姿百态，波澜壮阔。在青翠的茶园和金黄的梯田之间，村舍如棋盘落珠，从容祥和。此时，阳光普照，秋高气爽，成熟的稻谷一丘连着一丘，风吹稻浪连绵起伏，铺成一幅金色的巨型油画，将整个念山映衬得明亮耀眼，美不胜收！想当年，黄巢是不是也是在这样的季节，站在这烽火台，以历史的眼光俯瞰众山，宛若俯瞰朝野？其时，他已是成竹在胸，英雄的气概化作豪情万丈的七言绝句《不第后赋菊》：

> 待到秋来九月八，
> 我花开后百花杀。
> 冲天香阵透长安，
> 满城尽带黄金甲。

我忽然热泪盈眶！

念山，黄念山！不凭别的，只凭这首响彻千年的诗，就足以傲为遗世独立的风景！

或许，就是那突然而至的触动，连同那开镰收割的喜悦和舞动金龙的欢乐，使那如锦如绣的念山画卷倏地嵌进了我心灵的画框，让我久久记忆，久久思念！

呼和浩特的雪

　　呼和浩特下雪了。

　　这是呼和浩特21世纪20年代的第一场雪，也是我第一次在这里看见下雪。

　　窗外的雪花，先是零零散散地飘落下来，像是被微风轻轻刮来的。接着，雪花一朵朵大了，自高空悠悠扬扬地飘忽着往地上落，像是故意要在空中玩耍一会儿。然后，它们落下了，落在早已是雪覆盖着的房屋顶上。再接下来，雪就密集起来，像是从巨大无比的天筛眼中泄漏而下，扑簌簌飘落的速度快极了。

　　眼前是一片白茫茫的鹅毛雪花在飞舞了。树梢早就没有了叶子，雪花落在光秃秃的枝干上，也不急于往下抖落，而是静静地卧着，很享受似的。很快，树枝就成了白色的了，直直地朝天扬着，偶尔一两棵枝叶尚存的树，那就仿佛是一树树樱花的景致了。这呼市的雪，好像鲁迅的《雪》中描绘的那样呀：

　　"朔方的雪花在纷飞之后，却永远如沙，如粉，他们决不粘连，撒在屋上，地上，枯草上，就是这样。"真的就是这样，而且，它们还撒在树上。

我的眼前，莫名放映起了莫奈画中那些温暖柔美的雪景、南极终年的积雪、喜马拉雅闪光的雪顶……放映起了孩提时代和小伙伴们堆雪人、打雪仗的欢乐场景……

我回过神来，忽然记起去年夏天来呼市看过的"草原"，它就在城区边上，是一片非常空旷的草地。我飞也似的下楼去，冒着雪花在路边打车，我要去那里看雪景。我想，那里的雪景一定很壮观。

果然，一眼望不到头的草原上，没有行人，也没有车辆通过，万物宁静，只有雪花在自由地飞舞。雪花越来越大，且白且黄的草原渐渐变作了雪野。那原先散落在草原上的几座白色蒙古包，此刻成了雪景的点缀。

我凝望着天空和大地。

天空中，大雪纷纷地下着；大地上，空旷的雪野在漫无边际地延伸。

天空连着大地，雪花连着雪花。那黑森森的土坷垃，很快也不见了。

入夜，看不到一丁点儿黑色的痕迹了，草原一片雪白清新、圣洁无瑕。因为反射着城市的灯光，还显出晶莹剔透、灿亮辉煌的意象，如梦如幻，美轮美奂。

我热泪盈眶。

返回的路上，雪停了。出租车司机见我欣喜，也愉快地谈论起他的感受。他说，呼市这些年雪下得少了许多，也总是晚下了些日子。他记得他小时候，九十月份就开始下雪了，到一二月份的时候，那才叫数九寒天、冰天雪地呢，哪像现在，下一会儿就停了，虽然不会立马融化，雪景也不错，但看人们的穿着，就好像冬天已接近了尾声，好像春天很快就要来到似的。

我问道："那你喜欢冬天还是春天？"

出租车司机愣了一下，很干脆地说："当然喜欢春天了！"

在那青青舜皇山上

一

舜皇山是中国唯一用古帝王名命名的山，史传为舜帝南巡驻跸、教授农耕文明之地，地处越城岭山脉中段的广西全州与湖南东安、新宁等县区。越城岭土话叫老山界。1934年11月，中央红军长征突破湘江后，中央军委两个纵队和红五、红八、红九军团从桂军白崇禧开放的西线进入了湘桂边境的舜皇山，沿着新宁境内的老山界，到达广西资源的油榨坪集结。时任中央军委第二纵队政治部宣传干事的陆定一，随中央第二纵队翻越老山界，写下了著名的《老山界》一文，称老山界是红军长征中所过的"第一座难走的山"，令老山界声名远播。殊不知老山界就在我们新宁的舜皇山。

舜皇山我只在中学时代去过一回，且只到过山脚处。今年五月，我携夫君回老家新宁省亲，突然决定去爬舜皇山。大姐、大哥、二哥踊跃陪同，说，太应该去了，正好去看一下老山界碑。今年春上，朱德嫡孙朱和平将军为老山界题了词，题词碑刻揭幕仪式就在老山界举行。大姐还说，听说今年舜皇山上的花开得满山遍野，好漂亮，说不定现在去还能看得到。

我顾不得早上刚下了一阵暴雨，山路可能很不好走，也可能遇到泥石流，催促着立即出发。

我们上山的路，是《老山界》描写的下山的路，一个"之"字接着一个"之"字。但因为路不远，又开车，很快就到达了林场——舜皇山现为国家自然保护区，但我们仍习惯叫林场。二哥坚持找一个林场人当导游，以"好好了解一下舜皇山"。这一着还真是高。"导游"来了，姓李，叫李文才，他让我们称呼他"老李"。老李是林场真正的原住民，在林场工作了四十多年，对林场了如指掌。他穿着一件薄薄的羽绒衣，衣面上有着星星点点的羽绒，大概是烤火时炭火灰溅起的。一见面，他就建议我们直接上老山界山顶，说今天天气不是很好，在山顶视野会好一些。如果运气好，太阳会出来，就可以看到舜皇山主峰。

车子又经过好些个"之"字，上到了老山界。

一路上，老李感慨说，你们要是上个月来就好了，那时这一路基本上都是在花海中，连公路上都是一层一层起伏的花。今年的杜鹃花，从清明节开始绽放，开了整整一个月。各种各样的杜鹃，漫山遍野，鲜艳茂盛，一直开到山顶。我从小到大这是第一次看到这样的景象。花开时，站在山顶观赏，那个壮观场面，我今生都难忘。四月份的花百分之九十都是杜鹃，如果航拍那就更美了。差不多和杜鹃同期开花的也有几种，其中野樱桃花最多，但今年雨天太多，野樱桃花不经雨水，早早谢了。不过野樱桃花大都生长在山谷或峭壁上，开起花来如云如絮，粉红里透着纯白，一簇簇、一片片，艳丽炫目得很。

早在宋代，诗人赵蕃眼里就只有野樱桃花了。一见野樱桃花，赵蕃便写下了流传后世的《山行见野樱桃花》："徐行历历转深窿，人意何如鸟语同。山路梅花浑扫迹，春风尽属野樱红。"但是，我想如果他那时是行在舜皇山，写的诗就一定叫《山行见杜鹃》了。

二

山顶是一个并不宽绰的平台，一块巨石碑刻赫然矗立其上。巨石呈现着天然的峻峭凌厉，正面用红字题写的"舜皇山老山界"六个大字苍遒有力。其中"老山界"三字独立一行；"舜皇山"做眉题；落款"朱和平敬题"五个字则笔触细瘦，显出题写者谦恭虔敬的姿态；右边用印刷体字竖排刻了《老山界》文开头的话；左上角则用印刷体字横排刻写了文中写下山的句子。整个布局疏阔有致、凝重而艺术。碑刻背面是纯粹的红色题词，简洁大方。

细看碑刻，见题词下方的石面上洇有红色的斑斑水渍，像是水流冲刷的痕迹。老李解释说，这个碑是上个月立起的，立碑的时候，意外地下了一场大雨，暴雨倾盆。题词刻上并没有多久，红漆还没有干透，雨水一冲，红漆脱落，红水仿佛先烈们洒下的热血，让人感到震撼，也就没有做特别的处理。

据说，朱和平将军题词前，特地查阅了中国军事博物馆档案，确定陆定一的《老山界》就是"舜皇山老山界"。碑刻揭幕的时候，他年事已高，没能出席，但特地派了一个代表来参加。

我的眼角有些发涩。

陆定一当年憧憬："将来要在这里立个纪念碑，写上某年某月某日，红军北上抗日，路过此处。"如今纪念碑落成，英雄的灵魂得到告慰。那暴雨是不是上天被英灵所感动？

"若要盼得哟红军来，岭上开遍哟映山红。"杜鹃花又叫映山红，今年开得尤甚，是不是红军的英灵也化作了怒放的映山红？

我这样想着，大姐已放开歌喉唱起《映山红》，大哥、老李和我的夫君也随之加入。一时间，山顶上歌声悠扬。二哥因为请了老李，车子坐不下，留在了场部，甚为遗憾，要不他的

"高音"会更高。

我耳边同时响起了一个闺蜜的歌声。她是一位赫赫大将的后代侄孙女，最喜欢唱的就是这首《映山红》，每次都唱得声情并茂，真实地再现出一幕幕"岭上开遍映山红"的情境。

歌声在森林回荡，传得很远。

三

一阵山风吹起，送来阵阵轻音乐般的松涛声，把我的思绪从歌声中收回。

此刻，对面刚刚还云山雾罩的舜皇山主峰已云开雾散，露出了秀美的容颜。舜皇山主峰海拔1882.4米，是新宁最高峰。远远望去，白云飘向高天，峰峦叠起，青山延绵，一幅静美而辽阔的原始森林画卷。主峰为界，目之所及属湖南管辖，主峰背面属广西全州的地界。而新宁、东安则以一个叫紫花坪的自然村为界，过了紫花坪，就是东安的舜皇山了。东安舜皇山是国家森林公园，以旅游开发为主，景区建设得非常好，景点繁多，以瀑布、溪流、漂流为主要特色。新宁的舜皇山是自然保护区，以生态保护为主，全区森林面积9万多亩，人工林近1万亩，其他都是天然的原始次生林。

舜皇山自然保护区保存有较完整的自然植被与森林生态系

统，被誉为南方植物王国和植物基因宝库。植被类型复杂多样，最常见的是森林和灌木丛。森林是原始次生林，树种多，野生珍稀植物资源丰富，国家一级保护植物有银杉、资源冷杉等4种，二级保护植物有华南五针松、长苞铁杉等42种。银杉、资源冷杉是具有全球性保护价值的植物。全球银杉4484株，舜皇山占了58株；全球资源冷杉1929株，舜皇山占了50株，且都呈群落分布，非常珍贵。最著名的树种是华南五针松，就是粤松、广东松，高可达30米，每一个针叶都是五针，先端尖，四五月开花，球果第二年十月成熟，熟时呈淡红褐色，特别好看。另外比较多的群落是有"植物胰岛素"之称的青莲柳，也叫金钱柳。

舜皇山灌木品种更多，其中最多的是杜鹃。很多灌木开花艳丽，如木兰科属的红花木莲、桂东木兰、南方木兰等，开花时都大朵大朵，一树树花令森林鲜活无比。但最好看的还是杜鹃花。杜鹃品种多，分布广。中国42种杜鹃，舜皇山占了38种，漫山遍野，开起来五颜六色。紫花坪村因杜鹃花而得名，那里的杜鹃花都是紫色的。紫花坪现在是舜皇山一大景区，分布着上万亩杜鹃花，花开季节美不胜收。

舜皇山主峰顶峰的花开得晚一些，现在才是观花最好的时间。有两种花正在开：一是高山杜鹃，二是百合花杜鹃。高山杜鹃是高大乔木，以海拔1800米为分界，1800米以上，遍山都是；1800米以下，则一株都见不到。高山杜鹃花片有两层，颜色为红色或紫色，在革质叶片衬托下，更显艳丽。百合花杜鹃像极了百合花，雪白雪白的，一个花开三个"高音喇叭"，朝向三个方向。百合花杜鹃是灌木，枝杆好像上过土漆一样，红艳艳、光滑滑的，每年都会爆皮。花开时有一股浓郁的清香味，特别香。

这样的描述真让人神往。我的眼前，幻化出顶峰开满高山杜鹃和百合花杜鹃的画面，那醉人的花香正漫过森林，随山风吹拂而来……

好想到顶峰去看花开。

"看不成呢，我们今天爬不了主峰。"老李遗憾地说。从这里开车到主峰山脚起码要一个半小时，从主峰山脚下爬上去要三个小时，而且都是爬坡，坡还比较陡，时间来不及。再说这个季节不适宜爬主峰。一路上全是参天大树，湿气重，山蚂蟥多。登主峰最好的时间是十一，那时秋高气爽，云雾不起，站在顶峰上放眼望，森林分出很多层次，青的紫的、绿的黄的、白的红的，一层层色泽鲜明，万紫千红，感觉天地间都缤纷起来。20世纪70年代，在主峰上还可以看到桂林、兴安。后来有些年看不到了，大气污染得厉害，天空灰蒙蒙的。不过建立自然保护区以来，空气透明度又一年比一年好起来了。

我心释然。我仿佛已站在峰顶，极目远眺，看万木发光，众山成海，看我舜皇山森林从远古植下，旷世生长……

四

　　远眺是舜皇山主峰，眼前是密密森林。一条石板路从山顶平台往下钻进森林，很快就隐没不见。这条石板路就是湘桂古道，有上千年历史，是古代湖南与广西的主要通道，在湖南境内有18公里。湘桂古道，湖南境内是石板台阶路，广西那边是土路。这条道又陡又险，现在已经没人走了。当然，老李走过多次，他退休前负责森林管护，走遍了林区的每一个角落。

　　老李往北面山脚的紫花坪村一指，说，紫花坪往东去，是一个又一个山坳，翻过紫花坪过去的那个坳，最低的地方是炎井界、热水塘，再过去就是全州。从全州走小路到紫花坪，要一个多小时。舜皇山斜横在湘桂边界，是中央红军转移去湘西，与红二、红六军团会合的必由之路。当年渡过湘江的红军能够翻越舜皇山老山界，有三个原因：一是，老山界山深林密，山溪纵横，地形复杂，起到了阻隔湘军、桂军追击的作用；二是，白崇禧有私心，不想在广西打仗，怕老蒋的嫡系进来占了他的地盘，相对来说防务松懈；三是，红军都是分成小分队分散走的。陆定一当时就是带了一个宣传小分队，沿着热水塘走湘桂古道上到新宁老山界，就是我们现在站的这个地方，从这里再下山往桂林走。东安那边的舜皇山也叫老山界。有人说他们那个没我们的"正宗"。但不能这么说，他们那里也在湘桂古道上，红军不可能不经过。即使陆定一所在小分队没有经过，也必有其他红军小分队经过。

老李的讲述引起了我极大的兴趣，表示要去东安舜皇山老山界打个卡。

兄姐们响应热烈。

五

在老山界碑立起来以前，人们习惯于在望舜台看舜皇山主峰。我们下山去东安老山界要经过望舜台。路上，我们见到了有名的湘妃竹，即斑竹，亦称"泪竹"，竿部生黑色斑点的特征十分明显。老李说，竹林在舜皇山生长繁盛，尤其是毛竹，遍山遍野。神奇的是，大自然也跟着行政地理走。同一座山，地理上属新宁这边是大年，属东安那边的就是小年。逢大年毛竹生长旺盛，逢小年则一根竹子都不长。反之亦然。舜皇山最有名的竹子叫里竹。有一个村子叫里竹村，全村都种里竹。里竹的笋略带苦味，但是最好吃的笋，坐月子的女人都能吃。里竹刚长出不久的时候，拿火烤一下便可以吃，其他笋这样吃却吃不得，吃了会特别难受。更有意思的是，里竹还只能是舜皇山的水做才好吃，用别的水怎么做都苦。外地朋友来了，想带点里竹回去吃，必须用这山里的水将笋焯熟了，拿回去才好吃。

野生动物也很丰富。一级保护野生动物有4种；一级保护鸟类有两种——黄腹角雉和白颈长尾雉……

我们正听得津津有味，一只鸟从森林里走出来，一边走一边小心地东张西望，看样子要过马路到对面树林去。它翅膀又短又圆，尾巴很长，蓝黑色羽冠披于头后，上体白色却密布着黑纹。"好漂亮！"我惊呼起来。

"那是舜皇山最常见的一种鸟，是二级保护鸟类，叫白鹇，我们叫白鹇鸡。这是只公的。婆子更漂亮，通体橄榄褐色，羽冠青黑色，嘴角绿色，脚红色，羽毛特别光滑艳丽，冠子圆圆的，很特别。"老李立即解释道。

原来白鹇是雌雄异色的鸟。它们栖息于森林茂密、林下植物稀疏的常绿阔叶林和沟谷雨林，性机警，胆小怕人，很少起飞，紧急时亦急飞上树。老李做森林管护的那些年，早上巡山时常常会遇见白鹇鸡，都是一群一群的，二三只一群，或十几只一群，排成直线。今天这只不知为何落单，也可能是它后面的鸟，看见我们人多，暂时停止了前进。

下山即是《老山界》里的上山。虽不走古道，却也一路颠簸。我的眼前渐渐幻化出87年前红军爬过的老山界。"之字拐的路""浓密的树林""银子似的泉水",以及竹林峭岩随处可见。在那些清得透底、时宽时窄的溪流旁边,我看到有很多战士在"用脸盆、饭盒子、茶缸煮粥吃"……当年给红军"拿出仅有的一点米"的瑶民后代,不再是"没有多的米",他们种植香菇、木耳、毛竹,都能丰收,还可以获得国家的生态林补贴,生活渐渐富裕起来……

行在风景中,不知不觉就到了紫花坪。一条溪体宽阔的山溪自上而下纵贯森林,穿村而过。巨石、卵石,方的、圆的石头遍布溪中,裸露着错综显现,溪水细小得和这宽阔的溪体不相匹配,也和岸边茂盛的树木极不和谐。心中惊疑骤起。

我记得苏联伟大的自然文学作家普里什文在散文作品《林中小溪》中说,"如果你想了解森林的心灵,那你就去找一条小溪,顺着它的岸边往上游或下游走一走吧"。普里什文是在春天走过小溪的,奔流的小溪带给了他无尽的人生思考,也让他看到"小溪到达了大洋"。舜皇山正值春水丰沛、草木争荣的春天,眼前的溪流为何不见欢唱奔腾的水流?森林的心灵不为这行将枯竭似的溪水焦虑悲伤吗?

老李指了指下游不远处的一座平房,说,那是因为建了电站。电站用的水渠有6.5公里,全是隧道,因为要蓄水,溪流的水被拦截了。这话让我们听得一片叹息。但老李接着又说,国家已出台政策,不准搞小水电站了。很快这电站,舜皇山所有的小水电站都要拆除了，森林生态会全面恢复。你们明年春天再来，就能看到非常漂亮的原始溪流风光了。

这一说，刚才深感惋惜的心情得以缓解，也有了新的盼望。我想起早上出发前关于山中泥石流的担忧，转而求问老李，这山中雨水多时，会不会爆发山洪、泥石流这样的灾害。

老李连说"不会不会"。舜皇山地质构造非常独特，整座山都是花岗石，表层土层很少，所以尽管雨量丰沛，下雨也不会发生泥石流，山体从未有过垮塌现象，所以也没有溶洞。但森林中溪流遍布，水资源丰富，是湘江、资江上游乃至长江流域的重要水源涵养林地。山上共分布有58条小溪。水量充沛、溪流宽阔的有18条，山里人都管"溪"叫"江"，所以又有十八江之说。发春雨时，顺溪流而行，溪流哗哗，水中石影绰绰，山花烂漫，一路风景。喧嚣之中，却尽显静谧之境。新宁和东安又好比是倒水为界：舜皇山西的溪，属资江水系，出山后都流入资江；舜皇山东的溪水，属湘江水系，出山后注入湘江。但资江、湘江殊途同归，最后都汇入洞庭湖。

从老李对舜皇山如数家珍似的介绍中，我们感觉到他对舜皇山的热爱之情。确实，他为自己是舜皇山林场一员而自豪。

六

车行近一个小时，抵达了舜皇山森林公园。

景区入口，是一座石头拱砌的山门，古拙结实，背倚密不透风似的青苍山林，山寨一样坚不可摧。"老山界"三个大字镌刻在石门上，庄严肃穆。大理石铺就的石阶，宽阔平缓。沿石阶而上，两边各插有六七面红旗，随山风飘扬不止。看景区游览图，森林公园分娥皇溪、女英溪两个主景区，景区内层峦叠翠，险峰、瀑布纵横，山、水、石、林巧合成景，岩、泉、树、藤自然成趣。有关老山界红色文化景点——陆公亭、红军村、红军墓集中在娥皇溪区。陆公亭，是为纪念陆定一而建。关于红军村有一个动人的故事。

红军村坐落大坳界下，七八户人家。以前叫大坳村，村前溪水潺潺，风光秀美。1934年红军队伍路过老山界时，在这里宿营了一个晚上。有一位小战士受伤而死，埋葬在大坳山坡上，当时部队行军匆忙，没有树碑，只埋了一个土堆。大坳村有一位不满十岁的少年，叫谢臣明，执意跟着红军走。但由于他太年幼，身体太弱，翻过几座山头便再也无力前行，红军战士给了他几斤米劝他返回了家中，但谢臣明从此念念不忘想当红军的梦。后来，他结婚生子，给自己的儿子取名叫"谢红军"。新中国成立后，谢臣明和几位山民对"红军墓"进行了修葺，每年的清明节都自发地去祭奠这位无名红军战士。谢臣明去世后，儿子谢红军谨守父亲生前的嘱咐，坚持守望这片山林，每年的清明节，他都会到"红军墓"去祭扫一次。

东安有老山界，新宁有老山界。据说，湖南城步县也有老山界；而在广西兴安县，去猫儿山的路上立有老山界石碑；华江乡还有一座老山界红军长征纪念馆……

老山界——中央红军长征经过的老山界到底在哪里？

越城岭山系很长，绵延200多公里。尽管与红军后来走过的金沙江、大渡河、雪山、草地相比，"老山界的困难，比起这些地方来，还是小得很"。但毋庸置疑，老山界是红军长征翻越的第一座大山，是红军从湘江战役转折的一个重要通道，因此，它意义非凡。它是越城岭，是湘桂古道，是舜皇山，是分水岭，是万水千山，是人民，是人民心中的圣山。

如是，真正的老山界究竟在哪里，已经不重要了。

每一座山都是老山界。

七

返程的路上，老李和我们聊到了林场的历史。舜皇山是1958年建场。当时只有老李一家是本地人，其他都是从邵东、新化等县移民来的。知青返城政策落实时，新宁的知青大都安置在场里。八几年、九几年搞市场经济，林场里的杉树非常值钱，林场效益好得很，稍微有些关系的都想开条子安置亲戚朋友进林场工作。开始建场时，林场一把手叫场长，共有三任场长；"文革"时，改称革委会主任，20世纪80年代，叫总支书记；改革开放后，又有场长。林场人数最多时有300多人，以伐木造林为主业。设立自然保护区后，用不了那么多人，人数逐渐减少，现在是68人。

可以说，老李一家是一个自然生态之家。建场时，老李的父亲是第一任林场场长。老李有两个哥哥，大哥从小跟着父亲学到了不少森林方面的知识。二哥身体不好，在林场干到退休。大哥学历不是很高，在场里，很自然地，满了16岁就招工了。后来被推荐上了工农兵大学，读的是中南林学院。中南林学院最早在广州，备战备荒时期迁到了湖南溆浦。哥哥毕业时本可以留校，但林场不肯，又回到林场。1979年，全国科学大会召开以后，科学的春天来了，中科院在湖南组建桃源农业现代化研究所——中科院湖南亚热带农业现代化研究所的前身——全面招人，把哥哥招走了。在研究所前十年，哥哥都是一般的公务员，后来才一步步走上领导岗位，现已退休。哥哥好学上进，本身也是研究员，自觉能力强，英语、日语都不用带翻译。老李的哥哥还是一位大孝子，父亲在的时候，哥哥每年春节都回林场。那时没有通车，但不管刮风还是下雨，他都要回家，他从省里坐长途汽车到白沙镇，再从白沙镇走几十里路进林场回家。而每一次回家，他都会给林场带来新的有关森林生态的知识和资讯……

"你们看，这就是华南五针松。"老李突然往车窗外一片树林一指。

大哥连忙将车子停在路边，以方便大家下车观赏华南五针松。

我将相机镜头放大，再放大。

路基下面是一片坡地，我看不到整株树的形态，但正好可以够着树枝。我扯过一个枝条细细察看，果然，它的叶子呈针状，细弱而光滑，每五枚针叶簇生为一小束。在针叶聚生的顶端，球花正绽放，整个花枝猛一看像挺拔的、放大N倍的稻穗，花片菱形交错向上，肥厚饱满。黄褐色的花球，在青绿的针叶簇丛中，特别鲜亮生动。一树树正值花季的华南五针松，优雅华丽了整座山坡。

近距离见到了著名的华南五针松，心情愈发的轻松愉快。山路的弯弯曲曲，也只是让我们见识更多形态的山景。在兴奋的谈论中，我们已翻过了立有朱和平题词碑刻的老山界，很快抵达了林场场部。

八

我们遇到了林场副场长宛钰清。他是我大姐的邻居,聊起来也相当热情。

小宛非常年轻,对林场工作充满了信心。从1958年新宁县舜皇山国有林场成立到现在,已是63年过去。其间,舜皇山辉煌过,也落寞过。湖南舜皇山国家级自然保护区设立后,舜皇山林场完成了转型,主业已由伐木造林转为森林管护,伐木工成了护林员。这里森林茂密,空气清新,负离子浓度极高,堪称如诗如画、秀丽迷人的生态园,被誉为"人间仙境"当之无愧。小宛感到能在这里工作是一种幸运。有如此天然的生态环境,和紫花村村民一样,小宛坚信,在今天这个人类特别重视生态文明建设的时代,舜皇山将迎来真正的"绿水青山"黄金时期。

我内心喜悦。兴之所至的一次出游,收获竟如此之多,青苍林海舜皇山的形象,是如此丰满、立体、美丽。

而我还相信,在这莽莽林海中,除了树木和繁花,除了动物和溪流,除了舜皇农耕的传说和红军长征的足迹,必定还隐藏着无数美丽的森林童话和舜皇山人护林守林的传奇……我希望有机会再来舜皇山,我要小住几月、半年甚至一年,来探寻她更多神奇的故事,向世人描绘出她全境的美。

蓝色万掌山

万掌山是蓝色的。

一落地万掌山，"蓝色万掌山"的形象竟一下子在脑海里定格。

万掌山刚刚下过一场大雨，空气清新得令人陶醉。放眼望去，泥土是红色的，潺潺溪水也带着红色的波纹；绿树连绵，鸟鸣声声也在唱着绿色的歌。但是，天空是那么近，那么蓝，蓝色的、纯净的铺向天际的蓝色，衬着一团团白云，与这红的、绿的白、的等一切的色彩形成强烈的对比，强烈地冲击着我的视觉，带给我极为震撼的感受。

而且，在青山连绵壮阔的森林怀抱里，居然安卧着一个湖泊。那湖，似圆非圆，波光粼粼。湖畔，一座座风格各异的小木屋，红色的、橙色的、黄色的、咖啡色的、青灰色的……环湖而建，繁花翠草相依，青青树木掩映，像森林中的童话一般。此刻蓝天映在湖水中，硬是将湖水染成了蓝色。那么蓝汪汪的湖水，那么纯净的蓝色，就像是蓝色的明珠镶嵌在万掌山。"山泼黛，水挼蓝，翠相攙。"我想起宋朝诗人黄庭坚的诗句，心倏地掉落入湖，融化。

万掌山不是一座山的名字，是云南普洱市的国有林场，是思茅城北部郊外东至大尖山下，北至与宁洱德化交界的萝卜山，西至弯转山东坡的方圆十几公里的大片广阔山林的总称，地理区位非常独特，森林资源非常丰富。2021年7月，亚太森林组织普洱基地落地万掌山，万掌山因此成为亚太森林经营与发展的一个平台，一个窗口。一山成万山，万山纵横，万木芃芃，世之瞩目。

我在万掌山的风景里随意地走。

心中荡漾着欢喜，看什么都是美的。鹅卵石铺就的小路是美的，雨过天晴便清澈了的渠水是美的，葱茏的树木和掩映在树下的木屋是美的……瞧，那盛开的木槿花好美！几只蝴蝶正在花上采粉，黄色的、黑色的、白色的蝴蝶在红色的花朵间飞舞，轻盈灵动，生动了整片树林。

最爱那一树高高的、红色的花开满整个树冠的树，那是火焰花树，花朵像火焰一样红，在层层青绿中特别耀眼。

路边一丛芭蕉树下，坐着一个小女孩。她正看手机，见有人来，抬起头，大方地笑着点头。她黝黑的皮肤，眸子清亮。我顺口问，小姑娘，你是这林场的吗？你怎么一个人在这里？她说不是，她是跟着妈妈来的。

原来，小女孩今年12岁，小学就要毕业了。妈妈是园林工，常年在普洱市四处打工，几个月前来到万掌山林场。她跟着妈妈四处漂泊。但是她喜欢这样的生活，单纯自由，无拘无束，还可以开阔眼界，增长见识，认识的植物也多。说到植物，她的嘴角、眉眼间全是笑意。她最喜欢的是可可树，因为可可是制作巧克力的原料，而她曾经尝过巧克力的味道，美极了。她还喜欢无花果树和红毛丹树。无花果的果实软软的，很好吃；红毛丹则外表毛茸茸的，非常可爱，可爱得她不敢吃它们。她的爸爸是彝族，在乡下老家，妈妈出来打工，很辛苦，中午都是自带干粮，收入也不高，但比在乡下强。眼下妈妈和几个同事正在主路那边栽树苗，他们是一个团队。现在，万掌山是她和妈妈的生活源泉，心安之地。"我们家不富裕，也不知什么是大富大贵，但我们有我们的快乐。我们可以看到很多漂亮的植物，看到很多的花开。天天与这么美的生态相伴，心情非常好，也感到幸福，感到生活有希望。"

听着小女孩的话，我的眼角发热。希望，就是蓝色，蓝色象征着希望。

我往主路拐去。果然，两男七女正在山路边栽树苗。我没有去猜哪一位是女孩的妈妈。我觉得他们每一个人都为人父母，都是可敬可爱的劳动者，他们和林场人一样，用汗水滋养树木花草，用心血照抚美化森林，已然是森林的一分子，平凡而伟大。我见那树苗好生眼熟，便问是不是巴西洋牡丹。他们却说，不是的，我们叫紫牡丹。紫牡丹其实就是巴西洋牡丹，但他们的语气有几分自豪。在紫牡丹边上，还有新植不久的紫荆、大叶藤黄、桢楠等乔木，和已经十分茂盛的树林连成一片。想象一下，当这些不同形态的树木长开，当它们的花期到来，高高低低的树上开满鲜花，这山道旁的风景，该有多么惊艳！

有和小女孩这样的偶遇，我心愉悦。晚餐后，我仍去散步，去亲近森林傍晚的风，亲近那些叫得上叫不上名字的植物的芳香。

却在山道边，猛然看见采风团的画家赵宝坤正在画画。油画上方，表现天空的两道写意的蓝色色块一下子攫住了我的心。

蓝色，又是蓝色！

因为这蓝色，画中万掌山的白云、黛青的树林、碧绿的芭蕉叶、褐墙青檐的木屋，都显得安宁、悠然。蓝色在这里的运用，尽显艺术家自由的灵魂。

我非常认真地问赵宝坤："如果用一种颜色来形容万掌山，形容我们所来到的这方水土，你觉得是什么颜色？"

"蓝色。"赵宝坤不假思索。

"为什么是蓝色？！"我惊喜万分。

　　"蓝色更通透，更纯粹，更能代表这里的一种气质。虽然满眼是绿，我也最喜欢绿色，但我的感受是蓝色。"

　　见到画家李青林的画作时，我又一次被震撼了。

　　李青林将自己为万掌山所作的画命名为《风·度》。乍一看，真是"七彩万掌山"，明黄、青柠、大红等丰富的色彩张扬着热烈恣情的美，但冲击力最强的，是画面中的蓝色，那些笔触任意而有序、质感清澈明净的蓝色。因为这种蓝色，万掌山在整个画面的意境通透起来。

　　李青林解释说，这蓝色代表房子。房子是人居之所，而人是生命的主体。蓝色寓意人类的希望和未来。

　　两位画家对于蓝色的认知与解读，高度契合着我对万掌山的感受，让我有一种他乡遇故知的感动。

　　我在无处不在的蓝色意象里漫步。仿佛有一种神秘的力量，引我到明珠湖边。

　　此时的湖水和天空真的并成了一色，蓝的水，蓝的天，天在水中，水在天上，仿如蓝色的梦幻。

　　我久久不想离去。

　　蓝色的夜幕中，我独坐在湖边的木色长椅上，开始与森林对话。此刻，有多少树木在悄悄长高？又有多少花朵在为明天绽放凝聚芳香？那些白天歌唱了一天的鸟儿将在什么树上睡觉？还有那些长翅膀喜爱光的昆虫，又会扑进哪位宾客的木屋？那些只在夜晚出没的精灵，有没有一只是蓝色的？它会不会正在森林里偷看我？……

啊，夜空似穹窿，显现出最大密度的蓝色，群山边缘处，氤氲着微微蓝光。有人说，蓝色也是忧郁的颜色，但在万掌山，忧郁的蓝色早已被森林净化过滤。请由着我在静美中，再一次感受蓝色，感受人与自然共呼吸，感受万物周而复始的自然美和生活生生不朽的壮美……

耳畔，也响起了《蓝色多瑙河》圆舞曲的旋律，流淌的音乐，蓝色一样明净。

我曾在散文《多瑙河流过罗马尼亚人民的心》中写道："多瑙河并非蓝色……但在人们的心里，多瑙河河水湛蓝，两岸风光绮丽，就是一幅蓝色的画。"多瑙河是多彩的，而用蓝色形容它，意在歌颂它给流域两岸国家和人民带来的和平美好。我说蓝色万掌山，就像人们说蓝色多瑙河一样。万掌山的意境，是多彩的，更是蓝色的。它用蓝色调开启了普洱基地的宏大叙事，要给亚太地区乃至世界的森林和人民谱写一曲和平与梦想交响的乐章。

从蓝色形象的瞬间定格到画家画布上的艺术蓝，到自然生物的蓝，再到博大永恒的象征，所有的一切，丰盈着我的"蓝色"感受。

白天，万掌山褪去了夜晚的神秘，将高耸入天的思茅松的壮丽、森林步道上数不清的动植物群落、棕榈园弥漫的南亚热带风情、茶马古道的风云历史……奇特、多样、秀丽、清幽的人文自然景观——呈现在我们面前，让我们从具体物象上获得了深刻的森林体验和生态享受，生出重返自然、拥抱自然的意愿。

人走近自然，就能产生智慧。走出森林，此次同行的作家们均已激情迸发，思绪纷纭。李炳银认识到人与自然相互依傍的关系，将万掌山看成是一个"栖心之所"；王必胜认为，是森林的大、广、深，生物的多样性，构成了魅力四射的"万掌风情"；陈长吟看到一只绿得发亮的虫子，心动不已，把自己想象成一只虫子，说"这绿色的精灵，如果是雌性的，我会爱上它"；徐峙要把西番莲带回去，以时时回味它的香味与色彩；黄风原本就认识很多树和花，但是在万掌山，却有很多花不认识，这使他进一步体验和认识了森林，"只有体验和认识它，才知道它的价值所在，才知道怎样和它相处"；樊国安，这个"大山的儿子"，万掌山给了他新鲜感，感悟到"森林不仅孕育人类，还保护人类……"柳忠勤则对"绿水青山就是金山银山的生态文明理念"有了更深刻的理解，表示要用实际行动去践行；李青松总是不经意地传播他的生态学知识，叮嘱大家把路边倒伏的小树枝、自己吃过的水果核扔进林子里去，因为"每一片腐烂的叶子、树枝或者须根都有独特的作用，且都会聚集在森林的整体中"……

　　而我，"蓝色万掌山"，已深入意念，就像"蓝色多瑙河"的比喻深入世界人民的心，就像"蓝色的星球"深入我们的宇宙概念。

　　"无山不绿、有水皆清、四时花香、万壑鸟鸣，替河山装成锦绣，把国土绘成丹青。"这是新中国第一任林业部长梁希理想中的生态蓝图，这应该也是一代代中国人对共和国绿化事业的理想蓝图。

　　如今，这幅丹青蓝图，色彩、意象已日益丰富。

　　而蓝色万掌山，正在这幅丹青里闪光。

　　这蓝色的光，也正穿透重重青山，灼灼耀四方。

符拉迪沃斯托克春天的四个维度

第一个维度：北纬43°的春天

一

没想到一出符拉迪沃斯托克机场，就看见了大海，看见那绵延不尽的海岸线。我立即兴奋起来。根据通往市区的路线图，我们看到的海当是阿穆尔湾。阿穆尔，阿穆尔，多么温情的读音啊，俄语竟是"爱神"的意思。我们已经行驶在爱神半岛上。公路和海岸线之间，是绿色的树林或灌木，时疏时密，闪闪发亮。虽然天空有些阴沉，但那嫩绿的叶子，在蔚蓝深绿的海水、轻浅洁白的浪花背景下，掩饰不住盎然的春的气息。

五月，正是符拉迪沃斯托克的春天。

第二届俄罗斯太平洋文学节将在这里举办，中国文字著作权协会总干事张洪波、我和俄语翻译李杭组成的中国代表团，如期飞临这座俄罗斯远东滨海之城。

司机看上去是地道的俄罗斯人，面庞英俊，表情严肃，一直不说话。当我们不谈论时，他便打开音乐开关。他放的是摇滚乐，在坎坷不平的路面上，行车像是跳迪斯科舞。我很想问他一些关于阿穆尔湾的情况，但见他不苟言笑，那份与春天的景色格格不入的严肃劲儿，又打消了念头。相较于北京出租车司机大都十分健谈的情况，我对于符拉迪沃斯托克司机的沉默十分好奇。这一路上几十分钟甚至一个小时的车程，他一句话也不说，且不论态度是否友好热情，难道不觉得沉闷无趣吗？

我继续观赏大海的风景，想起微信里收藏的一篇文章：《到喜爱的树前》，那是俄罗斯作家、画家弗拉基米尔一篇关于阿穆尔河沿岸大自然的随笔。他是这样描写初春早晨的阿穆尔河的："万物复苏，松树的针叶泛出微绿、青草从土里钻出。微风吹拂着杨树和榆树的树冠，仿佛温柔地抚摸着它们似的。"我摇下车窗，努力分辨着海岸边的树木哪是杨树，哪是榆树，又暗自发笑，弗拉基米尔写的是阿穆尔河，而眼前的大海是阿穆尔湾。

阿穆尔河在中国称为黑龙江。苏联名曲《阿穆尔河的波涛》在中国被译为《黑龙江之波》。阿穆尔湾是彼得大帝湾西北部的海湾，长65公里，宽10至20公里，水深约20米，位于符拉迪沃斯托克西侧。中国的绥芬河曲折迂回，穿行于崇山密林之中，注入俄罗斯境内，最终注入阿穆尔湾，汇入日本东海。

虽然阿穆尔湾和我先前读到的阿穆尔河不是一回事，但我相信，这海边的树林必然也有俄罗斯司空见惯的树种，而阿穆尔河眼下早已是树冠成荫。人们喜爱的树木在春天复生复荣，为大地带来一片秀丽的风光。

二

出租车进入市区比我们预想的时间要快。

因为来之前并未来得及对符拉迪沃斯托克做功课，此时不禁有些诧异。这座久负盛名的城市，不仅仅是一座滨海城市，还是一座山城！

放眼望去，只见街道东横西竖，没有什么规则似的，建筑大都是几层高的楼房，欧式的或纯粹俄罗斯风格，因地势的此起彼伏、道路的迂回曲折而显出与一般城市不同，一派异域风情。老城区高楼大厦很少，偶尔立在低层楼群之间，突兀得很，却又是另类的壮观。临街的每一处门脸，无论是商店还是办事机构，甚至是路边残墙，无一不做装饰，都会涂满异想天开般的图案，或艳丽热烈，或怪异新潮，都尽情展现着各自的个性与风格，琳琅满目，使城市透出无限的生机与独创的活力，以及文化风情的美丽。街道都不宽敞，车流密集，却井然有序。在红绿灯处，常常见斑马线两端，有行人静静站立，等候红灯灭绿灯亮。而在没有红绿灯的路口或斑马线处，只要有行人走上人行横道，行驶中的车辆哪怕正在爬坡，也一定会减速刹车等待行人通过。没有人随意横穿马路，没有车子急按喇叭。我猛然想，这样一种过马路的习惯，当是他们与生俱来的文明，也当是人类应有的文明习惯。

文明不是一种物质的高度，而是一种精神的境界；文明不是一种繁华的展示，而是一种对生命至上尊重的体现。

车子拐来拐去，海洋时隐时现。渐渐地，街道变得宽敞了许多，街景也更加时尚现代，我们已进入新城区。但不变的是整洁、干净与宁和的氛围。沿着海边的一条坡度较陡的单行线上去，再在半坡上一条呈90度角的小道折返百十来米，就到了我们要入住的酒店。俄罗斯司机回应了我们的一句"谢谢"，依然没有笑容，见我们取下行李，便"咻溜"一下开离了酒店。

酒店的名字竟然叫作"赤道"。在距离赤道快半个地球的年平均气温在1摄氏度的符拉迪沃斯托克，有一座名叫"赤道"的酒店，着实让人感到温暖。它也很小，只有9层楼，内部装修也不豪华，但灯光的色彩柔和，打在墙面炫丽的油画上，有一种品位，也有一种安详温馨之美。

恰逢太阳正在云层后探出光亮，将出未出，站在"赤道"往坡下望去，体育湾一览无余。极目处，天际线如银如雪；近处，海面上一片轻波荡漾，有点点鸥鸟飞翔，有几艘白身蓝顶的轮船随意地飘浮，散漫自在；海堤尽头，军港也从雾里显出真身，静穆而威严；沿海平地或山坡，酒店林立。这一片区已是市中心区，色彩缤纷，却依然是悠闲自在的状态，一切置身在美丽的大自然的怀抱。

我心欢喜，便急不可待地去酒店下面的海边散步。

从酒店到海滨大街，路面落差有百米，抄小道要经过一片陡峭的山坡。山坡上，白蜡、银杏、榆树、槐树、香椿等树木争相往天空里钻似的，高高耸立，开枝散叶。贴着地面，有细碎的花朵在树林的光影中或银蓝，或紫红，或柠黄，都寂静地绽放，娇艳妩媚。太阳已从云层里钻出来，站在海边回望，酒店雾气蒸腾，仿佛一座海市蜃楼。海湾披上了一层玫瑰金般的霞光，现出迷人的从容沉静，与岸边的景物融为一体，美如一幅刚刚完成的油画。行人三三两两，脸上都现出恬淡愉悦的光。海滩边有男孩女孩在抛洒面包碎屑，海鸥与鸽子纷纷前来应和。海岸广场上，喷泉随着音乐跳跃，听着那音乐，像是心灵在经受沐浴，感觉洁净。

一阵海风吹来，将我从漫漫思绪中拂醒。岸堤树青花香，海面上帆船悠悠，海水轻轻荡漾，而鸥鸟依然在翔戏。

海滨之城的春天，人与海洋、人与海鸟相生相伴，是如此浪漫，如此宁和。

三

一个自由活动的上午，俄罗斯世界基金会远东分会的娜丽莎女士，开自己的车带我们去看托卡内夫斯基灯塔。

娜丽莎是一个美丽的中年女人，白金色头发，一对葵花形图案的耳环非常漂亮。她说话时眉眼间表情丰富，现出精干细致的特质，给人一种信任感。她有一个女儿在北京二外留学，谈着一个阿拉伯男朋友，娜丽莎正发愁将来女儿会不会去阿拉伯生活。她是希望女儿回俄罗斯工作的，她只有一个女儿，但她会尊重女儿的选择。

托卡内夫斯基灯塔是俄罗斯最著名的灯塔。它位于从市区向西南延伸出去的半岛尽头、符拉迪沃斯托克港口伸向海里的一个角，即托卡内夫斯基石岬，是整个符拉迪沃斯托克的起点。

天公不作美。大雾弥漫，能见度不到百米，到了港口，灯塔的影子都看不出来。真个是雾蒙蒙，天蒙蒙，海蒙蒙。

连接海岸和灯塔的是一条由粗砺砂石堆成的长堤，堤路面宽窄不一，而且越来越窄，最窄处两人不能并肩而行。阿穆尔湾和金角湾在此处交汇，长堤自然成了两处海水的分界线。因为大雾，看不到整个海面的情况，但脚下古朴的砂石却甚是坚实。风很大，潮水有节奏地扑打着堤岸，我们每往前一步，道路就往前拓展一步，就生出一种行走在大海水面上的感觉。潮水应该也有凶猛的时候，那时海水会将砂石海堤完全淹没，人们要是去灯塔，那种在水上行走的感觉会更加强烈吧？

砂石路越来越纤细，继续伸向海中央。路的尽头，就是托卡内夫斯基石岬，一个目测纵横不到50步，连海滩在内不到100平方米的狭小的、由水浪淤积下来的砂粒或砾石组成的石岬，灯塔孤零零地耸立其上。在茫茫海中央，在茫茫大雾中，灯塔显得小巧安静而又孤傲不凡！

由于两海在此交汇，潮汐强烈，船舶进入港口非常危险。为了保障到达港口的船只行驶安全，符拉迪沃斯托克政府于1876年开始兴建灯塔。灯塔由石头砌筑，灯塔高12米，灯高12米。塔身下半部分为八角形，上半部分是圆柱形，灯塔部分漆成白色，灯笼圆顶漆成红色。那白色的灯塔在蓝色的海水中显得特别明亮醒目，人们又叫灯塔为"白塔"。现在，灯塔作为航灯的功能已经终止，在夜晚不会再发光，但已成为一处遗世独立的风景，光芒更为闪耀。

海浪轻轻涌来，又柔柔退去，拍打着粗砺坚硬、犬牙交错的岩石，像是在抚摸婴儿入睡般温柔，不事喧嚣。海水深蓝纯洁，掬一捧海水在手心，沁凉爽滑，真恨不得喝上一口。海滩上、岸崖上，有野草依依，有细小的野花自在无忧地开放，遍身沾染着海水和雾水，湿润水灵，显出一派春天来临、艳丽自由的生命景象。窄小的海滩上，随潮水涨落的细沙，粒粒可数；无数来自海洋深处的生物，鲜活生猛，海胆、海星、彩色的贝壳，更是俯拾皆是。在清透的海水中随便掀起一块石头，就会有一只只小螃蟹飞快地窜出来往另一块石头下钻去。我们把它们捡起来，在手中把玩一下，然后又都把它们放回海里去。娜丽莎说，在这里，海里的生物非常多，游人来了，都很惊喜，但很少有人把它们捡了带走。我欣然。是呀，谁会忍心把如此纯净的生命带入尘嚣甚上的生活？

依依不舍地返回到码头。此时大雾已完全消散，春天的气息浓厚起来。向海中回望，梦幻中的图画便映入眼帘：海面柔如绸缎，海水宁静湛蓝，海岸线洁白如雪，天空辽阔，鸥鸟自由飞翔。一条尖形陆地以狭长的砂石路形式蜿蜒着伸向海水中，越来越纤细，直到海的中央。一座洁白塔身、红色塔顶的灯塔就矗立在海的中央，这就是托卡内夫斯基灯塔，精巧奇绝，宁和美丽。

在春天的海潮声中，我感受到大自然神灵般的力量，那海中央的灯塔已照亮我的灵魂，照进历史的海。

第二个维度：文学的春天已来临

一

抵达符拉迪沃斯托克的当天下午，我们前往俄罗斯远东联邦大学图书馆。俄罗斯世界基金会远东分会主席沙沙先生在那里等着迎接我们。

俄罗斯远东联邦大学校史可追溯到1899年，其前身为俄罗斯东方研究院，后改为远东国立大学。2011年，远东国立大学与当地另外两所高校合并成远东联邦大学，致力于为学习、科学研究和创新性发展创造理想的条件，已成为俄罗斯远东地区最大、最具创新性、国际知名的最大高等学府。新校区占地面积约80万平方米，坐落在俄罗斯岛上，被认为是俄罗斯最好的乃至世界上最好的大学校园之一。

图书馆在旧校区，离赤道酒店不算远，不一会儿就到了。春天的校园阳光明媚，树木、花草、雕塑，将校园装扮得像一座自由公园。沙沙先生的笑容也像春天一样，温煦明净。原来，俄罗斯世界基金会远东分会也在这旧校区里。基金会之所以选择远东大学作为办公地址，全是因为沙沙对远东大学的感情。

　　沙沙曾就读于远东大学语言学系，韩语专业毕业后，又主攻法律硕士。硕士毕业后他来到符拉迪沃斯托克市海关工作。不久，远东大学邀请他到俄语和文化中心工作，后担任主管外事、国际交往工作的副校长。这期间，俄罗斯世界基金会成立，沙沙担任远东分会主席，成了分会的创办人。由于他出色的外事工作，市政府邀请他担任主管外事工作的副市长。在副市长任上，沙沙对周边情况做了更透彻了解，对中国的哈尔滨、绥芬河、长春、大连等城市非常熟悉。他认为，如果从州或地区层面，这些地区彼此有着强烈的互补性。符拉迪沃斯托克是一个多民族的、地理位置十分特殊的城市，也是国际性边境城市，很平静，很稳固，是中俄两国的友好地区。沙沙并不是远东地区土著，但他在这里已经工作了39年，边疆自然风光迷人，充满浪漫情调，居民生活平静安逸，民风淳朴散漫，因此他喜欢居住在这里。正是对远东地区的热爱，激发了他的工作热情和创新能力。俄罗斯成立滨海边疆区后，沙沙又出任区教育科学部部长，后又主持莫斯科远东开发部工作。这些经历，使得沙沙成为远东地区举足轻重的人物。

　　俄罗斯世界基金会远东分会是这次文学节的主办方。沙沙很详细地介绍着文学节的流程，尤其是说到有些需要变动的环节，更是细致。他高鼻深目，浅棕色眼睛，栗色头发，看上去是典型的欧洲血统；他身着蓝色西装，金属手表在袖口处闪光，鼻梁上架着一副金丝半框树脂眼镜，说话总是保持着温和的笑意，一派儒雅的学者风度。

文著协向远东大学捐赠图书的仪式很简洁却很庄重。仪式在图书馆狭小的会议室进行，美丽高雅的馆长和她的员工们早就等在了会议室。这让我非常感动，她们注重的不是外在的仪式，也不是捐赠的数量，而是捐赠图书本身的意义。书是文化的桥梁，是文明的载体。这次捐赠的主要是文学类图书，包括老舍、沈从文、汪曾祺等大师作品在内的《边城》《文人与花》等由文著协代理授权的图书共24种。

由于捐赠的图书中包含着我的散文集《无花》《金汤鱼》，以及特地为这次出访准备的数码书《美德的香气》，馆长让我在书上签名。这种作家本人亲临现场的捐赠活动是极少的，因此也显出活动的特别。我们合影、拥抱，在捐赠图书的仪式感里，增添了温情人文的意象。

走出图书馆门口时，我忍不住往里回看了一眼。门脸很普通，里面却是黄光闪耀，给雕花的窗棂、阔大的绿叶植物覆上了一层温暖、雅致的色泽，一切似乎散发出浓浓的书香，是春天里一份别样的色彩。

文著协捐赠图书活动是这次文学节的一个环节。另一场捐赠是在两天后进行的，捐赠对象为城市图书馆和海洋全俄儿童中心。捐赠仪式在海军广场进行。在巨大的文学节展示牌下，我们的图书面积显得很小，但依然吸引了一二百人观看。沙沙先生主持了仪式，张洪波、城市图书馆馆长、海洋全俄儿童中心的代表分别发表了热情洋溢的致辞，致辞赢得了观众的阵阵掌声。不仅仅是图书馆重视捐赠图书活动，俄罗斯是一个尊重文化、尊重文学、尊重文学家的民族，他们把捐赠图书看作是一种高贵的文明赠予。

仪式刚结束，一个衣服上印有金红色卡通图案的十一二岁的小女孩走到我的面前，她的同伴则拿着手机。我明白她的意思，心中很是爱怜，忙从书摊上拿出我的《无花》《金汤鱼》，和她各捧一本在胸前合影。她快乐地笑着，我一只手揽在她的肩上，表达着我的爱意。我很想知道她为什么要和我合影，是不是很喜欢中国文学？可我还来不及喊我的翻译，她兴高采烈地和我说了声"谢谢"，一溜烟地跑开了。

我望着小女孩跳跃着的金红色背影，感觉她像一只飞在春天的海燕。

二

第二届俄罗斯太平洋文学节隆重开幕了。说它隆重，并不是它的规模有多大，而是相较于第一届时在远东地区的影响力。第一届上，据说只有中国的代表参加，而这一次，有来自中国、法国、日本、韩国、越南等5个国家的作家、诗人、学者和出版人，蒙古国的代表因事不能出席，但也发来了视频祝贺。俄罗斯总统驻远东联邦地区全权代表、滨海边区州长先生出席了开幕式并发表祝词。而这位全权代表的致词很短，短得只有一句话，却为文学节注入了一股暖流：这些主题都是文学，对文学我们怎么支持都是应该的。

这让我感到文学在这个城市乃至俄罗斯的价值和意义，因而愈发觉得能在万物复荣的季节来到文学节是一件非常荣幸的事。来之前，我还有些忐忑，怀疑自己在文学节上将要演讲的主题——"文学家：大自然的歌者"是不是过于宏大。但当我看到阿穆尔湾，看到海边海鸥与人和谐相处的画面，感受到自己正置身在美丽的大自然的怀抱，心境便松快下来。春回大地、绿树繁花的景象让我心温暖光明，让我想捉笔唱响大自然的赞歌。而与来自法国、日本、韩国和越南的作家和学者、诗人的交流，带给我对于文学的更为广阔的思维。此刻，我对我将要演讲的内容充满信心。我甚至庆幸我选择了自然文学的主题。

我的演讲安排在文学节第二天主题为"让相邻地区的文学交流更加紧密"的圆桌会议上。演讲中我谈道：

自然文学一直是俄罗斯文学的伟大主题之一，

俄罗斯自然文学作家灿若星辰，他们的作品抚慰了千千万万的读者心灵。在我的记忆中，俄罗斯文学作品曾伴我度过文学创作萌芽时期，托尔斯泰、屠格涅夫、陀思妥耶夫斯基、普希金、莱蒙托夫等闪闪发光的名字，照亮了我的少年时代。随着岁月的流逝，俄罗斯自然文学又唤醒了我内心深处对自然的热爱和回归。我长期栖居在城市。今天的城市，黑夜如昼，繁花似锦，现代化程度越来越高，生活越来越丰富多彩，但我却不知不觉地陷入了浮躁，时常感到心灵有一种荒芜与焦渴。我知道那是为什么——那是远离大自然、呼吸不到真正的鲜活空气、精神茫然的原因所致。我一方面对大自然有着越来越强烈的向往，另一方面，对于大自然的感受能力又在日益消减。是俄罗斯伟大的自然文学作家们，他们的作品描写自然风光，寄幽思于自然，将我拉回广袤的大自然中，让我感受到星空、大地、海洋、湖泊、森林、草原与鲜花，以及原始田野与村庄的宁静，感受到梦一般的纯美。伟大的普利什文在《大自然的日历》《林中水滴》等作品中营造出的"我在自然之中，自然在我之中"的意境，就曾深深打动我的心。在中国，"天人合一"是古代哲人崇尚的境界，这种哲学思想一直

滋养着中国的文人墨客。东晋时代诗人陶渊明曾描绘
出"世外桃源"的美景,那是中国自然文学的典范。
"世外桃源",采菊东篱、对酒当歌,就是人们所追
求而不达的一种最悠然、最自由、最自然形态的理想
生活,大概也是俄罗斯文学中人与自然最为和谐的境
界,是普利什文"我在自然之中,自然在我之中"的
意境。

我还谈到,俄罗斯和中国,地理上,有着漫长的边境接壤
线;风貌上,都是遍布森林和草原、山川与河流,生态景观美
丽迷人;文学艺术上,彼此辉映,交流日益频繁密切。我相信
随着文学节一年比一年办得有影响,远东地区的文学会越来越
繁荣,符拉迪沃斯托克这座城市会因为文学节而闪闪发光。

我的演讲刚结束,会议厅里就有人举手起立发言。她是远
东大学汉语专业的老师,她对我提到的"陶渊明"非常熟悉,
对沈从文、汪曾祺也是推崇备至。她问道,沈从文在中国自然
文学处于什么地位。

我坦然回答,当前中国的自然文学尚未真正引起重视,但
沈从文在中国的自然文学史上,依然占据着重要的地位,所以
他的作品依然很有市场。就我个人的观点,我认为中国文坛至
今还没有文学家超越他。

　　仿佛是为了呼应我的说法，听众席上又一位举手者站了起来。他接过话筒，自我介绍说，他是来自香港的作家蔡益怀。他认为，沈从文的《边城》是对中国乡村的最完整的想象与表达，目前没有比《边城》更具魅力的自然文学。他的话音刚落，一位俄罗斯女作家也起立发表看法。张洪波总干事高兴地说，这真是一石激起千层浪，相较于其他的议题，自然文学竟引起如此热烈的共鸣。

　　文学节主场活动结束时，沙沙主席在总结文学节发言中高度赞扬了"文学家：大自然的歌者"，说其中的观点让他对保护大自然有了更深的认识。他甚至表示，他要重新好好地读一读普利什文的作品。那位站起来表达立场的俄罗斯女作家也谈了她的感想，还特意签名送给我一本她创作的自然文学小说。

三

　　一场在海燕餐厅举行的"俄罗斯作家和外国作家面对面文学沙龙"将自然文学的主题进一步深化。

　　对于我来说，这是一个别开生面的文学沙龙。整个餐厅面积不到200平方米，以红色调为主，色彩丰富，地板是木制的，顶上悬吊着竹节明显的竹竿，大自然的气息非常浓郁。主桌呈长方形，正对餐厅门口，背景是红色的落地帷幕，平时可能是一个音乐餐厅。其他桌子则不规则地摆放，满而不拥挤，感觉甚是温馨。每个位子前，摆放着一张菜单，菜单很特别。屠格涅夫、陀思妥耶夫斯基、果戈理、普希金、契诃夫、托尔斯泰六位俄罗斯文学大师的名字赫然出现在菜单里，每个名字下有一道具体菜名。按菜单设置的规则，每道菜上来时，要有作家讲述这位大师与食物的故事，实际上是与大自然相关的故事，也可以是别的文学故事，总之是文学话题。

四五十位俄罗斯作家、诗人、出版社编辑、报社记者陆陆续续来到了餐厅。沙龙主持人、远东地区一个著名的文学网站主编兼记者宣布沙龙活动开始。

前三道菜与屠格涅夫、陀思妥耶夫斯基有关，作为嘉宾出席的俄罗斯作家、出版社总编、翻译家三人分别讲述了一个故事后，又去赶另一场什么活动而匆匆离席。由于法国、日本、越南均作为他们所在国的唯一代表去参加市长招待酒会了，真正的外国作家只有我和韩国文学翻译院院长金先生。金其实也不是作家，又因要回国，在沙龙待了不到一半时间便离开了，所谓的"外国作家"就只剩下我一人。我顿时成了"焦点"。

主持人拿着菜单，笑容可掬却又有些诡异地望着我。他大概有些把握不准，余下几位作家的故事，我是否可以完成讲述。

六位大师的作品，我当然早就读过，但涉及具体的食物故事却一时难以对接得上。不过，我告诉他们，在中国，六位大师的作品，每一个上过学的人都会有所接触，因为他们的作品常被选入我们的各种教材课本或课外读物。这种以大师名字确定菜单的形式在中国没有，但相近的形式则有不少例子。比如说鲁迅先生所塑造的孔乙己，就被拿来做了酒店的名字，在北京的后海，就有一家"孔乙己酒店"，文人常在那里聚餐。话题也许不只是关于食物，但会是比食物更让人关注的更为广泛的社会话题……

一个女作家举手表示，她知道鲁迅，知道孔乙己。鲁迅在俄罗斯知名度很高。她想知道高尔基在中国文学中是怎样的定位。我脑海里立即浮现出《海燕》《母亲》、回应说高尔基在中国被称作"伟大的无产阶级文学家"、红色革命作家。遗憾的是，1989年出生的李杭翻译不了"无产阶级"一词。

可以确定的是，俄罗斯文学在中国的影响非常大。菜单当中的六位大师，最为人们熟知的是普希金。他有一首诗流传很广，很多人在学生时代都能倒背如流。这首诗的中文译名叫《假如生活欺骗了你》。我朗诵了这首诗，并谈了自己的看法：普希金的影响不仅仅因为他的诗歌，还因为他的死亡方式。他与人决斗而死，这种决斗的方式本身就体现了一种英雄主义、浪漫主义色彩，体现了他对爱情的忠贞，而英雄和爱情故事总是最能打动人心的。我这种看法得到了很多人尤其是女作家们的肯定。

俄罗斯人都喜欢诗歌，喜欢朗诵诗歌，我用中文朗诵的诗歌在他们听来可能有一种新鲜感。气氛更加热烈了。谈到英雄，又有作家问及对高尔基作品中的英雄人物阿列克谢耶维奇如何看。我知道的阿列克谢耶维奇是俄罗斯当代的一位作家，他有作品在中国出版。高尔基作品中的英雄我知道的一位叫"丹柯"。可能因为翻译的原因，我们接收的不是同一信息。我告诉她，我说的"丹柯"，确实是高尔基著名的浪漫主义短篇《伊则吉尔老婆子》中的英雄。他为全族利益牺牲了自己。他毅然抓开他的胸膛掏出心来做火炬，给人们照亮道路，引导他们冲出黑暗的密林，奔向光明和自由。他在英勇的死亡中获得了永生。

此后的话题一个接着一个，沙龙真正成了我的个人主场。

又涉及陀思妥耶夫斯基、老舍。

他们想知道我对陀思妥耶夫斯基的看法；他们喜欢老舍的作品。

我个人认为，陀思妥耶夫斯基不仅是"俄罗斯文学的天才"，更是一位伟大的思想家。至于老舍，我给他们讲了我的一篇题为《老舍先生和你在一起》的散文创作经过，作为老舍影响力的佐证。那是关于一个老舍迷的故事。他请人画了一幅老舍像，通过我请老舍先生的儿子舒乙为画像题词。舒乙题写了一行字：老舍先生和你在一起。我想，这个"你"字，指的是千千万万的读者。

我感觉到俄罗斯作家们对中国作家的了解是急迫的，但依然停留在现代作家范畴，对于当代作家的了解是有限的，就像我，对俄罗斯文学的了解也依然在那些已经逝去的作家，对当代作家的状况也知之甚少。于是，我和主持人谈及了对作家以及当前文学翻译的困境。我认为，中国当代文学、俄罗斯当代文学没有形成气候，与文学翻译的质量不无关系。当今社会经济高速发展，人们普遍地急功近利，而文学翻译需要的不仅仅是外语水平高，还需要深厚的文学修养。以中国文学翻译为例，经典的文学翻译作品，译者大多数本身就是成就蜚声中外的大作家，像鲁迅、巴金、冰心、梁实秋、丰子恺、徐迟、韩少功等。这也是为什么他们翻译的名作在今天仍然是中国当代作家接触外国一流作家作品重要途径的原因。在当代文学中，20世纪五六十年代出生的作家因为经历的原因，大多语言不好；20世纪七八十年代出生的作家，语言好的，目前正处于创作的旺盛期，忙于自己的创作；20世纪90年代出生的作家，翻译的速度可能很快，但文学的阅历尚不够深厚。所以，文学的输出与引进都大大地滞后了。主持人非常赞同我的看法，并谈到俄罗斯翻译的困境也大致存在这样的情况：学习俄语的，却不从事俄语的工作，专业知识与工作脱节，工作与兴趣脱节等，使文学翻译事业大大地滞后了。

又一位俄罗斯女作家送了我她的小说。她说，我关于自然文学的演讲引起她的共鸣，她希望将来我们有更多的交流。我从她真诚的目光里，感受到一种文学的朝气与力量，以及她所代表的当代俄罗斯作家渴望走出去的迫切意愿与追求。

从沙龙出来，我乘兴去海边漫步。夜有点凉，但心里面感觉却是暖融融的。我是置身在春天的夜晚，这个春天，也是远东地区文学的春天，更加的诗情画意。

第三个维度：儿童是爱的永恒春天

一

迎着达丽娅小姐阳光般明艳的笑容，我们抵达了符拉迪沃斯托克东北郊叶马耳海湾畔的海洋全俄儿童中心。

这是全俄最大的国家级儿童和青少年教育培养机构。走进营区，五座复式结构、依山傍坡叠排而上的船形建筑就吸引了我们的目光。它是中心的学员宿舍。船形的外观，沉着的咖色原木，蓝色的圆形玻璃窗，叠排的视觉冲击感，使小小的建筑群看上去艺术、现代、梦幻。据说，船屋里面也是按照轮船舱位设计，住在"帆船"里的学员们，一抬头就能透过窗户眺望清澈的大海。

正是春回大地的时节，蓝天白云之下，大大小小的园地里，或树木扶疏，或灌木茂盛，或草地青葱，或野花漫放，一派生机。而蔚蓝的海水、温柔的海浪、洁白的沙滩、弧度优美的海岸线，更是惹人心醉。

放眼望去，海天一体，山水共美，整个中心如诗如画，世外桃源般的静美。

二

走在温暖的阳光、温柔的海风和野花夹道的环境里，心情美好极了。

海洋全俄儿童中心的历史可以追溯到1974年。这年，苏联部长会议决定，为包括乌拉尔、西伯利亚在内的远东地区儿童建一个营地。

1983年，儿童营地建成，包括五座船舱形的木质结构宿舍楼。不幸的是，1993年发生了一场火灾，五座船舱楼全都付之一炬。2003年营地重建，到2005年建成现在这个样子。

中心每年3月到5月份开始接待，秋天9月到12月份接待，每个营期是18天或21天。远东地区乃至全俄的儿童都可以来。夏

天的时候还接待来自中国、韩国、日本、沙特、印度、法国等
很多国家的孩子。所有来营地学习的孩子都要通过学校的层层
选拔，都很优秀。

学员们野营拉练的时间到了。上百名少年从船舱楼走出
来，成一条长龙似的队伍快步走上中心主干道，一下子成了静
美风景中的动态美。从我们身旁经过的时候，那青春的朝气像
海风吹起。我叫住一个金发女子，和她攀谈起来。金发女子来
自英国，今年19岁，身材高挑，脸上有淡淡的雀斑，甜美的笑
意盛满了两个深深的酒窝。她6年前是中心的学员，现在是志
愿者。她非常怀念这里的生活，虽然短暂，却留下了珍贵的记
忆，对她的成长有着非凡的影响。她计划做半年的志愿者，直
到冬季来临。她还说，曾经的学员返回当志愿者的人不少，他
们认为这是一种爱的延续，是爱的光。

自由、多样、选择、兴趣是海洋中心的理念，而爱，是贯
穿其中的伟大主题。

三

一座栩栩如生的老虎雕像矗立在半山中一块小小的空地
上，四周槭树、栎树、小叶榄仁和橡树等树木环绕。树木皆树
身高大，树姿优美，叶形秀丽，舒展着青嫩新黄的春色。

雕像是一对老虎母子，橙黑相间的条纹、白脚掌，脖子处一圈浓密的白色毛发，双耳竖立，栩栩如生。阳光透过树影斑驳地落在它们身上，光点闪闪烁烁，增添着几分神秘和趣味，全然没有谈虎色变的那种虎威之态。

传说，营地的第一批建设者来到这里时，遇到了一只母老虎带着一个小虎崽，很是惊讶。这个地方有老虎出没，恐怕对孩子们不利，不宜建儿童营地。正在为难时，母老虎竟带着小虎崽离开到别处去了。一定是老虎母子感受到了营地是为孩子们而建，感受到了人类对孩子们的爱而主动地离开了这里！

建设者们恍然大悟，老虎对任何幼子幼崽都是不会伤害的，对人类的孩子也同样满怀爱心。他们被深深地感动了。为了纪念老虎母子，他们建了这座雕塑。

好有爱的传说，好一个人与自然的佳话。如今，老虎营地是中心最大、最受孩子们喜爱的营地。

爱的主题一直在延续，也融进了儿童营地推行爱的教育、生命教育、大自然教育的宗旨。2008年，汶川特大地震发生后，996名地震灾区中小学生应俄罗斯政府邀请来到中心疗养。他们与海洋、山野亲近，与异国儿童朝夕相处，渐渐走出了灾难的阴霾。

四

到了我们与孩子们见面的时间了。

见面会设在接待中心的一间教学室里。接待中心大楼是一座宛若一艘洁白的双桅帆船的建筑，面朝大海，寓意拥抱来自世界各地的孩子。走进大楼，就像走进了童年的迷宫：色彩魔幻的画作；设计充满想象力的楼道；记录营地生活，如爬山、野餐、野营长跑等活动的摄影长廊；集放映、演讲、排练、演出于一体的多功能电影院……让我们感受到中心生活的丰富多彩。

近50名年龄从10岁至17岁不等的儿童学员和他们举止优雅、言谈亲和的两位老师用热烈的掌声迎接我们。孩子们穿着统一的绿底白帆图案的T恤衫，纯净天真的面容令人怦然心动。我一下子仿佛重回到久违了的孩提时代，很轻易地就和孩子们互动起来，为他们签名赠送数码书及精挑细选的鱼形书签。他们七嘴八舌地问了我一连串问题：你为什么写作？写作对你有什么意义？你写作的题材是什么？你喜欢旅行吗？有孩子甚至还问我相不相信有外星人和上帝存在。我愉悦而诚实地回答他们，且充满激情地回忆了自己的儿童时代和文学创作对于我人生的意义。

我也问他们，你们在这里最大的收获是什么？这里很多条条框框要遵守，你们感到过被束缚不自由吗？你们梦想中的生活是什么？你们长大了想成为什么样的人？你们打算将来回到这里看看吗？孩子们的回答五花八门，最让我震撼的是，在谈到自由不自由的话题时，他们竟说：条条框框就是纪律，纪律就是约束人的要遵循的基本规则，是为了让我们怎样做最好的自己，遵循基本的行为规则，而不是剥夺我们的自由，也不是控制我们的思想和想象。总之他们在这里生活得非常有趣，非常快乐，非常自由，还大大地收获了知识、友谊和爱。

有一个17岁的男孩子，在让我签名后，略带腼腆地问："如果我要写作，我能写科幻小说吗？"他非常喜欢读科幻作品。我毫不犹豫地告诉他："能！你当然能！而且一定能写出精彩的科幻小说！"我还表示希望不久的将来能读到他的小说。孩子高兴得做了个"耶"的动作，攥起拳头和我碰拳，以示信诺。

孩子们按捺不住的求知欲和渴望沟通的眼神让我相信，当他们踏入海洋中心，就是站在了他们人生青春、思想、理想、未来的全新起点上。在这里，他们将通过体育竞技、剧本改编、手工制作、文艺汇演等形式的活动，提升动手动脑、艺术鉴赏、独立生活等方面能力，最大限度地激发自己的创作潜能。最重要的，他们理解了爱的真正含义，在心灵种下一颗爱的种子。归去时，他们将像一艘艘启航的帆船，浩瀚大海将任由他们航行。他们将把爱带到他们所去的任何地方，任种子生根、发芽、开花、结果，从而创造爱，让自己成为爱，散发出爱的光，散发出爱的能量。

儿童是希望的春天，是未来的朝阳。因为有一拨又一拨这样的孩子接力，海洋全俄儿童中心，这个与山野、海洋共呼吸的"世外桃源"，已成为希望的海洋，成为爱的永恒春天。

第四个维度：理想的春天在萌芽

一

在符拉迪沃斯托克访问参观六天，我们领略到的是春天的自然之美和所到之处温暖如春的情谊之美，但每一次乘坐出租车时，便如第一天坐出租车的感觉，有一种与春天迥异的违和感。出租车司机从不和我们主动说话，最多就是回应一句"谢谢"。他们对乘客近乎漠然的态度是职业要求吗？还是这个职业的俄罗斯人都具有沉默寡言的个性？可是，我们又常常看到，当他们接送别的乘客时，神态是平和的，说话也不那么惜字如金，甚至还帮着拿放行李。

在又一次坐上出租车时，我终于忍不住开口和司机闲扯起来。一路聊天，让我对符拉迪沃斯托克的出租车群体，甚至符拉迪沃斯托克人有了新的认识。

我直率地问：为什么你们从不主动招呼乘客？

司机也直率地回答：就我而言，我不喜欢和中国游客说话。

我愣住了：为什么？

司机迟疑了一阵，还是直言相告：我们这里有很多中国商品，我很喜欢中国商品。但是我们不喜欢那些虚假的东西，那些以次充好的伪劣商品。人不能靠欺骗谋取利益。

"我也不喜欢虚假和欺骗。"我赞同了他的观点。

不料话题就打开了。反对虚假和欺骗是世界共有的价值观。因为密度不同，黄河水无法融入大海。我明白司机对我们冷漠的原因了。起码的价值观相同，信任才有了基础。

司机变得健谈起来。原来，1993年左右，俄罗斯开启了国际贸易。中国商品率先进来了，而且很是便宜，像羽绒衫、牛仔裤之类。但是，很多东西，像羽绒衫，面上很好看，里面却都是鸡毛、鸭毛，这让符拉迪沃斯托克人大呼上当，对中国人卖假货不诚信的看法一下子深入骨髓。

我明白这时候任何辩解都会是苍白无力的，一时无语。沉默一阵后，只得岔开话题，问及司机对现有的生活有什么感受。

"与很多国家的国民相比，我们收入不多，生活水平不高，这是事实。但我们喜欢我们的城市，热爱这片土地。我们有美丽的大海，有喜欢开的日本车，有一份稳定的职业。地球是个美丽的地方，我们庆幸我们的城市是地球的一部分。虽然冬天很冷，但你看春天依然会来临，而且如此美好。"

司机没有抱怨，言语中饱含着对这座城市的感情。我有些意外，追问道：如果与1993年前比，你觉得哪个时代好？

司机的话突然变得谨慎起来。苏联，感觉就是一个封闭的世界。不是过去好或现在好的问题。我们对现在也有很多不满。但苏联本身就是一个错误。不管现在怎么样，我们都不想回到苏联时代。我们希望生活在一个自由的国度里，能够自由地表达观点。如果说那是理想的话，我希望它能像春天一样如期到来。

他说的自由包括言论自由，这是人民基本权利的基石，是消除不义与不法的基石，它对于人民来说，是水、阳光和空气。

这其实是作为人的理想的追求。这样的追求，是人的本性，是生命的权利。哈耶克用尽一生向人们证明，人类的繁荣、幸福和尊严，来自个人自由……

司机说出的那一番话，让我感到他其实已经享受到了说话的自由。

二

符拉迪沃斯托克，位于亚欧大陆东面，中朝俄交界之处，阿穆尔半岛最南端，三面环水，向南可直通日本海。它不仅是远东边疆区的首府，同时也是俄罗斯在太平洋沿岸最重要的港口，是俄罗斯海军第二大舰队太平洋舰队司令部所在地，是俄罗斯远东的一颗明珠。

60万符拉迪沃斯托克人拥有天赋的海洋般自由的气质。

毋庸讳言，符拉迪沃斯托克就是我们所说的"海参崴"。在中国版本的地图上，在"符拉迪沃斯托克"后面常常用括号括上"海参崴"的字样，就是在提醒国人，这个地方曾经是中国的领土。

1860年以前，海参崴隶属于中国，元称永明城，清属吉林珲春协领管辖。1860年11月14日《中俄北京条约》将包括海参崴在内的乌苏里江以东40万平方公里的地域割让给俄罗斯，俄罗斯将其命名为"符拉迪沃斯托克"，俄语意为"征服东方"。原有的800多个地名也一个不剩地被改掉了，"海参崴"从此与中国无缘，而"符拉迪沃斯托克"成为沙俄在远东地区重要的军事基地。

有时候，历史是一把锥心的剑。

在符拉迪沃斯托克，我们的心里时时想着它的中国名字

"海参崴"，感觉到酸楚。这么美丽的风光，这么美丽的海岸，这么美丽的山川，这么优美的地理位置，可它原是中国东北吉林省的出海口；在托卡内夫斯基海岬，隔海相望的是俄罗斯岛。俄罗斯岛长约18公里，宽13公里，面积97.6平方公里，山林蜿蜒，郁郁葱葱。可俄罗斯岛原名勒富岛，"勒富"为满语，汉语的意思为熊。历史上该岛原属中国。

这些历史，是中国历史的伤疤。但是，历史就是历史。任何一个走向腐朽没落、逆历史潮流的政权，最终的命运就是人亡政息，割地赔款，丧权辱国，肇下巨祸，断掉国脉民运，让后世徒生悲叹。

回溯历史，我理解了出租车司机当初那种漠然态度。那是从骨子里透出来的，绝不会是商品伪劣问题那么单纯的原因。符拉迪沃斯托克在历史上比较封闭，土著人多，而且曾经是中国的土地，他们对中国人可能有一种天然的戒备心理；再则，俄罗斯虽然横跨欧亚大陆，但文化上属于西方体系；还有，意识形态方面，或许他们从根本上不能认同中国人的价值观。

当我坦然地说出我的理解时，出租车司机笑了，笑容很纯粹。我们下车的时候，他快速地为我们打开车门，并将行李轻放在地上，热情地说："再见！欢迎你们再来！"我也热情地回应道："谢谢！欢迎你到中国旅游！"

真诚的交流是如此简单而重要。历史的恩怨留给历史去解决吧，民与民之间要像密度相同的水一样交融，再无冷漠与反感。

我们无法联想，如果一直以来海参崴还是属于中国的话，现在会是什么样子？历史会是怎样的改写？这里会不会成为中国的大军港？会不会成为自由开发区？人民生活是否平和安康？居民的个性是否会散漫悠然？

但无论如何，有一点是不会变的：这个季节，依然是春天来临的样子，阳光和煦，海阔天蓝，大地葳蕤，万物生光。大自然的法则是不以地域政权的更替而改变的。

这样想着，心中对这片土地及至对整个地球，生出深深的祝福。我祝福俄罗斯人早日迎来理想的春天，祝福地球上每个人都能迎来理想的春天，包括我自己。

理想的春天，我想象那一定非常非常美好。

云上的东欧

要从莫斯科飞往布加勒斯特了。

我庆幸我又一次如愿选择到了靠窗的座位。

我喜欢，甚至是热衷于在乘坐飞机时观看机窗外的风景。每次乘机，我都要特意选择靠窗的座位。安坐之后，便将目光投向机窗外，并拿出像素不错的数码相机一路拍照，心无旁骛了。我总是被窗外云霞万丈的早晨或落日金晖，或大地上壮美的群山河流、蔚蓝色宝石一样的海洋诱惑得如痴如醉，不知疲倦。

从莫斯科飞往布加勒斯特，所飞行区域是在东欧的一方领空。东欧，这个在地理概念上早已熟知的名称，这次要真正地飞过，而且是飞往曾经是社会主义国家的罗马尼亚，在心理上有一种异样的亲近和盼望。

天空飘着凌乱的雪花，但初冬的空气清透，丝毫不影响能见度。一升到高空，更完全是另一番景象，阳光朗照，天蓝如洗。从飞机上俯瞰，白云一团一团地堆积，沉静得像摆放整齐的巨型棋盘，又仿佛郭沫若诗中的云，"一群白色的绵羊，团团睡在天上"。转眼间，却又变得薄如蝉翼，只见云下的村庄显出轮廓，道路刀刻一般地嵌在土地上，河流弯曲如千回百结的柔肠。目光所及，从容静美。

云层突然大面积地聚集起来，铺天盖地，棉絮似的轻柔，将天与地隔开了。机翼下有一大团金红与柠黄相间的圆形光环久久挂着，那是太阳光反射的绚丽色彩。此时的云仿佛成了机械化的产物，规则得如一垄垄茶园，延向天边，有阳光直射的部分形成赭黄的拼图，连成一片时又成了漫天的冰雪映像。天空，此刻是云的苍穹。

终于云不见了，山地平缓开阔起来，间或现出一片片密集的房屋，当是自然的村庄或小镇。原来天上的云掉下去了，羊群般散落在田野、村舍、菜地，几缕炊烟从村舍袅袅而出，天地和谐，宁静安详。

飞机平稳地飞行，而大地上却出现波浪形的云朵，以为是海洋，细看，却是云彩幻化成的一道又一道白色花朵，形成后浪推前浪的潮水之势，蔚为壮观。我这才恍然，飞机应该正在飞越乌克兰上空。乌克兰自古就是一块"流奶与蜜之地"，水草丰美。白浪翻飞的地方，大概就是它广阔的平原农地。

渐渐地，机窗下的大地已变化成紫红色山地丘陵，耕地盘旋在山腰，云显出各种各样的形状，若蛟龙，若花朵，若人像，若舰船。正想找寻奇形怪状的云块抓拍，阵阵浓雾升腾上来，从机下漫过去。不过，雾虽浓，却并不凶猛，没有影响飞机的平衡，倒是机翼上阳光正好，照耀出一个横摆着的小小的旗杆大小的造型，旗杆顶部涂着蓝白红三种颜色的色块。这微小的细节让我感动。

正午的阳光迎着机头，闪着白金般光泽，空气透明，晴空万里，万米高空之下，现代化的农业耕地规模不小，分不清是水田还是大棚，土黄色相间其中，只觉得异常美观。

该是进入罗马尼亚国境了吧。漫天明霞之下，山峦迭起，丘陵错落，湖泊河流密布，湖泊仿佛镶嵌在平原或山地中的碧蓝或翠绿的镜子，奇幻绮丽。那一眼看不到尽头、时而深壑巨壁时而厚土密林、峰峰相连绵亘到天边的山脉是不是就是"罗马尼亚脊梁"之称的喀尔巴阡山？那条闪着波光的河流是不是就是自西北向东南流、要汇入多瑙河然后注入黑海的锡雷特河流？远处，地面发着蓝光，是幽密森林的反光还是映着天光的海洋？

之后又是云的世界。或浓厚，或轻薄，浓厚的如磐石，轻薄的如随手弹出的棉花糖，无边无际。极目处，太阳光将大半个天空的云彩和天际线镶上了美丽的金边。啊，如此柔美，又如此壮美！

机窗里响起中文的童话播放。邻座正在观看一部童话片。

一个小男孩站立在白云之上，说，这里有着丰富的资源。我觉得那小男孩说的，就是我所望见的这片土地，山岭河川纵横，辽阔深邃，青绿的植被、奔腾的水流之下，是无尽的宝藏。

右前方出现几条平行移动的白色喷雾，直线伸展，像有人拉起云的飘带在飞，越飞越远，云的飘带越来越轻盈柔媚，呈现出虚幻空灵的美。

我想起了徐志摩的《云游》：

> 那天你翩翩的在空际云游，
> 自在，轻盈，你本不想停留
> 在天的那方或地的那角，
> 你的愉快是无拦阻的逍遥，
> 你更不经意在卑微的地面，
> 有一流涧水，虽则你的明艳
> 在过路时点染了他的空灵，
> ……

诗人描写的云的翩翩、自在、轻盈、明艳的状态，正是我飞越东欧天空的美的形象，象征生命的一种自由与美的意境。这让我对东欧，对即将抵达的罗马尼亚和它的首都布加勒斯特充满了浪漫的想象和美好的期待。

多瑙河流过罗马尼亚人民的心

从布加勒斯特机场到市区，18公里。

一路向南。随处可见青红黄绿紫蓝的颜色，其中蓝色、米黄色以及各种黄的色彩更是夺目。完全是金色秋天的景象。沿途的房屋不高却座座各异，床垫、啤酒、游乐园广告交错琳琅，艺术气息和生活气息浓烈、交融。市区街道两旁，花木树草很少有整齐划一、精修细剪的人工痕迹，却从容整洁。玫瑰、石竹、蔷薇、正盛开的月季，间生间长，温暖亲切。更多的是树木，各种各样的树，栗子、菩提、玉兰、樱桃、丁香，或高大或低矮，自然共生。有些树叶黄了，树叶飘落，洒在似枯非枯的草地上，显出秋的凋零，却又让人感知凋零也是一种美。

我始终兴奋地望着窗外。然而心中还是有隐隐的失落：河流呢？多瑙河的身影呢？

晚餐安排在一家非常雅致的西餐厅。罗马尼亚著作权集体管理协会主席罗迪克女士和协会的翻译椰、律师菲力克斯等男同事一起接待我们。罗迪克是位胖美人，她穿一件红色的羽绒上衣，玫瑰金色的卷发蓬散着，配着大红色的口红，像一幅热情似火、自由泼洒的油画。男同事们身材都不高大，但个个举止绅士。

寒暄之际，有小提琴声响起。一个小型的乐队在吧台前小小的乐池开始演奏。那旋律好生熟悉！我愣住了。

序奏演绎出黎明时分白雾笼罩，水波荡漾、安谧宁静的背景。继而，清晨醒来，两岸的土地生命已然轮回。枯草成新草，青草连着野花绽放的田野。河水拍岸，生机勃勃。春天的多瑙河画面如此唯美。

我在市区路上的失落感瞬间被惊喜取代。"这餐厅竟演奏《蓝色多瑙河》？！"

我的话经由我们的翻译冯凯宁，再经由梛翻译成罗马尼亚语。

菲力克斯的眼里立即放出了光：是的。《蓝色多瑙河》是这家餐厅每天晚上的开场曲。在布加勒斯特，很多餐厅都会演奏这支曲子。

我很久没听到这支曲子了，没想到会在这里听到。20世纪80年代末至90年代初，我们那一代中国人就是伴着《蓝色多瑙河》的乐曲学会了跳快三舞步。那时，我在刚刚建省的海南岛当记者。单位同事来自天南地北，尽管当时的生活条件十分艰苦，但我们的心像海南岛上空的太阳一样，炽烈、火热、明亮。每到周末，年轻的同事们便聚到一处空旷的场地上，随着录音机播放的乐曲学跳舞。对于身处改革开放时代的我们来说，交谊舞是新鲜的、新奇的、文明美好的事物，充满诱惑，充满挑战。初学时，踩了脚，撞了肩，都无妨青春的活力在舞步中闪光。我们跳得最多的就是华尔兹了，其中就有快三舞步，而以《蓝色多瑙河》乐曲最为经典。在"嘣嚓嚓，嘣嚓嚓"自由欢快的节奏里，我们积极乐观，阳光成长。

也许是记忆太深刻了，以后每当听到《蓝色多瑙河》的乐曲，心中便是一片朝阳。

菲力克斯说：我们罗马尼亚人也都非常熟悉、非常喜欢这支曲子，很多场合都会奏响它的旋律。

我问：多瑙河离这里远吗？你们都去过多瑙河？

罗迪克接过话头：我们都去过！我觉得每一个布加勒斯特人都去过。布加勒斯特离多瑙河65公里。但城里就有一条支流，叫登博维察河。

登博维察河穿过市区，向多瑙河流去，把布加勒斯特分为两部分。同登博维察河相平行的，有12个湖泊。我可以想象，从高空俯瞰这些湖泊，那是美如一串珠宝。

菲力克斯说：多瑙河在罗马尼亚南部境内有1075公里，沿途有大小数百条河川汇流，是罗马尼亚的三大国宝之一。河两岸肥田沃野，很多风景点。在我们去的观景点，河流宽阔，浩浩荡荡东流，波浪翻滚，Very Very Beautiful。

菲力克斯自豪的语气令我对多瑙河愈发神往。虽然还不曾见过，但相信它一定美得让人沉醉。

关于多瑙河的话题忙坏了凯宁和梛，我方的梁飞和周友铭也帮着"翻译"，气氛异常热烈。梛把我的话翻译后，自己也忍不住赞叹起来：波浪翻滚，河流蜿蜒曲折，就好像《蓝色多瑙河》迷人的乐曲！

梛有一双鹤灰色的眼睛，和人交谈时神情专注，像温柔的水波。

此时乐曲的演奏已接近尾声，也是全曲的高潮，起伏、波浪式的旋律使人联想到人们在多瑙河上泛舟飘游的情景。春回大地，万物生长，炽热欢腾，华丽辉煌。

美是什么？情怀是什么？

就是能使人震颤，使人怦然心动，感觉眼角温热、热泪盈眶的事物，是此种让我们陶醉喜悦，内心欢畅的乐曲，并因此对这片土地生出依恋和爱的情感吧？

乐曲终止，我们举起了红酒杯。关于《蓝色多瑙河》的谈论，迅速融洽了主宾双方的情感。

《蓝色多瑙河》全称是《美丽的蓝色的多瑙河旁圆舞曲》。

圆舞曲又称华尔兹，奥地利的一种民间自娱舞蹈形式，也是生命力非常强盛的舞曲。舞步起伏连绵，舞姿华丽优雅。

《蓝色多瑙河》被奥地利奉为"第二国歌"，和奥地利人的生命融合在一起。

奥地利是多瑙河流经的第二个国家，它横穿了奥地利北部地区，从维也纳市区缓缓流过。1866年，奥地利在柯尼希格雷茨战役中惨败给普鲁士，首都维也纳的民众一时无法承受战争创伤之痛，哀伤压抑。1867年2月，小约翰·施特劳斯的《蓝色多瑙河》应时而出，一经问世，整个奥地利为之痴狂。民众在音乐抚慰下，从绝望的情绪中振奋起来，找回了民族自信。

"《蓝色多瑙河》，"菲力克斯说，"它的旋律就像多瑙河波浪一样，或滔滔不绝似震撼高歌，或静水深流似低吟浅唱。"他一边说一边像乐队指挥一样挥动双手，挥舞出多瑙河波浪起伏有致的形象。他曾经是个音乐发烧友，有一年假期沿着多瑙河在罗马尼亚南部的流域考察，那时而喧嚣倾泻，时而平缓如镜的多瑙河水，让他无数次放声歌唱。

多瑙河并非蓝色。它流经欧洲十个国家，从发源地德国黑林山，一路穿过翠绿连绵的山脉，穿过大地，穿过平原，一路奔腾歌唱，最后注入黑海。河水流淌，不时变换着颜色，棕色、浊黄色、鲜绿色、铁青色、深绿色，极少是蓝色的，但在人们的心里，多瑙河河水湛蓝，两岸风光绮丽，就是一幅蓝色的画。

蓝色，象征纯净、高贵、和平。《蓝色多瑙河》使蓝色和多瑙河融为一体。

菲力克斯的名字在英文中叫"happyness"，在俄语里是和平的意思。而多瑙河的音乐，多瑙河的寓意，就是幸福与和平。他为自己拥有这样一个美好的名字感到幸福。

梛和凯宁将他的话翻译给我时，我看到他的脸上写满幸福。

晚餐结束回到酒店的第一时间，我百度出《蓝色多瑙河》的歌词：

春天来了 大地在欢笑

蜜蜂嗡嗡叫 风吹动树梢

多美妙 春天多美好

鲜花在开放 美丽的紫罗兰

焕发着芳香

春天来了 美妙

春天妙 多么鲜艳

玫瑰向着我们微笑

美丽的春天阳光 金色的阳光多温暖

那露水在绿色草地像珍珠发光 小鸟歌唱在树梢

白云像面纱在蓝天飘扬

美丽芬芳的花朵遍地争艳开放

春来了 这一切多美好 春来了 多美好 大地一片春
光 鸟语花香 多么美好

那小鸟在树林里高唱 蜜蜂在花丛中嗡嗡叫 美丽的
鲜花

我竟然觉得无比的幸福。太美了。

在罗马尼亚访问的四天里，因为《蓝色多瑙河》，我穿行
在秋天的风景里，心却同时感受到春天的美。

但我没能看见多瑙河，我甚至没有看到它的支流登博维
察河。

不，我看见了多瑙河。

从罗迪克的仪态里，从菲力克斯的笑容里，从梛的眼睛
里，从迎面而来擦肩而过的布加勒斯特人的浪漫神秘的眼神
里，我看见数百条支流，我看见多瑙河流过罗马尼亚人民的
心，奔腾向海，生生不息。

布加勒斯特的早晨

我在清晨推开酒店房间窗户的那一刹那，布加勒斯特的美超越了我所有的想象。

窗户是朝西的，窗外，视野所及，是一幅奇异的画——我实在找不到一个更形象的词语来描绘我的感受。

布加勒斯特被誉为"小巴黎"。巴黎，那是美丽、时尚、优雅、浪漫的代名词，"小巴黎"的美自不待言。但此刻它远不止这些。

天空下着细雨，却无雨的雾气，更无阴霾，透明清澈。城市的容颜被雨水濯洗，清新，洁净。

窗户正对面是一座古城堡式的建筑，似乎已废弃不用。黄色的墙体，弧线形的露台，露台下方，白墙起蓝底，纯正、鲜亮，蓝底上绘着人物画。西北侧，显出一个巴洛克式的穹顶。而西南方向，有两座大型的建筑，一座长方形，一座有着青铜色尖顶。在它们和古城堡之间的，是一片欧式楼房，有梯形结构的蓝色调民居，有黄墙红瓦的办公楼，更多的则是槐树、菩提树、榆树之类高大的树木，树叶青青黄黄，金黄或浅黄，暗绿或暗红，使楼群看上去幽静隐约，意象散漫。霓虹灯光已经熄灭，一切却在透明澄澈的空气中晶晶闪光。

说它奇异，是因为一眼望去，画面似乎同时具有提香的古典华贵、塞尚结实的立体感、凡·高的鲜艳疯狂、莫奈的眼花缭乱斑驳闪耀的光影、毕加索的粗犷抽象自由等气质。残旧的黄色、蓝色墙体，天空，房屋，树木，甚至那落在地上的每一片叶子，色彩、层次极为丰富，既有深秋落英缤纷之静美，又不乏明快灿烂之活力，传递出大自然生命的质感和艺术感。

我要走进这幅画。

我顾不得寒意，走出房间。下楼，出酒店，西行两分钟，我就走进了画中。

雨住了，朝阳升起了。

外形古旧的建筑更加古色古香，阳光照耀出它斑驳的历史。墙上的人物栩栩如生，仿佛仍旧生活在他们所处的那个有着王公贵族传奇的时代。那是遥远的旧时代了。只是墙体的蓝在阳光下越发的鲜亮，散发出已刻进这座城市骨子里的优雅。

经过它，就是那座有巴洛克式穹顶的建筑了。

这是一座仿古希腊神庙的新古典主义建筑，正门由六根白色大理石柱组成的列柱廊撑起，气势恢宏。门墙上方有五幅马赛克拼图的人像。建筑前面是一个花园，从中间往两边分别是青黄的草地、低矮茂密的灌木和新植不久的雪松，然后是榆树、槐树，感觉空旷。

一个衣着呢绒外套、身材颀长的男子正在一棵树上喂食鸽子。他一手拎着一个布袋，一手不停地从布袋里抓取食物抛撒。花色的、纯白色的鸽子从树上、从空中飞来，有上百只吧，扑棱棱落到地面上啄食。有两只鸽子一左一右地落在他的肩上，咕咕地叫；有一只干脆落到他的头顶，轻轻地啄他的金发。他也不抖落它们，任凭它们嬉戏。我走过去，问他喂的是什么。原来是面包屑。你养这么多鸽子，每天都这么早喂食它们吗？很辛苦吧。他笑笑，说他每天早晨都来这里喂鸽子，已经成习惯了。他喜欢鸽子。但鸽子并不是他养的，它们来自四面八方，属于这个城市。

原来男子非常热爱音乐。他告诉我，眼前的这座建筑是罗马尼亚雅典娜神庙，俗称雅典娜音乐厅，正名是"埃乃斯库爱乐音乐厅"，是布加勒斯特的地标建筑之一。它建于罗马尼亚王国初期，门墙上的五幅人像就是罗马尼亚历史上五位国王的肖像。音乐厅内部装饰奢华，金碧辉煌，经常有国际级别的演出。"如果你有时间可以去听一场音乐，我保证那绝对是唯美的、非凡的享受。"

我心中很是感动。离开广场时，又回头看他。一群鸽子绕着一个男子飞翔，画面溢满了爱的亮光。

　　穿过一片小小的只有树木和草地的园林，过马路，就来到了我在窗前看到的长方形建筑，原来这是罗马尼亚国家美术博物馆。在罗马尼亚王国时期，它是皇室宫殿，楼高只有四层，却非常宏伟壮观。这个美术馆收藏了罗马尼亚乃至全世界许多大师的珍品，是罗马尼亚艺术的宝库，也是了解东欧文化的重要场馆。最重要的是，它见证了罗马尼亚一些新旧时代的更迭。主墙上，悬挂着大幅海报，楼前广场上，铺着长方形的砖石，每一块砖都不一样，靛青、褐黄、暗红，有些刻着星星的图案，有些则刻写着字母。广场花园中，叫叉子圆柏的灌木匍匐在地面，枝叶向四周恣肆伸展，和旁边的青草地连成青悠悠一片；几棵槭树，叶子已由绿转红，颜色如火，光耀夺目；两棵高大的云杉分立在花园两侧，树姿端庄，似乎象征着艺术长青。总之，这里每一处细节都是艺术。因为时间太早，我只能隔着栅栏拍几张它的外景图。但我由这些外在的风景，相信馆中的艺术品一定会深深震撼我。

　　和美术博物馆隔路相对的，是我在窗前看到的有青铜色尖顶的建筑，它不只是一个尖顶，而是有四个，把住建筑的四个角，使建筑堡垒般敦实坚固，显出霸气。它竟是罗马尼亚中央大学图书馆。馆前赫然立着一尊青铜雕像——罗马尼亚王国卡罗尔一世国王骑着马，傲视前方。雕像是罗马尼亚人民对卡罗尔在位48年兢兢业业一生的纪念。馆门口已是热闹非凡，和美术博物馆的清静形成鲜明的反差。我过了斑马线，欲经过图书馆，却见一条黄色的警戒带将馆门前的一片区域隔开了。一位手持对讲机的男子走过来示意我绕行，这里正在拍电影。哦，居然遇见拍电影！我这才注意到有摄像机架在人群中，一对老年男女在摄像机前走过去了；然后，一对中年男女走过去又走回来；然后，一个孤独的男人在那里徘徊……一些群众演员则偶尔从他们面前匆匆经过，就像影子一样，像过客。我看过罗马尼亚的电影《沸腾的生活》《神秘的黄玫瑰》，印象深刻，况且自己也写过剧本，便忍不住用蹩脚的英语采访手持对讲机的男子。磕磕绊绊的闲聊中，得知这是罗马尼亚和美国在联合拍摄一部电影，一部关于旅行者的故事。

人在旅途，什么样的故事都会发生。用心，就会发现不一样的意义，不一样的美。就像这清晨，我和美丽的事物相遇。我感到人与自然的美好，感到生命中艺术的存在。

是的，在这个清晨，我呼吸到了爱与艺术的空气。

我被这清晨的空气所诱，迟迟不愿返回。于是，我来到主街上，沿着大街信步而行。

城市已完全苏醒。行人渐渐多了起来，街道上不时飘过烤面包的清香，一些零散的月季或别的什么叫不上名字的花儿就在街边绽放。

一路走走停停，我看到树木青草无处不在，花坛无处不在，喷水池、纪念碑和雕塑无处不在。无论是石头砌成的古老建筑，还是广告牌林立的现代楼房，无论是人行过道上下台阶的墙体，还是街面小店，一律遍布着色彩斑斓的涂鸦。无处不在的涂鸦，让这座有500年沧桑历史的"小巴黎"，弥漫了随性、自由的气息，光艳照人。

天空越发的透亮了。

我的心愉悦莫名。

自由轻快的风呀，天空无限延伸的色彩呀，还有那明霞从万丈高处洒满城市！

这大自然的美！这文明沐风熏雨后的遗存！一切，那么从容、自信、自由、优雅，那么美！

我乘着这愉悦的感受，回到酒店。罗马尼亚语翻译梛正在大堂等候。梛的名字Lau，中文的意思是"月桂花"，发"梛"的音。梛是罗马人的后裔，言谈举止尽显优雅。我谈到这个早晨看到的风景，他自豪地笑了。罗马尼亚处处有迷人的风景，春夏秋冬，季季分明，各美其美。梛是个热爱大自然的人，时常在假期，就会飞到别处，或开车到周边国家旅行。旅行开阔了他的眼界，丰富了他的人生。当然，他去得最多的还是罗马尼亚各地，他去观光，去发现美。有一次，他和同事开车去一个山区，山不高，却峰谷相连，沿途的景色美极了。最惊喜的是，竟看到山脚下有一条美丽的河流。他打开手机里的照相库，翻到了那次旅行拍摄的照片，一张张给我看。果然，正午的阳光下，他站在山的垭口处眺望。山外，是一片广阔的平原，平原连接着起伏的丘陵，色彩斑斓，一条蜿蜒曲折向远方流淌的河流，在满目色彩中闪射着迷人的波光。

在这一刻，我呼吸到美的空气！

我突然意识到，如果我在窗前看到的是一幅美丽的画，那罗马尼亚就是一幅美丽文明的巨幅画卷。任何人一进入罗马尼亚，就进入了画中，不知不觉地成为这画里的一抹色彩。

第四辑 · 思绪

美德散发的香气

穿过体育馆北边那条街时，迎面走来一位女士，问我7天酒店怎么走。她手机的导航显示就在这个区域，却久寻不见。她脸上已满是疲惫。我停下脚步，往周边建筑看了看，肯定地说应该就在附近。我印象中这一片区确实有家7天酒店，可在脑海里搜索了好一阵，愣是想不起具体位置，只好抱歉地让她再问问其他人。

我继续我的路程，她则继续往前寻找。

转过弯，走过半条街，看到街边大楼门口的年轻保安，便近前请问他7天酒店在哪里。他朝北面的路口一指："就在那条胡同里。拐进去，一栋黄色的楼就是。"

我说了声"谢谢"，欣慰地往回走。保安"哎"了一声，提醒道："你走反了！"我摆摆手，告诉他我是帮别人问路。我快步回到体育馆街，招呼那位问路的女士。女士正返回来，依旧拿着手机在看。她大概走完了体育馆街也未有收获，已迷茫、无助至极，看到我，甚是惊讶。

我打着手势说:"7天酒店就在那里。"

女士看上去非常感动。愣了好一阵,她才说:"哎呀!太感谢你了!你还走回来告诉我!"她的声音有些哽咽。

我淡然一笑:"没事,我也经常迷路的,我理解迷路人的心情。"

告别女士,我走自己的路。

"这是美德!"女士突然在我身后冒出一句。

我回过头,冲女士做了个"OK"的手势,满心喜悦。

每个人都可能有迷路时刻。迷路时有人指引一下,心就光明了;而给人指路,自己心中的道路也会敞开。

那是美德发出的香气让人心明亮。

我是一个地理方向感极差的人,坐公交会坐反;坐汽车转过几个街道就分不清东南西北;出地铁往往不知朝哪个方向走,时常闹出些洋相,也时常花了冤枉时间。打车倒是方便,但也时常被堵车堵得心烦气躁。这么大的城市,总不能事事选择地面交通工具,坐地铁便成了常规的出行方式。也因此,出了地铁要转向,然后问路就成了常事。问路虽然大多时候也是徒劳的——很多人跟我一样是路痴,或是确实不熟悉其时的路况——但感动的时刻不少。比如,有人会连拐几道弯都能给你说得明明白白;有人会打开自己的手机为你搜索目的地;有人甚至干脆带你走一段路程,指给你看你要去的具体位置。这些细小的事情，在我眼里都是美德。美德散发出香气，在这煮沸了锅似的都市生活里，带给我奇妙的温馨与安定的感觉。

几年前的一次问路，曾让我捉笔写下美文《指路的女孩》：

> 几个文友约聚于飞天大厦。
>
> 地点就在地铁广渠门外站旁，我便乘地铁7号线前往。
>
> 一出地铁，我就转向了。左顾右盼间，一个20岁出头的女孩从身后经过，我叫住她问路。女孩打着手势说，直走，快到路口时往北，哦，就是左拐。说完便行色匆匆地往前走去，像是有什么急事。
>
> 正值初春，路旁老树新芽，迎春花艳得耀眼。我慢悠悠地边走边拍着街景，百十米的距离，愣是走了十分钟。
>
> 快到路口时，却猛然发现为我指路的女孩站在那儿。"你可来了呀！"她急切地说。我大惊："你在等我？！"她点点头。原来，去"飞天"要穿过这路边小公园，现在公园树木繁密，已掩住了"飞天"的招牌，她担心我又迷路，便停下来等我，好告诉我确切的方位。

　　我怔住了。我感到心中怦然种下一颗美丽的
种子。

　　女孩嫣然一笑，飞步离去。

　　我的目光追踪着她，再也没有离开。

　　我看到她在飘舞，就像春天的蝴蝶。

　　就像春天。

　　帮我指路的女孩，像天使一样，至今让我一想起还感到特
别地美。

　　今年年初的一天，为去静安庄国展中心参加书展，我一大
早便坐上了地铁。出了三元桥地铁，按指南针方向走，路竟是
远离着楼群，且一边有高大的塑料挡板挡着，显得很是偏僻。
走着走着，却感觉不对劲了，难道我又走反了方向？看着在寒
风中包裹得严严实实、匆匆行路的上班族，我不好意思拦住他
们问路。待走了近千米，见到一早餐摊，三两顾客在买早餐，
便张口求问展览馆怎么走。谁料摊主和顾客均摇头不知。失望
之余，我只得硬起头皮往前走，边走边用手机重新定位导航，
心想到了主路上打个车走，管它堵成什么样吧。

　　偏偏时已临近主路盘桥，手机信号不好，那个搜索的符号
箭头一直转不到地图。正在气馁，一个柔和的女声在我身旁响
起："你去展览馆？你走反方向了，要到对面去。你从地下通

道过去，那边可以打车。"

原来，她在我身后不远，听到了我问路无果，便碎步赶了上来。

在寒冷的早上，在迷路的早上，听到这么柔声的话语，激动之情，无以言表！

陌生的女士将我带到主路边，指着地下通道，又耐心地指了指展览馆的方向，待我完全明白，这才嫣然一笑离去。

三环主路上已是车流如海。七纵八横的大桥，被滚滚的噪声包围，显得异常繁闹。

我走地下通道，到对面去。就在即将走出通道之际，有人在我的背上轻轻地拍了一下。啊，竟是刚才为我指路的女士！她微喘着气，连声道歉："对不起，对不起，我给你指错路了。应该就在我给你指路的那地方打车就可以了。坐公交也很方便。谢天谢地，我追上了你。"

我非常震惊地望着女士。她看上去三十七八岁，素面朝天，衣着简朴，却有一种掩藏不住的书卷气。我心想应该加她的微信，和她交朋友。她两次给我指路，她有一颗多么美丽诚信的心！可不待我说出想法，她又说，现在她安心了。她上班要迟到了，得赶紧走，让我自己返回到辅路上去就好。

她很快消失在地下通道的尽头。她在人群中的身影，是那样普通，但我却仿佛闻到了馥郁的香气，那是她热情、真诚的美德散发出的香气。

　　美德散发出的香气熏陶着我，也熏陶着她，熏陶着他，熏陶着我们……

　　一切的美德都是值得述说的。

　　古人云："勿以善小而不为。"帮人指路，也许只能称作"小善"，但善事越小越能体现一个人的情操，常为小善能成就大的美德。有美德，就有慈爱；有慈爱，就有丰丰满满的生命。

　　在人世间，有美德的香气弥漫，是多么温暖，多么清澈！

一张纸的美

第二届世界华文文学大会在北京日航酒店召开，我在会上惊喜地见到了东瑞先生。东瑞是香港文坛重要作家，为香港出版事业与作家的培养做出了有口皆碑的贡献，在世界华文作家群中享有盛名，我在20世纪90年代初就知道他的名字。那时候，东瑞倾力资助海南一个记者朋友去英国留学的事，很让海南新闻圈内人感动，且从此传为佳话。20多年后能在这样的会议上相识，感觉甚是亲切。

东瑞先生年过六十，健步如飞，精神朗朗。与他同来的，还有香港知名出版人、香港获益出版社董事长蔡瑞芬女士，一位标准的大美女，笑容似花，举手投足间尽显优雅，握手的刹那，我已心生好感。

文人人情一本书。我正好带了两本《金汤鱼》在包里，遂签上名，分送给东瑞先生和瑞芬女士，请他们指教。

东瑞先生接过书，随手翻阅着。瑞芬女士也笑着收下了书，但随后便将我拉到一边。她夸赞书的封面很梦幻，将书很珍惜似的捂在胸前，笑容可掬地说："子君，非常感谢你送我书。但是，我的这本请收回。"我又惊又窘，一时哑默无语。瑞芬女士见我不解，也怔了一下，然后诚恳地解释起来："我和东瑞是一家哩，你送给东瑞一本了，我也可以读的；再送给我，就相当于浪费了一本书。"啊！我真是太马大哈了！对，对，瑞芬女士是东瑞先生的夫人！我连声道歉，自己没有更深地了解东瑞先生。瑞芬女士并不介意，仍笑着，出主意道，可以将签名页小心地撕去再签给别人，这样可以节省一本书。但她马上又觉不妥，说这样也不好，不仅浪费了这么好的一张书纸，而且对我、对被赠者也不尊重。我非常感动。我喜欢这样的坦率，我喜欢她的话传达出的纯净美好！

正在为如何才不浪费一张纸、不破坏整本书纠结时，一个穿着欧式长裙、卷发飘飘的女子高喊着我的名字冲过来拥抱我。我又是一惊。她是谢凌洁！我20多年前认识的一个文学女青年，如今是大名鼎鼎的华文作家了。我灵机一动，请瑞芬女士签名将我的《金汤鱼》转送给凌洁。这样既不浪费一页纸，也不破坏书的完整，又因瑞芬的签名而在一本书上同时有了知名出版人和作家的手迹，凌洁大为喜悦。

瑞芬女士这才如释重负。她说，她长期在香港生活，香港是繁华都市，更是文明之城。作为港人，她自小就浸染了文明之风，注重节约，不愿意浪费哪怕是一张纸的资源，何况这么厚的一部散文集。多一个人读到，就多一个人享受到美——她相信书中的文字是美的。

因为这个赠书、转赠书的过程，我和瑞芬女士变得惺惺相惜起来。大半天里，两个人无论照相还是会见其他文友，都挨在一起，心境海阔天空。

其实，"节约一张纸"，这样的理念也早已在我的价值观里存在。我也从来舍不得浪费一张纸，只要不是特别提出打印的需要，我都会用废纸的空白面打印文字；平日手写日记，也必然将每一页纸写得满满当当，尽可能减少这种易耗品的浪费。在我的感受里，每一张纸的背后，都是一棵大树甚至成片的森林。我没有计算过一棵树能造出多少张纸，但树木对于造纸的重要性是早就深谙于心了。

勤俭节约是人类的美德。早在2500多年前，中国圣哲老子就在《道德经》第61章说，"我有三宝，持而保之。一曰慈，二曰俭，三曰不敢为天下先"。老子将"俭"宝当成人生、治政的三宝之一。"俭"，即节约，亦含有约束、节制、节省、朴素之意。节约而不奢侈，收敛自我而不放纵欲望，顺乎道义而有所节制，是美德。俭，必然兵足将广，兵足将广，才能取胜于战。一句话，节俭能成就广大。革命年代，毛泽东等中共中央领导人率先垂范的勤俭节约、艰苦奋斗的好作风凝聚了人心，成为"兴国之光"；开国大将黄克诚在任新四军第3师师长期间，面对抗日军民的生活极度困难、棉布不能满足部队需要的情况下，提出了厉行节约改革制服的办法：上衣翻领改成直领，去掉两只口袋；裤子由宽大的中式裤腰改为西式小裤腰；不发绑腿布。他算账道："全师两万余人，一天一人省一两粮，一天就是上千斤粮；一人一套军装节省一二尺布，全师省下来的布料有一万多米。"果然，连续几年，布料节约数量相当可观，大大减轻了苏北人民的负担，使根据地人民得以休养生息。新中国成立之初，国家一穷二白，物资匮乏，百废待兴，倡导"勤俭办一切事业"。这个"俭"字，就是节约、节俭，就是艰苦奋斗。

随着经济的发展、国力的强盛，人们头脑中的勤俭节约意识渐渐淡化了。如今，很多人已经不知道节约的意义了，甚至奢侈、挥霍无度。岂不知"金玉满堂，莫之能守；富贵而骄，自遗其咎"，贪恋财富、放纵物欲只会自招其祸。事实上，在物质越来越丰富，但自然资源越来越匮乏的时代，节俭的美德应该尤为宝贵。节约绝对不能只看到个体节约的一张纸、一粒米或一滴水。地球上60多亿人，一个人节约一张纸，全人类就节约60多亿张纸，是多少亩森林？一个人节约一粒米，全人类就节约60多亿粒米，可养活多少人？一个人节约一滴水，全人类就节约60多亿滴水，可以蓄成一条什么样的大江大河？凡此种种，可以节约多少资源？可以让多少贫困人口生活无忧？现在是大数据时代，如果能用大数据对节约的数据进行统计，其结果一定会让人震撼！聚沙可成塔，集腋可成裘。著名的抗日爱国将领续范亭曾在他的《五百字诗》里这样写道："节约虽有限，万合是十石，细流成江河，冲破东海岸。"此诗道明了节约的力量。几十年来，瑞芬女士和东瑞先生克己克俭，却将节约的每一分钱都用在了资助朋友和发展出版事业上，成就了很多人的梦想，从道义上诠释了节约的价值。节约的价值不是肉眼所见的一滴水或一张纸，而是广阔无边的自然资源，是生生不息的精神传承。也因此，任何一个崇尚奢靡、铺张浪费之风盛行的国家或民族，都是没有希望的，再美的山河也会失去颜色，再富有的宝藏也会化作恶土，最终，都必然走向衰亡。

两年来，我每每在微信里看到瑞芬女士的头像，就会想起她那有如亚热带阳光一样透明的笑容，想起那次在华文文学会上的见面，想起我们关于"节约一张纸"及由此扩展开来的关于节约意义的探讨，心就变得超然。

节俭是文明的、美丽的、充满爱的价值观，它让世间万物变得熠熠生辉，价值连城。

明来花似雪

早上推开窗户，我不由得惊喜地喊：下大雪了！好大的雪！

雪下得真大。

我伸开手掌，雪花便优优雅雅地飞了进来，落在我的掌心上，瞬间就融化了。

这是北京立春后的雪，是春雪。

楼下的小区花园里，已被大雪装扮得别样的纯美。积雪覆盖了花园中七横八竖、曲曲弯弯的小道，也让草地不再露出一点儿枯草的痕迹。那些低矮的灌木也披上了厚厚的一层雪花，只在枝梢上露出青色的叶片，仿佛被剪辑成了一簇簇镶了青边的花枝。大树也是银装素裹，挂在大树上的红灯笼，和几棵散落在花园中的赤橙黄绿青蓝紫七种颜色的人造枫叶树，原本都是做节日装饰的，在夜间闪烁出赤橙黄绿青蓝紫的光，营造出热烈美丽的节日气氛，此刻在泱泱大雪这下，也只透出细碎的原色，反成了这洁白花园里的娇艳的生机。花园近处的一座楼房，那带天线的圆形穹顶，此刻像极了一顶硕大的圆形白帽，衬托得花园更是静美。

雪花越来越大，积雪越来越厚。

要在以往，花园里肯定喧嚣起来了，大院里家家户户的孩童，会奔出家门，争相在大树下打雪仗、堆雪人、玩一切与雪有关的游戏。可今天，却连一行脚印都没有，小小花园寂静如旷野。一只不知从哪里飞来的小鸟，在雪地里扑棱了几下，停住了，有些不安地东张西望，似乎讶异得很，不明白花园里为什么没有了玩伴。

我的一颗天天牵挂着疫情的心，在短暂的喜悦过后，又沉重起来。

是的，这是抗击新型冠状病毒战役正式打响的第三周呀。

电视上说，新冠病毒在低温环境下更适合存活。我多么希望，雪花即刻止住，气温即刻上升，上升到足以杀灭病毒的最高温；接二连三的封城消息，转换成开城复工、城城相通的繁荣之景。

当然，靠美好的愿望难以阻挡病毒的肆虐。2003年，非典突袭给人们造成的痛苦仍历历在目，比它的传播性更强的新冠病毒让人们再一次从洗手学起！人类，难道注定总是要在不停地与灾祸做斗争中进步？

2003年的春天是那样的异常，天气晴朗，温暖的风从窗户拂照进户；春天的花照样绽放，赏花的人却寥寥无几。政府要经受SARS灾难的考验，而老百姓，在恐惧中让心灵经受洗礼。为了维护生命的安全与尊严，大家尽量避免外出。人们只能以站在窗前凝望的姿态表明自己与城市同呼吸共命运的立场。

在向城市的深处凝望之际，那些在一线与非典做顽强斗争的白衣天使的故事，深深打动了我的心。我那时刚出任中国人口文化促进会妇女文化发展中心主任，对在抗击一线的女性尤为关注。我临时决定带领中心的工作人员策划、组织、编辑出版一本反映妇女在抗击非典第一线的战斗事迹的书，以弘扬女性在疫情当头之际所表现出来的英勇气概，书名就叫《非典时期的天使妇女》。

我们立即付诸行动，连夜投入到相关工作中去。第二天便与一家出版社谈定了出版选题。随后，我去向促进会常务副会长王夫棠汇报，并以中心的名义呈给会长彭珮云一份报告，请她为我们的书题写书名。73岁的王夫棠先生，一听我们的出版计划，立即表示他来写序。请彭珮云题写书名的事，为抢时间，他火速派车转呈报告。出乎意料的是，当天下午，彭珮云会长的题词就送到了我的手里。如此快速的批复，让王夫棠都激动不已：我们的国家领导人在真切地领导着这场抗击非典的战斗。他们用最细微的关怀支持着我们抗击非典的行动。这也让我感到，我们所做的图书虽小，但意义是不小的，我们是在以实际行动参与抗击非典的全民战斗。

为了取得第一手图片资料，几经周折我联系上了新华社摄影记者唐召明。他在宣武医院驻院采访，住地新北纬饭店，终日处在隔离状态。因为快递业已取消对宾馆与医院的服务，我必须亲自跑一趟新北纬饭店取图片软盘。

新北纬饭店前，拉满了黄色的警戒带，有如战场上的铁丝网。隔着隔离带二三十米远，我看到唐召明向我挥手。我们扯着嗓子喊话，互道珍重，然后，他将图片软盘交给穿白大褂、戴着医用口罩和白手套的执勤人员，执勤人员走近隔离带，将软盘交给我。

软盘用里三层外三层的消过毒的绷带布裹着。那一刻，我突然明白了"恐惧"的含义，热泪涌流。这热泪，为唐召明这样的记者，为一线抗击非典的天使，也为自己的勇敢，为天下苍生的安全!

春天消转的过程也会是SARS消亡的过程。回家的路上，我切切地祷告：春天快离去吧，让盛夏酷暑来得早一些、更早一些!

如今，17年过去了。新冠病毒却比17年前的非典要更加凶险，它通过飞沫、空气在人与人之间传播，而且存活时间长达9天；世卫组织终于将新冠病毒肺炎认定为"国际关注的突发卫生事件"；一艘满载游客的意大利游轮因出现疑似新冠病患而无法停港……悲伤、无助、恐惧的情绪像病毒一样蔓延，网络里响彻着来不及告别痛失亲人的哭嚎，和着血与悲泪的呐喊。口罩再一次成了中国人的标配，纵使在阳光清朗的日子也戴得严严实实！这是一场没有硝烟的战争，每一个人都无法置身事外！

我已没有了再策划一组献给白衣天使的颂歌的精力。危难时期，我只能像所有人一样，响应政府号召，默默地在家等待疫情结束。有关前线的消息让人牵肠挂肚，忧心如焚。但我坚信，"大雪压青松，青松挺且直"，在灾难面前，人类最终总是能夺取胜利的，这样的信心也许早已根植在人们的心田了。我也深深地祈愿，从今天起，在抗疫一线的天使战士能平安归来；每一个染病的躯体能康复。人类，不分种族与国界，都能迎来春暖花开，阳光朗照，天地清明。

窗外，大雪仍在纷纷地下着。我俯瞰着雪中的花园，脑海中突然浮响起南北朝诗人范云的《别诗》："昔去雪如花，今来花似雪。"这首抒写朋友间的聚散，表现深厚友情的诗作让我心里热浪翻滚。大雪之下的土地，春天已在萌动。明天，当我们战胜瘟疫，作别苦难，春天的人世间会像雪花一样白艳美好。当下一场飞雪来临，每一座花园里，都会有老人悠然的身影，会有欢童无邪的嬉闹，更会有貌若英雄的雕像立在天地中。

没有爱情

我们一天天走向老成练达和世故。我们坐在辉煌的午夜里也没有了热情的冲动和向往。属于我们的星座在浩茫天空之中神秘地消失了。在这平淡成了我们全部的风景的生活中，我们已经没有了爱情。年龄越大，爱情便离我们越远，这就是我们的定律。

我们自然曾经拥有过爱情，这个美丽的字眼是那样令我们心旷神怡。二十岁，十七八岁抑或更早的时候，爱情就悄悄地潜入我们的情感之仓。那时，爱情至高无上，爱情至真至纯。被爱的人，是我们的一切，他的生命，便就是我们的生命。我们为他（她）而生，也将为他（她）而死。这经历似乎在向我们证明爱情是只存在于尚未成熟的心灵之中。尽管那时的爱情只是一种毫无着落的恋爱游戏，但恋爱的纯洁和赤诚在今后的幸福或痛苦、欢乐或寂寞的生涯中，令我们的灵魂永远迷醉而战栗。尔后，再没有任何人的爱情能覆盖这恒久的情感。青春在这段时光里得以升华，享受着真正的生命之恩宠。

　　只是我们不明白，即便谁也不与我们争夺爱人，为什么往往最初的爱情到最后都是劳燕分飞？在爱情的归宿问题上，我们终究没有自由选择的权力。人生的道路，除了爱情的鲜花美酒，更多的是丛生的荆棘与坎坷。爱情不是事业，也不是工作，更不是金钱，它只是我们路上的一个里程碑而已。当我们经过了它，生活便迫使我们去放弃当初使我们如痴如醉的爱情，过往的一切都只成了一个在意念里绚丽的梦幻，那份纯洁和真诚便开始与我们疏远直到最后绝缘。

　　然而我们又不能忍受没有爱情的孤独。我们的青春热血沸腾。我们需要爱情的目光注视和爱人的崇拜，有知心者伴我们前行。所以我们一面哀叹初恋的纯洁和永不再来，一面又心怀异想琢磨着过往行人，希望寻求到又一次爱情的机会。或许我们真的又捕捉到了一个伴侣，我们又重新将感情投入，但我们的心底却深深明白，那绝不仅仅是爱了，那种情感已披上了虚伪的外装，掺和了许多爱情本质以外的东西，比如金钱、权力、地位，比如学历、人品、家庭条件等。我们遥想着当年的纯洁无邪，沉痛的失落压在我们的心头，美妙的不可言说的爱情，超凡脱俗的爱情哗的一声落入了红尘。刚开始我们还不太适应，适应以后我们就在我们的情感字典里抠去爱情之词，我们的心随着情感茫然流浪。

　　我们可以没有爱情，但在我们生活的这个空间，我们绝不可以没有婚姻。没有爱情谁也不会讥笑我们，没有婚姻则就会受到世俗无情的猜疑和嘲弄，我们就会失去许多——住房、晋级、钞票，乃至人格。所以尽管我们默记着没有爱情的婚姻是不道德的，我们却不能恪守这一信条，仍然因为各种各样的需要为我们的婚姻编织了美丽的花环，奉献在新娘的床前。当然，我们假想着这就是我们的爱人，因为她是经过众多的比较和功利性的选择才决定的角色。但是这个爱人，已没有了想象中的热烈光芒，在爱的过程中，我们理智得令我们怀疑自己是在演一场木偶戏。

　　婚姻让我们那颗在爱情摧毁以后伤痛不已的心得以暂时的幸福的憩息。毕竟两个人同床异梦也是新鲜的，何况同床异梦者有些也是心心相印呢。但很快，便就应验了钱钟书那段著名的论断：婚姻是一座围城，外面的人想进去，里面的人想出来。我们很快就厌倦了婚姻生活，因为它将我们仅存的一点浪漫情感撕得粉碎。婚姻实则只是一天天重复的枯燥无味支离破碎的家务而已！我们既不能舍弃自我，又不能完全融入对方的精神。婚姻，它使两个相爱的人互相敌对仇视，使相知的人互相陌生与败坏，使两个安宁的灵魂痛苦地碎裂……忍耐力强的，就任由这现实摆布，睁一只眼闭一只眼，以求婚姻的入俗和稳定，久而久之，便麻木不仁，情感枯萎了下去。如果日后又没有令人惊醒的机会，就永远地忘了自己曾是一个有生动活泼的爱情的热血少年。经不起考验的，便马上开始了对这新生活的抱怨，诅咒婚姻限制了自由，家庭形式的俗不可耐。爱情的记忆由远渐近，一日日又鲜明亮丽起来，便惊讶于自己为什么会由那样一个爱得死去活来的人变成这样一种婚姻的机器。于是我们鄙视自己堕落的感情，谴责它践踏了我们在失去爱情时永不忘记的誓言。我们流着泪，我们舔着血，我们的灵魂挣扎着，由悲伤而孤独。

我们已没有了爱情，这令我们伤心不已。在倦累的时候，便幻想再度拥有爱情。我们企图可以挣脱掉婚姻的束缚，将情感投放已经荒芜的青春广场，获得一次圆满的道德的婚姻。然而更多的时候，我们往往是戴着婚姻的枷锁，在放逐中觅求自由的爱情。我们也许真的又一次赢得爱情，再度受到痴迷的崇拜和注目，但这时的爱情已没有了少年的甜蜜，而要受着世俗的非难。我们在幸福之中，领略着痛苦的含义。有勇气的人，可以超越世俗的目光，孤注一掷，拥抱住重返心灵的爱情。但当我们胜利的时候，我们已精疲力竭，即使是如少年之时的爱情，也难以慰藉滋养我们一片废墟的心，那份伤感只令我们深深地悔恨，由此，骄傲的高贵的爱情，就面目全非了。懦弱的人，自然早就在矛盾之中退却，背上不道德的包袱，承受着爱者的詈骂，负罪般地缩遁于古旧的婚姻之屋里，蒙受身心的羞愧，对爱情更是万念俱灰。这种时候，爱情就彻底地无可奈何地离开了我们，包括那最初的至圣至诚。我们甚至不敢再去回忆。

我们的情感在没有爱情的生活中渐渐变得粗糙、冷漠和死寂。我们为婚姻而担负着责任，我们为前途而继续着事业，我们为繁衍而积蓄着金钱……我们清楚地知道，我们已永远享受不到爱情，芸芸众生，竟没有一个钟情者伴我们度过一生。怀想这一切，我们的内心苍老万年。当我们走到人生之旅的终点，回过头来时，我们会不会突然忆起我们生命中那一次爱情？那至纯至诚至善的情感是否可以光芒四射，照亮我们多年来因无爱情滋润而异常苦闷而黑暗的心灵，抹去我们的悲伤？然后在幻想之中，沐浴着爱情的光辉，充满信心地升上我们的天堂？

谁在春天的奥森歌唱

连续三天的雾霾天过去了，明媚的春光展露容颜。我忙放下手中的活儿，去小别的奥森北园散步。

北园里花团锦簇，春意盎然。游人很明显比往日多了许多。有举着小旗的旅游团，有成群结队的学生伢，有一家三口或三代人一起的，都踏青来了。看到有开花的树，人们便都停下来，围在树前看花、拍照、欢笑，使园区热闹非凡。

喧闹声中，我隐约听见歌唱声，旋律非常熟悉，却想不起来是什么歌，也不能确定歌声是从哪片树林里飞出来的，便兀自顺着习惯的路线往西走，很快就到了清洋河。

青草返青，毛白杨的枝头青芽俏立。迎春花有点儿谢了，但是连翘花却开得正盛，它的花就跟迎春花一样鲜亮，黄灿灿的，鲜艳夺目。河水清柔明净，榆树的圆形冠顶倒映在水中，一片连着一片，占据半河河水。女孩子们穿得艳丽，在花丛中摆着各种姿势，与春花比美；小孩子们，站在红花盛开的碧桃树下照相，咯咯咯地笑……

孩子们的笑声引来了鸟儿的应和。鸟儿的叫声似乎比秋天来得清脆，也更悦耳。好几种鸟，它们一边欢叫，一边飞翔跳跃，从这个树到那个树，从地上到天空，自由灵动，为春天雀跃欢呼。

有鸟鸣有欢笑才显出繁闹，如果世间只剩一种声音，那人间的春天哪有喧腾？也只有万紫千红，才成满园春色。看着五颜六色的花朵，听着百啭千声的鸟鸣，我知道这春天已是真实的存在。

我走走停停，不停地拍照。一个镜头比一个镜头美。一小时不知不觉就过去了，我才走到桥头。看着桥上熙熙攘攘的人流，我决定不过河去，遂从另一条道往回折返。

繁花继续盛开。我正要用"形色识花"去识别眼前的花，迎面走来一位身着红色春装、戴着金边眼镜、看上去很绅士的先生，他扛着自拍杆摄影架，彬彬有礼地冲我打着招呼："你好！你从那边来，你看到有一树桃花吗？很大很大的一树桃花。"我愣了一下："一大树桃花？好像没有见到呃，但是一路上有好多花开了，都特别漂亮，有整树整树的花，有榆叶梅、连翘花，也有桃花，但不是很大片。"

"我听人说那边有一树好大的桃花，想去那里拍视频。"红衣先生比画着说。

"啊，那可能是在河对面，我没过去。不过河边风景真的很美，你可以到河边去看一看。"

"噢？你拍照了吗？"

"拍了呀。"

我扒拉着手机相册给红衣先生看我刚才拍的照片。蓝天、白云、阳光，清水、绿树、成片的花朵、各色各样的花朵，还有孩童的天真笑脸。

"河边还真是好美！"红衣先生赞叹，"但是我还是想拍桃花。既然没有大片的桃花，河边我就不去啦，天色不太早了，我还是回我刚才拍桃花的地方去吧，那一片桃花也够大的。"

"为什么非要拍桃花？难道你要录制《在那桃花盛开的地方》？"

"是的。"红衣先生点头，"但是《在那桃花盛开的地方》升级版。"说完，扭身往来时的路上走了。

我怎么不知道北园有一片大的桃花林？我心里嘀咕着，也没在意，慢慢悠悠地往前走。

道旁，一个小山丘后影影绰绰闪现出一大片红色的花。那是红衣先生说的桃花吗？我得去看看。

山丘下一片花海，一树一树的花，树身不高，树形优美，树上没有叶子，只有花，一簇簇花紧密相连，艳光灼灼。但它不是桃花，是榆叶梅。人们在花海中游动，抓拍着最美的镜头。人和花，分不清哪个更美。

越过山丘，又是一片开满了杏花的坡地。突然，红衣先生的身影映进眼帘。他正在一大片杏花下，捣鼓着他的摄影架，似乎在寻找一个角度准备自拍。

他也看见了我。

我笑说，你说的一大片桃花原来是杏花呀。

"这是杏花吗？我以为是桃花，远看也像桃花。"他笑呵呵地。

"对对，反正是很美就是了。"

他见我很善意，也很有兴致，便请我帮忙，让我站到镜头前试镜，他好对一下镜头看看站位是不是居中。我就站到他指定的地方，他站在取景框前指挥我左右移动，然后捡一个小石子放到我站的地方做标识。我提醒他说，你个儿比我高，你站的时候要往后一点点。于是他让我往后移了小半步确定了位置。他再站过来，让我从取景框再确认一下。我心想，这是一个严谨细致、追求完美的人。我在取景框里看到他红色的身影，背后是成片的、白色的、白里透红的杏花林，画面很唯美，很浪漫。

红衣先生开始录他的视频。悠扬的笛声背景乐响起，他开口哼着过门：

拿嘀嘀来多拉多，嘀嗒来的咚，来多来的咚，拿多拿多来的多来……

哦，原来我进园时隐约听到的熟悉的旋律就是这首《桃花依旧笑春风》，难怪他说是《在那桃花盛开的地方》升级版。

　　告别了我的边疆，走进了我的故乡，桃林仍旧在，桃花阵阵香。春风吹来春满园，桃花迎来百花放……桃花依旧笑对着春风，春风吹开了新的希望……

红衣先生越唱越欢，双臂展开，脸上露出舒心的笑意。我站在摄影架前，顺手用手机拍了几张他唱歌的照片，待他唱完，拿给他看，夸赞他唱功了得。他很高兴，也打开他的手机让我看他的相册。

一样的衣着，一样的笑容，一样的站姿，不一样的，是盛开的桃花背景中多了一面城墙，沧桑的古城墙和娇嫩的桃花，相映成趣。

"这是我几天前，也就是雾霾前在东便门拍桃花视频时照的。东便门的桃花比北边开得早，现在都开始谢了，所以我又来奥森寻桃花。"

"东便门？拍桃花？"

"是的。知道东便门吧？"不待我回应，红衣先生侃侃而谈起来：东便门是北京外城七门之一。外城七门是东便门、西便门、左安门、右安门、广安门、广渠门和永定门。历史上，北京在明朝时修了城墙，全长25公里，距今已有580多年的历史。东便门在北京城墙东南端角楼旁边，从角楼到崇文门一线现存有城墙遗址1.5公里，是仅存的一段，也是北京城的标志。如今成了城墙遗址公园，公园虽小，但绵延古朴、气势恢宏。建公园时，城墙底下有破房，全给拆完了。东便门跟二环路之间，有30米宽，全搞成了绿化带，特别好看。每到春天，桃花在春风中绽放。在东南端的叫东便门，在西南端的叫西便门……

春天来临时，红衣先生也去西便门，去那些门，在北京城从南到北地寻找桃花景致，拍桃花视频。原来，他是教音乐的，拍视频用于教学。录制这首歌，让他饱览了北京城的桃花景致。有这样的音乐老师，学生们有福了。

桃花是春天的天使，满园的花朵更是万物趋向和平、协调、互爱的美。

自然的春天已经走进我们。

我没问红衣先生大名，但我知道他是春天的一个歌者。这春色迷人的奥森下午，这美好的歌声和陌生人之间的信任，让我感觉人世的辽阔，感觉人间的春天也已显出别样的温暖。

奥森飞进"渡渡鸟"

春天一过，夏天的奥森就蓬勃起来，万物向阳，疯狂生长。各种草，各种灌木、乔木，开枝散叶，由淡绿浅绿迅速变为深绿翠绿，一层一层地，让人一走进去便觉得幽凉。

转眼六月下旬啦。

去年我在奥森北园秋天看到的那一片森林，白蜡树，还有毛白杨，树身似乎又大了一圈，高了几许。西府海棠紫的青的果已经高挂在枝头，树枝细细的，枝枝向上，密集排列。果是小小的青青的，半熟的则红红的，非常干净，好看得很。银杏也挂果了，圆圆的嫩嫩的浅白色的，掩在树叶当中，有一点儿显眼。因为阳光正好，这个时候的森林，小河流水、开花灌木、高大乔木，全都闪着光泽，迷人极了。

鸟的叫声非常的清脆，各种叫声，都很欢快。这是夏天的鸟。"夏天的飞鸟，飞到我窗前，又飞去了。"我想起泰戈尔《飞鸟集》里的诗。这其中有没有曾在早上飞到过我的窗前鸣叫，然后又飞回了森林的那只鸟？

我正冥想，突然一只巨大的鸟儿飞起，是喜鹊。这是去年秋天我见过的那些喜鹊中的一只吗？它明显也长大了许多，飞翔的影子更矫健，落在树上的影也大了许多。它时而低飞，时而高飞。低飞的时候，翅膀展开不扇动，贴着地面滑翔而过。而在空中飞时，翅膀有节奏地扑闪，给人的感觉是它可以飞得很高。

过了清洋河，我拐到一条小径上。这里似乎更加幽静。微微隆起的土坡上，连绵着一大片草丛，盛开着的、花瓣鲜亮金黄的黑心闪光菊稀疏有致地环植四周，几只白色的蝴蝶在花上飞来飞去。鸟儿在地上、在天上、在树底下飞，轻轻地展翅，又轻轻地落下。因为蝴蝶和鸟儿，静止的草地有了灵气。

我看着草地出神。如果这奥森只有一种生物还是奥森吗？如果这世界上只有一种颜色还叫世界吗？

忽然传来一阵阵孩子的笑声，夹杂着大人的说话声。循声看去，只见对面大道上正走着一溜由小孩和大人组成的队伍，参差不齐，却浩浩荡荡。他们的衣着五颜六色，黄的、红的、蓝的、白的、花的，有人还挥动着小旗帜，使整个队伍看上去生气勃勃。我带着几分好奇，穿过草地向他们走去。

二

队伍停了下来，在一片空旷的草地上开始一场游戏：小绵羊追大灰狼，也就是小孩追大人。

孩子们呼叫着冲向空旷草地，去追赶"大灰狼"。"大灰狼"很狡猾，与孩子们的距离始终保持在快要追上却又够不着抓不到的位置。有几个跑在后面的孩子很快就散开了，似乎忘记了游戏主题，一味地在草地上撒野般地相互追逐嬉戏起来。也仍有不少孩子在锲而不舍地追赶"大灰狼"，且越追越勇。最后，"大灰狼"累得气喘吁吁，被"小绵羊们"团团围住。

游戏结束时，有个小男孩激动地给了"大灰狼"一个大大的拥抱。原来"大灰狼"是他的爸爸扮的。此时，在场外观战的爸爸们，鼓掌喝彩，脸上全都浮现出了孩子般的笑容。

紧接着是爬树游戏。这个游戏参与的主要是男孩子。

要爬的那株树甚是奇巧，树身底部是倾斜着的，且非常粗壮，似乎专门是为孩子们爬树这样的游戏长成的。

一个10岁左右的男孩先是后退两步，然后奋力往一棵树冲上去。他冲上了树，抱起树往上爬，但不一会儿就因身子不稳往下退。说时迟那时快，另一个男孩急忙上前，双手抵住他的臀部，鼓励他继续爬树，周围的孩子和家长们也"加油""加油"地喊着，他便身子贴着树皮又往上爬几步，做出胜利的手势。

三

我一边看孩子们爬树，一边和身旁的一位家长闲聊。

家长介绍说，这是一个公益组织给他们单位组织的亲子活动专场，这次有14个家庭参加。他们有一个由这个公益组织的志愿者组建的微信群，一有活动就将活动内容发到群里，愿意参加的就在群里扫码报名。活动是纯公益的，定期组织，一般都在周末。这次参加的孩子年龄最小的只有3岁，最大的11岁。目的是让孩子们放下学习包袱，和家长建立起更加亲密的关系。不光在奥森，在通州、小汤山、南城，不同的区域都有。她是第一次参加这种活动，感觉非常有意义。每一次活动，有两三个志愿者带队，他们都非常用心。

正聊着，爬树游戏结束了，孩子们欢呼着找到各自的家长，喝水、吃零食，补充能量。

我看到了人群中的志愿者。他们穿着白色的T恤，胸前印有

"志愿"二字和一只鸟的图案徽标。徽标旁印有他们的名字。

"好啦，小朋友们，我们继续往前走哦，下一个目的地是雨燕塔！"一位个子很高、皮肤黝黑、戴着眼镜和耳麦，看上去阳光开朗的志愿者招呼着大家。他叫李明浩，是这次活动的组织者。

队伍很快就向前开拔。有些孩子动作快，一下子就走到了前面；有些拖拉的，落在了后面；有个3岁的小孩走不动了，大人便抱着她走。

我童心大发，饶有兴趣地跟着往雨燕塔去。

四

雨燕塔是奥森公园建园时专门为北京雨燕设计的塔楼式人工鸟巢，位于北园东北部，旁边一条小河蜿蜒，周围密林环绕。我曾去过三次。

雨燕是著名的候鸟，是飞翔速度最快的鸟类，也是北京奥运会吉祥物"妮妮"的原型。它的外形与燕子十分近似，但比常见的燕子体形稍大，外观呈流线型。它在北京繁衍生息了上千年，是北京城古老的象征。

雨燕喜欢在楼宇的屋檐下筑巢垒窝。古老皇城的建筑，从前门到鼓楼，再到大大小小的箭楼，到老北京每一座楼台，都是雨燕的栖身之处，所以老北京人都把它叫作"楼燕"。曾经，每年4月到8月，雨燕遍布城区，成为北京一景。随着北京旧城改造，城楼、庙宇、古塔拆除了，现代建筑高高耸起，适合雨燕搭窝栖息的建筑迅速减少，雨燕的数量因此骤然下降。在当时，北京雨燕大概只剩3000只了。

建造雨燕塔的目的就是为了挽救北京雨燕这一物种，保护雨燕资源。

很快就到了雨燕塔。二三百只麻雀翻飞蹦跳，伴着叽叽喳喳的叫声，十分热闹。

五

"这就是小鸟的家。"一个孩子说。

"这是麻雀的家呢。"另一个孩子说。

"是的，这是麻雀的家。但这个地方最初的时候不是给麻雀住的，是给雨燕建的，被麻雀攻占了。"李明浩笑哈哈地解释，声音拖着孩子说话似的长长尾音，很亲和，很童真。

"我爸爸说，因为这房子是用木头做的，风刮起来，给门窗吹开了，窗子吹坏了。雨燕不喜欢住这里，就飞走了。"又一个孩子抢着说，声音像小鸟的声音一样纯净清亮，神态也自由松快。

这个孩子的爸爸说的是对的。

雨燕塔现在成了麻雀的家，原因有二。一，建雨燕塔使用的木质板材，经不住雨雪侵袭，慢慢就破损了，加上鸟巢箱的组合排列密度太大，不适合雨燕居住；二，雨燕喜欢自己筑巢。它的巢是由唾液黏合细枝、芽和羽毛等物制成，外观像一个陶制品。雨燕从南方飞来，发现雨燕塔已被麻雀占领，本可以来一场燕雀争战，但北京雨燕，这个曾在皇宫建筑的横梁下筑巢的族类，哪里会愿意与平凡的麻雀为伍？干脆彻底放弃了这个原本为它们建造的现代化高楼之家。

"这里有多少小鸟的家呢？小朋友们算过吗？11岁的小朋友，还有9岁的，你们算过吗？现在给你们一个任务，算一算有多少只麻雀的家？"志愿者指着雨燕塔，给孩子们布置任务。

一下子，孩子们围到了塔前。叽叽叽叽的鸟叫声，孩子们数算鸟巢的声音，爸爸妈妈们议论的声音，汇成一曲节奏热烈的曲子。

一个七八岁大的男孩说："112只。"

"不对。"有孩子立即反对。

我问男孩是怎么算出来的。

男孩说，他姥爷教他从一楼到二楼，二楼到三楼……这么算出来的。

男孩可能粗心大意了，才算了一层楼的数就急着来报告了。

"小鸟的家有五层楼，还有四个面哩。"有人提醒道。

"姥爷！"男孩喊着跑开了。不用说，他要去给姥爷纠错啦。

一个瘦高个子的女孩跑过来："2240只。"

"对！"志愿者和几位男家长异口同声地说，声音上扬，一派赞扬的口吻。

孩子们都朝女孩围过来，七嘴八舌地问她是怎么算出来的。

我则插空向李明浩了解他们的公益组织。

六

原来，今天的这个公益组织叫"渡渡鸟移动的村庄"，宗旨是推行"妈妈哲学"，即"妈妈心"。"妈妈心"不只是母亲对孩子的心，更是负载、承担、支持、接纳之心。它是每个孩子生命最基础的安全堡垒，是生命的起跑线。父母双方都可以有"妈妈心"。"渡渡鸟移动的村庄"希望帮助家庭建立起以"妈妈心"为核心的家学体系，致力给后代创造一个好的成长环境以及一个更美好的世界。

相对于城市来说，拥有大片田园、宅旁绿地、空气清新的生态景观是村庄的一大特色和一大优势。养育孩子是需要村庄的，但现在城里已经找不到那种村庄的画面了。"渡渡鸟"希望在行走当中找到村庄的感觉。

事实证明，哪里在移动，哪里就有村庄。在移动中，大的小的，老的少的，男的女的，所有人都有了连接，孩子们在探索，父母亲在护持。行走中的家庭，成为一个相互信任、相互关爱的共同体。

李明浩大学学的是数学，毕业有十几年了，工作单位是一家很有名的企业。他在周末做这份公益，和孩子们在一起一点儿也不觉得累。

"您若有兴趣，可以进我们的群看看。"他将我拉进了他们的群。

七

孩子们纷纷算出来了雨燕塔有多少只小鸟的家后，活动进入到下一个环节：爬野山。

朗朗笑声中，队伍又出发了。

我很遗憾，因为有事不能再跟着去爬野山了。

回家的路上，我一直在想，他们为什么叫渡渡鸟？

渡渡鸟是仅产于印度洋毛里求斯岛上的一种不会飞的鸟，是除恐龙之外最著名的已灭绝动物。它全身羽毛蓝灰色，喙有20厘米长，翅膀短小，双腿粗壮，体型庞大，体重可达23公斤。渡渡鸟原本也能够飞行，但在毛里求斯岛上，渡渡鸟没有任何天敌，又有着丰富的食物，在长久的自然界的进化过程中，它的胸部结构慢慢发生改变，以至不足以支撑它的飞行，最终成为只能在陆地上跳跃前行的鸟。

渡渡鸟不会飞，而孩子们需要学会"飞"，这不是矛盾么？

八

晚上，我在"渡渡鸟"的微信群里看到了这次活动的一些分享故事。

第一次参加"渡渡鸟"活动的家长说，她体验了不一样的奥森，不一样的徒步，也突破了自我看不到的自己。她的孩子更是喜欢，一次次说，下次还要参加渡渡鸟的活动。

另一位家长说，一个女孩被路旁一朵黄色的花吸引住了，停下来看花。她的爸爸妈妈看到了，并没有催促她赶紧走，而是也停下来，爸爸拿出相机识别花名，妈妈则拿出小本和笔，让孩子将发现的小花记录下来。待记录完毕，一家人立即小跑着去追赶队伍。看着女孩高兴地跑在前面，她感动地想，刚才女孩的爸爸妈妈显出的那份从容耐心非常的智慧。

有个3岁的孩子有点感冒，嘴都干裂了，可在路上看到红宝石、小野莓、漂亮的小鸟时，他的眼睛里就有了星星点点的亮光。

爬野山时，有个男孩子一边爬一边说害怕，眼睛都不敢往下看，但爬完以后就在那里分享，说爬山过程中得到几个小队友和叔叔的帮助与鼓励，他变得勇敢了，下次他一定不再害怕，一定可以自己爬上山了。

……

我猛然意识到，在移动的村庄中，行走本身就是力量。

让孩子在行走中感受自然、悦纳自然，体会人与人之间的信任、接纳与关爱，获得情感和知识的滋养，在此基础上培育出一片属于自己的充满自由和尊重的童年故土。一次次的行走，孩子们在不知不觉中长大了，变得活力四射，大人，或者说"妈妈心"与孩子的亲密关系也建立了。

这就是村庄的魅力。

但是，我仍然不太理解不会飞的渡渡鸟和行走的村庄之间的隐喻。我在微信里向李明浩咨询，他很快就回复了我。

九

渡渡鸟在毛里求斯灭绝后，有一种叫大颅榄的树也灭绝了。后来，科学家研究发现，渡渡鸟在大颅榄树林中生活。大颅榄树的种子需要被渡渡鸟吞食，并且在腹中研磨，然后排泄出来的种子才能够生根发芽，才能够继续生长。"妈妈哲学"的内涵，是把自己的所有学识、智慧都像渡渡鸟把大颅榄树的种子一样放在肚子里研磨一番，然后把种子再吐给大地，吐给大家，让大家在自己的生命里去生根发芽，让生命与生命联结。这就是"渡渡鸟"名字的来源。

有渡渡鸟，就有大颅榄树苗壮的生命。从这个意义上理解，"渡渡鸟""移动的村庄""妈妈心"之间，是一份神圣的哺育职责，是一个生命美好成长的意愿。

十

我曾经就孩子的阅读问题，在接受《现代教育报》采访时谈到，阅读是成本最低却最能激发孩子想象力的亲子活动。在奥森遇见"渡渡鸟"一事，让我有了更新的感受。大自然，是孩子更应该广泛阅读的一本大书。它更能让孩子们直面一个丰富的世界，在自然、友爱的氛围中，放飞自由的灵魂，激发出自己的各种潜能、求知欲、想象力，产生出对美的憧憬和对未来的幻想。培根说，人的天性犹如野生的花草，求知学习好比修剪移栽。在自然的村庄里，孩子们的天性将得到最理想的润成，探知到新的知识与事物，将来移栽到别处，就能长成大树，形成森林。

因为这样美好的遇见，奥森成了我心中移动的村庄。花开鸟鸣，绿树成荫，万物生长。人与自然，温暖有光。

我希望每一次来，都能在森林里看见渡渡鸟——孵化生命种子的渡渡鸟；也能看见雨燕，和一批批像小鸟、像雨燕一样自由鸣唱飞翔的孩子。

我会看见村庄。

我渴望是一条鱼

　　我着手整理散文随笔集《金汤鱼》书稿那天，正是北京遭遇61年一遇的大雨的日子。我埋头于以往的笔记、日记、U盘、电脑文件，根本没有感觉到外面已是暴雨倾城。直至饥肠辘辘，我欲外出觅食，方知院中积水已没过脚踝，不得已退回屋内随意晚餐。打开电视，画面刚好切到广渠门桥下积水的镜头，一辆越野车深陷水中，电视主持人以沉稳的语调希望车主能够尽快出逃。我十分震惊地望着电视上雨水扑打着的镜头，不明白一场雨竟能将一辆越野车淹到窗脖子。

　　我祈祷那个车主平安，希望他能像一条鱼一样不受雨水的困惑。

　　我的脑海里突然跳出来一个词：金汤鱼。

　　我感觉它对于我手头的书稿来说，十分贴切。

　　这部书稿，是继我上一部散文集《疑似爱情》之后积累的零星文字，也有极少部分是之前不忍删除的残存碎章，我将它们结集，权当几年来生活的记忆。

4年前的那个火热的夏天，我经历了生命中最震撼、最悲情、最奇幻的一次事件。物质生命与虚幻灵魂、俗世爱情与柏拉图精神、生与死亡、终结与永恒，种种与爱、与生命关联的符号纠结在一起，让我的心灵难以承受，却又抑制不住地希望沉溺其间。相当长一段时间过去，我的脸上仍有抹不去的伤楚与迷茫，令知心好友怜惜不已，想方设法要救我脱离那种飘忽不定的情状。

我辞去工作，休养生息。在一次与影视界朋友的聚会中，有友人谈到了我旧时的散文《纸屋》，为其中弥漫的温情浪漫爱情再次感动，怂恿我将它改成电影。咖啡的香里，刚从欧洲留学影视制片回来的年轻女孩杨，对纸屋的故事充满了好奇，那之后很正式地拜访了我。杨阳光般的笑脸，对未来满怀激情的设想，让我看到了在她那个年纪的我自己。我的思维活跃起来，竟向她热切地谈起了刚看过的电视剧《大秦帝国》。在我看来，《大秦帝国》无论如何都称得上是一部充满了正能量的历史长剧，它所蕴含的英雄主义、爱国主义、浪漫主义精神给当今影视竖立起一个丰碑，它深情的叙述方式和诗意的台词更丰富了电视剧的文化内涵，让人在产生共鸣之际，陷入对政治、制度、理想、人性、情感等方面的深刻思考。杨听得激动起来，她也看过这部剧，但从来没有这样去理解它。杨说，《大秦帝国》的导演黄健中，是她的一个忘年朋友，以我对这部剧的认知，她一定要引荐我认识黄导，站在未来制片人的角度，她一定要让两个有思想、有艺术才情的人有完美的合作机会。

我非常惊讶，自己在看了不下4遍《大秦帝国》以后，方知道它的导演竟是黄导。黄导的电影，像《龙年警官》《过年》《大鸿米店》《良家妇女》《我的1919》等，我都十分欣赏，电影对社会生活的描述与深刻透视，折射着导演非同凡响的思想厚度。

但是，与黄导却一直未能谋面。

我不知杨如何在黄导面前赞美我的，但当时正在外地拍戏的黄导让杨转告我，有人想找他拍清宫戏，但题材未定，我如果有兴趣，可以研究一下清史，看能否找到一个具有突破性的、文化含量高一些的题材。我并不喜欢清宫剧，但还是试着研究清朝历史。

我其实是想借一件非常具体的事情将自己从混沌的状态中拽拉出来。

这一试，我就落入了清史的大河之中，像一个不谙水性的泳者，扑棱着，企图找到上岸的方法。

在生动丰富的历史资料里，我捕捉到一个细小却十分特别、可以用作影视主题的事件，经由杨转达，黄导也觉得这是个全新的视野，很值得挖掘，嘱咐我做进一步探索。

我的情绪被彻底激活。

我顺着那个脉络研究下去，却发现它悄无声息地湮灭在嘉庆年间。而当我接触到光绪朝代，又读到光绪竟是被砒霜毒死时，我的心被狠狠地刺痛了。我为光绪感动，为他惊奇，为他悲愁，为他扼腕……我，深深地迷恋上了光绪，迷恋上这个已逝去100年的大清国年轻皇帝。他曲折的身世，他压抑的童年，他美艳的爱情，他强国的梦想，他的明君路，他的未酬壮志，他的凄惨末日……所有的，关于光绪的一切，让我一次次动容，一次次哽咽！历史将改天换地的大任交给了他，却又无情地剥夺了他划向理想彼岸的大桨，砍断了他航行的桅杆，任他倾覆在砒霜染黑的苦毒的洪水中……

光绪帝未能上到他设计的理想之岸。岸，意味着停靠，意味着泊港，意味着休憩，也意味着新的启程、新的远航。但光绪帝未能上岸，中国未能上岸。

那个时候，我未曾想到将光绪假设成一条鱼。

我将对光绪的迷恋、爱与敬仰转化成对那段历史的痛与思考，写成了《大爱无边——光绪皇帝的爱与悲情》电视剧大纲。我向杨要了黄导的邮箱，将大纲发给了黄导。

这时，距第一次与杨谈论《大秦帝国》已过了十月之久。

黄导第二天给我打来了电话。他是惊喜。他没想到"一个女作家会有如此独特的历史眼光，能站在如此高度写光绪这样一个历史人物"。在一个多小时的通话中，黄导谈到创作历史剧的要素、关键、文化视野、政治文明、历史眼光，等等，如数家珍。他喜欢作家型的编剧作品，他们的语言更具张力，在塑造人物方面把握往往更准确。他对我的创作能力充满信心。

黄导的话，对于正在从作家转型为编剧的我来说，无疑是一种鼓舞。

但黄导同时也提到，他现在要的是"命题作文"，《大爱无边》得等到一个更合适、更成熟的时机。

这个时候的我，已深陷于光绪所在的历史风云，无意着陆。明知道眼下不是时机，我却义无反顾地扎进了它的分集梗概写作。在完成40集的分集梗概后，已是新的夏天来临。尔后，我拉拉杂杂地写点文字，记述一些零散琐事和点滴感受，过一种很单纯的文字生活，心境，渐渐从创作《大爱无边》之前茫然无措与之后几乎迷失在紫禁城古旧年华的境况中回复过来。然后，我回到我天高海阔的海南度假，我希望度假归来，重新出山做我喜爱的传媒。

在大海身边，我是那样的惬意。蔚蓝的海洋、洁白的海岸线、金子般的太阳、青玉似的椰林，以及无边透明的天空，让我有一种找到了心之圣所的喜悦。我幻想自己是这海洋中的鱼类，是自由的、来自3亿年前的鱼的灵。

临近春节的时候，一条短信，飞过千山万水，飞过琼州海峡，飞抵我金色的Nokia手机。

黄健中导演，在时隔一年多以后，给我发来了这条在后来让我的生命得到质的改变与升华的短信！

有影视公司邀请黄导担纲拍摄老子剧，但黄导认为原剧本必须推倒重写。如果我感兴趣，他愿意推荐我写。他之所以推荐我，是因为《大梦无边》给他留下了深刻的印象，他相信我能撇开这个浮躁的时代，潜下心来研究老子。

我只觉得脑袋一片空蒙。老子？那个古代周朝守藏室史官老子？那个主张"无为而治"的老子？那个写出"道可道，非常道"玄妙之句的老子？那个凭五千字《道德经》在世界哲学界封圣的老子？要在一个30集的电视剧中塑造这样一个人物，那将是何等艰巨的工程？！

但是，就凭着黄导对我这个尚未谋面的晚辈的信任，我也愿意倾尽才情与精力，迎接这一生中最伟大的机遇与挑战。

我仿佛被打了吗啡一样，快速跳出安逸悠闲的度假环境，投入到对老子资料的收集与研究工作。然后，在大年初五就飞回北京，与剧组核心人物之制片人、著名演员张春年，金牌制片主任李墨增一起去拜访黄导，在那里，投资方影视公司的人马将与我们会合，他们对投资事宜早已成竹在胸。

我见到了黄导。他果然如杨所描述的一样，温厚大气，仁和若水，洗练坚定的话语中透出宠辱不惊的老子气质。我觉得这样的艺术家是拍摄老子的不二人选，于是，我在心里下定了迎接挑战的决心。

我很快穿越历史的时空，像一条鱼，游进春秋末年那个战乱不断却也圣哲云集的时代大河中，追踪老子的生活轨迹和思想流域……

谁曾想到，融资在影视公司那里似乎是永远也落不到实处的神话，那些号称得了道家真传的人却越来越显示出他们非道的一面。我们这几个主创渐渐意识到所谓投资只不过是一个钓饵。大家劝我放弃写作，抽身去写更实际的剧本。我也气愤，我也想放弃。但是，我却在每一次想放弃的时候得到异梦，得到神谕般的启示。我恍然大悟，我不能停止对老子传奇故事的叙述与解读。创作这部剧，已成为我的使命。

我舍弃一切对投资方的幻想，舍弃一切娱乐活动，舍弃一切友情聚会，舍弃一切旅游机会，更彻底地沉潜于东周历史，行走在老子生活过的春秋大地……

当我写完36集电视剧《大道老子》剧本最后一个字时，我泪流满面。感谢上帝！我完成了这部原以为不可能完成的剧作！虽不知能否拍成，我却知道我已华丽升华！

感谢黄导，给了我一次超越自己的历史性机会。老一辈艺术家的人格魅力给予了我巨大的精神动力。从第一条短信以来，黄导每一条充满艺术哲理与人生之道的短信，至今仍保留在我的手机文件里。那不只是指导我、支持我创作的短信，那是一个真正的艺术大家的智慧与境界。

也感谢那些打着弘扬老子文化旗号却未曾怀有虔敬真心的人们，没有他们的忽悠我不可能亲近到老子这样的圣人情怀……

我以出世的心态重新进入世俗社会。尽管在前后三年的闭门创作中，我深切感受到了人心的势利与道德的荒凉，但这时候的我，看一切都是真的、善的、美的。现实生活单纯质朴，宁静平和，像一池温柔、温暖、温情的湖水，而我是一条怀抱感恩与喜乐之情的鱼。

然而，今天已不是创世纪之初了。我以人心待人，人却以鬼心待我，好的、坏的、险恶的、有罪的，我分不清，它们交织出一张诡异的、结实的网，撒开在浑浊的俗世河池中，像我这样深潜于底的鱼不得不浮出水面，任人捕捞。但我仍祝福他们，终成荣耀与华美。而我自己，在冬去春来，在晴朗夏天的每一个夜晚，仰望星空，任心灵成为一条自由的鱼，经由梦幻变身，向着天空的深处飞跃。

我以文字慰我入世的心情，冷静、纯粹、不伪善、无娇饰、坦然开阔，像一汪明泉。我不时地翻看自己随手而记的文字，萌生结集出版的念头。

我在休息日里，将那些琐碎的文字集中到一个文件夹里。

而这时，人潮涌动的京都却成了一座水城。

当暴雨停歇，那辆大水中的越野车最终被拖到浅水区，人们砸开车门，救出了在车内已奄奄一息的车主。假如那个车主是一条鱼，或许能抗过雨水带来的压力。但他不是鱼，他是一个被困在大水中未能从容打开车门逃生，也未能得到及时求助的普通市民。

那一刻，我对本应固若金汤的城市感到恐惧，我渴望自己是一条鱼。

所以，我为我的散文集命名为《金汤鱼》。

一个粉丝级的朋友来访，看到我写在纸上的"金汤鱼"，竟以为是一道火锅菜。我有些欢喜，确实有这么一道菜，给人以热烈的印象。合金色的火锅里，各种调料混合成丰富的色彩，沸腾的汤水显示出升腾的力量，肥美的鱼散发出诱惑的鲜香。我开心地笑着，眼中浮现出美丽的火锅宴。假如我的文字有如此温暖的力量，那是我的幸运。之后我问待我有密友之情的朋友，读"金汤鱼"读到什么，他沉思道，读到你渴望成为一条鱼的心。你必须认识到，入世，就意味着有是是非非，有纷纷扰扰，你只有依然保持出世的心态方能避免自己沦陷于有暗黑嫉恨丛生的泥浊之地。他鼓励我做鱼，他说，世间的一切，富华或贫瘠，荣光或轻慢，都不过是过眼烟云，唯有灵，才可以超脱于物理生活之外，运行于自由之水域，而鱼是至灵的生命。

我奇迹般地再次沉静下来。是的，我是一条鱼，我要成为一条鱼。

但是，我不是2000年前加利利海边那荣耀的鱼，现实生活中，我是固若金汤的城市中一条惶然游弋的鱼，企图找到一条流向分明的明河或暗河，通往城外，通往大河，最终到达海洋，到达极地。而在遥远的未来，我在豪阔的天河中，被香饵所诱，上岸，被拯救为新天新地的一个生命，头戴冠冕，再次远离现世的时空，远离尘嚣……

我体验到的"新京味儿"

打开微信，只见一则《新北京，新京味儿——百年百篇话北京》（以下简称《新北京，新京味儿》）出版的消息刷爆了朋友圈。不用说，这是一部写北京的书。其内容就如出版信息所概括的，"百年变迁收笔底，京味京韵写正道"。

其实，这部书是"新北京，新京味儿"征文的结晶。征文设立了八个奖项，参与者众。

无论是主办方还是出版方，大概都始料不及，《新北京，新京味儿》一经面世就引起了广泛的关注，售卖不说火爆，也绝对称得上热烈。短短两周，"新北京""新京味儿"成了人们持续探讨的话题。

6月21日，主办方又在角楼图书馆举办"《新北京，新京味儿》文学研讨会"。

我有幸出席了研讨会，和李林栋、刘一达、李硕儒、任启亮、赵晏彪、李青松、剑钧、王升山、班青河、左堃、金京一、李家良、陈剑萍、王童、黄长江、苏菲、盛蕾……新老

"京味"作家围台而坐，畅谈"新北京，新京味儿"文学。

我的散文《广安门的春天来了》有幸入选此书，并获得"点燃书香"散文家奖。

收到通知，我心里面很是高兴。但我高兴的并不只是这个奖本身。在我看来，作品入选与获奖的意义在于，它证明我是"新北京"的见证者之一，是"新京味儿"的品味者之一。

每个与会者都发了言。很多人都没有准备发言，但到了现场，却都很踊跃，一位刚发完言，话筒就由下一位发言者接了过去。有人怀念老北京的城墙，有人认为今天的现代建筑更美观；有人伤感北京有名的小吃顾客越来越少了，有人为能吃到天南地北的美食而高兴；有人感叹北京以前胡同的光阴好温暖，有人则为北京成为世界瞩目之城而自豪……

轮到我时，我也毫不犹豫地拿起话筒。

相比研讨会的与会者，从地理意义上来讲，我可能是从距离北京最遥远的地方来到北京的外地人。

20多年前，我从海南岛来到北京。我是湖南人，在海南工作过十年。我来北京时，在人民日报社《时代潮》杂志担任编辑部主任，工作体面稳定。而且我的长篇小说《白太阳》随后由春风文艺"布老虎"热辣出版，作为"布老虎"的丛书作者，可以说是风生水起，底气十足。

但即便是这样，我很长很长时间不喜欢北京，更谈不上融

入北京，反而总想着逃离，回海南或是出国去。对于我这个南
方人来说，北京太大，尘土太多，人际太累，工作太辛苦。我
总是分不清东南西北；我不能穿高跟鞋，因为总是要走路，走
很多很多的路；要坐公交、坐地铁，一出地铁还总是转向。也
有一些朋友，但他们各有各的圈子，一不小心就会得罪一个圈
子，于是就生出孤独。我怀念在海南的日子，怀念它的阳光、
空气，它的散漫、优雅，以及从它身边无限延伸的海洋。在那
时的海南岛上，我属于养尊处优者，我是一个已经出道者，舒
适安逸，名气飞扬。当然，我不喜欢北京，还有一个原因，那
是虚荣心使然，它让我感到自己如一粒微尘般渺小……

　　但即使想逃离，我也从没有真正地迈出这一步，也迈不出
这一步。为什么？

　　我有时候去坐地铁，见地铁里塞满了人，我就想，他们在北
京，每天起早贪黑，把大把时间花在路上，在单位大多要看人眼
色，收入大部分要交房租……忍受寂寞和孤独，留在北京吃苦奋
斗，究竟是为什么？这千千万万和我一样的"京漂"，这些物质
上、资历上可能基础远不如我的人，他们为什么不逃离？

　　在日复一日是逃离还是留下的矛盾当中，时光一年一年过
去，我仍然生活在北京。我没有离开，也没有爱上北京。

　　直到有一天傍晚，我站在自家阳台上，看见漫天的红霞，
那般壮丽的景象迷醉了我。

北京有如此美丽的晚霞呀！

晚霞把北京城照得红彤彤的，温暖如金。我的心莫名就安静下来。我感到北京有一些可爱了。

紧接着，我所在单位——中国方正出版社从机关东院搬到西院办公。西院位于广安门桥的东南角。

正值春天。单位每年春季和秋季都有健走活动，健走的时间大约在20分钟。西院的健走都是沿着南滨河公园进行。春天来了，柳叶绿了，百花开了，河水也苏醒了，大家开心赏花，观景拍照，留恋不已。

我就在那个几百米的地方来来回回地走，内心喜悦，就想写点什么。但是来来回回走了两个春季，我也没有写出一个字来。如果我仅仅只是描写这些花、这些风景，又有什么意义呢？

不久后，我把家搬到了广安门内，搬到了离单位步行只需4分钟的地方，埋头创作电视剧《黄克诚》剧本，对南滨河四季的变化悄然无感。

一个寒冷的冬日，我写完了剧本最后一个字，兴奋地去南滨河公园散步。我独自一人，在清寂得没有一个人影的公园来回走啊走啊，走了很长的路，一抬头，突然看到了金中都遗址。

这个昔日的皇都遗址，这个金中都的废墟，今天是人民的公园！

刹那间我感到震撼！

北京，是一座有几千年历史的古城，是一个有800多年皇城历史的城市，作为六朝古都，它的文化积淀，可能就是吸引我们的最大的魅力，只有文化才是最具凝聚力的，我突然明白了那么多的人到北京来漂着，不愿退缩，不愿逃离，一味坚守，是因为这里有别的地方没有的深厚的文化底蕴。几千年的气韵在这里，和自然、民风、空气融在一起，你随时都能呼吸到。这样的春天，就是它独特的韵致和意义。

灵感突至，激情迸发，我感到自己的心砰砰砰地跳动。我几乎是跑着回到住处，哗哗哗，一气呵成写出了《广安门的春天来了》。

这真是一个奇迹，我在寒冷的冬天写《广安门的春天来了》。广安门曾经荣为古老王城入口，也是北京春天的入口，广安门的春天来了，就是北京的春天来了。

我将作品发给了《中国文化报》副刊主编红孩。红孩惊喜，当即编发。于是，春天还没到，这篇写春天的作品就发表了。之后，这篇作品被转载、被朗诵、被收入教辅书，还传到了南滨河公园所属的马连道街道，街道办主任带头转发，读到的人竞相转发，引以为豪。

不可思议的是，写完这篇文章，我竟感到自己真正融入了北京，喜欢上了北京，甚至可以说爱上了北京。眼里有了海，心中有了光。从此,我仿佛多了一双发现北京美的眼睛,并总能在美的背后产生新的联想和思考。我写了《月季遍开》,写了《穿过奥森北园的秋天》,又写了《谁在奥森的春天歌唱》……关于新北京,我仿佛打开了一扇创作的窗户。

当年我们去海南,说是"闯海南","闯"就意味着可能闯荡出一片新天新地,也可能到头来一无所有,有一种不成功则成仁的气势。而在北京,大家都说是"北漂","漂"在北京。漂,就意味着是浮萍,是无根,是无依靠,是对前程的不确定。

我庆幸我不再漂,我找到了根。这个根,就是北京的文化,而且我相信它不仅仅是我一个人的根。对于我们这些以文字书写心中块垒,通过写作丰富自己生命体验的作家来说,文化之根是重中之重,文化的气息、文化的氛围是第一位的,这个氛围就是北京的"味儿",是由北京这座古都历史积淀而成的那种气韵。

之所以有"新北京",是因为有些东西消亡了,有些新生的事物注入进来。注定要消亡的,那就让它们消亡;必然要成为历史废墟的,那就让它们成为废墟。新北京,要在这一切的上面,去除糟粕,取其精华,不断地吐故纳新,建立起新的、面向未来的文化精神体系。

不管是老北京人还是拥有北京户籍的外地人,或纯粹的

"京漂"族，都见证了北京的发展，见证北京是如何从灰尘漫天的首都发展成一个真正的全中国的中心，世界为之瞩目的北京。他们，每个人都是新北京的一分子。

有新北京，自然就有"新京味儿"，"新京味儿"，还是历史的延续和今天的时代融汇聚合所产生的更为丰厚的文化内涵。今天的北京也不只是北京人的北京，它是全国人民的北京，是那些不顾一切留在北京的人的北京，是世界到这里交流、掘金者的北京。外地的菜系进到北京，外地的会馆在北京落成，外地的公司在北京挂牌……外地人的思想观念也进来了，与北京当地人的思想观念发生碰撞，有火花，有异同，互为交集，互为影响。他们说着永远也发不准某个音的异乡话，但不妨碍他们完整的情感表达；他们可能依然喝不惯北京的豆汁儿，但不影响他们热爱北京的一颗心，不影响他们成为新一代北京人，为"新京味儿"添一丝异香。

"新京味儿"说到底，就是新北京所呈现的包容、融合、开放，等等因素综合形成的文化凝聚力。

研讨会后，好几位作家都在微信发了朋友圈，其中有我发言时张嘴大笑的一张照片。我不记得自己当时说了什么笑成那样，但由此可以想见，会场的气氛是多么轻松敞亮、自由热烈。这样的气氛正好体现了包容、开放、融合的"新京味儿"。

第五辑·说话

写推理小说是一种创作方式的尝试

——就推理小说创作答《文化月刊》记者问

【**编者的话**：2003年1月，在北京第八届图书订货会上，由长江文艺出版社隆重推出的"都市情感推理小说"丛书一经面世，便引起了出版业内人士的关注。人们普遍认为，在小说阅读越来越出现障碍的今天，这样一套带有推理性质且又标注"都市情感"的小说的推出，必定会使读者重新找回阅读小说的快感，引发读者对推理小说和相关的文学话题的广泛兴趣。为此，《文化月刊》记者陈桂龙采访了丛书作者之一——王子君（本丛书署名"王香人"）。王子君的长篇小说《白太阳》2000年由"布老虎"丛书推出。因小说尚未出版电视改编权即被买断；出版后，其繁体中文版又被闪电式收入《中国当代畅销小说》而引起很大反响。她在这套都市推理情感丛书的作品《我骗了谁》，通过一男两女的爱情关系，牵扯出一个当今社会生活中的热门话题，即假文凭现象。男主人公张巴黎利用一纸假的巴黎商学院硕士文凭和自己先天的聪明才智博取了在国内各方面事业的成功，也获得了两个女人的心。然而，正是这种三角恋爱关系最终导致了假身份的败露。一连串的偶然事件提示出一个深刻的问题：假文凭的现象并非我们日常生活中想象的那么简单，它关涉到一系列道德和人性问题。】

记者：我们曾经报道过你和你的"布老虎"小说之一《白太阳》，那时你的名字是"王子君"。请问这中间有何机玄？

王：（笑）天机不可泄露。

记者："王子君"已然成了品牌，还舍得换成"王香人"？

王：（笑）也许"香人"会成为更有影响的品牌呢？

记者：《白太阳》才出版一年多，你又拿出了《我骗了谁》，你认为自己是一个高产作家吗？

王：不是。相反，我太过懒散。

记者：但至少这是一种新的尝试。

王：是。我觉得这种尝试是很有意义的。遗憾的是，由于从约稿到出版，时间太过匆忙，小说深度受到了影响。不过这也提醒我，以后写"命题作文"要慎之又慎。

记者：小说的名字很吸引人啊。

王：也许吧。我原来的书名叫"理想身份"。

记者：好吧，我们现在言归正传，来谈谈推理小说。作为一家行业报的文艺记者，我已经很长时间不看小说了。主要是现在的小说不好读，就刊物上的小说，也包括出版的长篇小说，在很大程度上只适合看，而不适合读，说得具体些，就是故事性不强，我觉得这不符合中国读者欣赏小说的习惯。不知你们怎么看？

王：如今的小说不好读，原因是故事性不强，这个观点我很赞同。

我记得在刚开始写作时，听一位资深的小说家说过，写小说嘛，就是编故事。故事编得好，编得巧，读者就爱看。我一直以为自己不是个会编故事的人，所以一直不敢动笔写小说。直到后来，有些想表达的东西散文实在容纳不下的时候，才开始了小说创作。当我完成了长篇小说《白太阳》的创作后，我对"写小说就是编故事"有了深刻的理解。

当然，读者的阅读习惯是依据他们自身的阅读兴趣和审美取向而定的。大体上一致的是，要读能让人读得下去的书，不一样的是，各人喜欢的内容不同。这些年都说没有好看的小说，应该是指没有公认的、让各层次读者都能接受的小说。

记者：你认为现在的小说不能引起大众共鸣的原因是什么？

王：原因很多，最主要的当是作者缺乏厚重的生活体验。艺术源于生活，但必须高于生活。现在的作家大都浮在生活的表面，受金钱至上风气的影响，处处从利益着眼，忽略了作家最重要的本质，即社会责任感与道德感。作品中缺少对社会理想的思考与反省，缺乏一种理想精神与人格力量，而忽视了文学本身的道义。我想，再新鲜的写作技巧，再"好看"的故事，也不能让读者从阅读中获得高于生活的一种精神享受。

记者：当下，各家出版社、图书策划人陆续推出很多"戴冠"长篇小说丛书，如"新写实""布老虎""九头鸟"等。你们这套丛书冠以"都市情感推理"，是不是希望在小说创作比较沉闷的状态下另辟蹊径，寻找一种迎合读者的途径呢？

王：作为文学品牌，都追求一种规模效应吧。凡是品牌，都有自己鲜明的题材倾向、创作风格与技术特征。都市题材、情感生活、推理方法，是"都市情感推理小说"丛书的总体风格。以"推理"亮相于中国图书市场，这对于中国的小说创作来说是首创。从这个角度看，确有独树一帜、另辟蹊径之意。

说到迎合读者，我想这不是丛书的本意。但怎么说呢，写作是要表达一种生活态度或人生价值观或别的种种，要引起共鸣与认同，就必须让人能将你的书读完、读懂。

记者：刚一看到"推理小说"，我感到既熟悉又很新鲜。看到推理，我不能不联想到"侦探"，想到福尔摩斯、蒙面人、外星人。你为什么要选择推理小说，或者说，你过去都写过推理小说么？你是怎样定义推理小说的？

王：是的，我们太容易将"推理"二字与"侦探""破案"之类字眼联系起来了。而想到这些，福尔摩斯是一道无法企及，更无人逾越的山峰。当初组稿老师红孩约稿时，我就很畏惧，认为自己是写不了推理小说的。红孩说，你连"布老虎"都写了，还怕这个。但我仍然没有信心，只是当时正好有段时间空档，心想未尝不可尝试。一时兴起，就有了这部小说。

往深里想，推理的过程不就是一个揭谜的过程么？而我们生活中，处处是解不开的结，破不了的谜。你能设置好一个结，一个谜底，再一层一层地解开它，整个过程就与我们通常所理解的推理、破案应该是一致的。标榜"情感推理"，只不过着眼于"破获"情感之谜罢了。

记者：从目前出版的这6本推理小说看，你们觉得在创作的过程以及出版后的反响，跟你们原来的初衷一样吗？哪些探索是成功的？哪些是失败的？有没有人说这不是推理小说？

王：就我个人而言，它只是我的一种创作方式的尝试而已。但就一些读者的反馈来看，它至少是很好看的，也就是说可读性强。我在这样一本书中，触及了一个社会痼疾问题与人性中的某些弱点，应该说这是成功的地方。但作为"推理"小说，其情节设置尚可更奇妙、惊巧、复杂化。也许有人会认为它不是推理小说，但我还没有听到。

记者：我印象中侦探小说、推理小说的题材一般都是法制题材，你们在创作之前是不是也考虑到这个问题？如果不涉及法制题材，能不能写好推理小说？就像这套小说，特别强调"都市情感"，对情感进行推理，本身就很有意思。这也是这套书吸引我的地方。但是，我在阅读后，发现你们仍然不可避免的涉及法制题材，可不可以说法制题材天生是侦探、推理小说的宠儿呢？

王：我刚才说过，生活中处处有结，情感生活也不乏谜团，解结、揭谜的过程就是推理的过程，所以推理小说的题材绝不会只局限于法制题材。应该说，法制题材在推理类小说中的运用有它得天独厚之处，因为法制本身就具有诸如矛盾集中、冲突激烈、复杂多样等特点。我在小说中将女主人公的身份定为政法记者，也是因为她利用这个身份了解男主人公身份的秘密才更为便捷。

记者：这套推理小说的推出，不必怀疑，它必然会增加读者对小说的亲和力。但从整体看，写得似乎还是匆忙了些，写得不够细腻，甚至推理的味道还不是很浓。我所关心的是，你们能不能在一定时间内，对推理小说创作多投入一些，中国毕竟十分缺少这类小说，在书店书架上陈列的侦探、推理小说大部分都是国外引进的。

王：你的感觉是对的，这套小说虽然具有亲和力，但因为写作时间的仓促，小说在思想深度上的开掘受到了相当程度的影响。我希望以后有机会让小说更丰满一些。今后也可投入更多一些精力与时间进行此类小说的创作。作为中国第一批打出"推理"旗号的作家之一，我想我有责任将此类小说的写作坚持下去。

文学家：大自然的歌者

——在第二届俄罗斯太平洋文学节上的演讲

女士们，先生们，作家朋友们：

大家好！

我非常荣幸在万物复荣的季节来到这里（符拉迪沃斯托克）参加文学节活动。春回大地、繁花盛开的风光让我心温暖光明。（我也非常高兴能在这里结识来自法国、日本、韩国和越南以及俄罗斯的作家、诗人、学者和出版人。非常感谢主办方和俄罗斯世界基金会远东分会主席沙沙先生给我提供了这样的机会。）

人类生活在地球上，生活在无边无垠的大自然中，是多么美好。当人们内心空虚甚至伤痛不安时，往往会希望到大自然中去，以平复情绪，抚平内心的伤痕。这说明大自然是人类的精神家园。文学家们将人类与大自然的关系以各种各样的文学形式表现出来，使得大自然的意义生动形象，深入人心。文学家对于大自然的歌唱，已经成为世界文学之林中一片奇异的风景。

自然文学一直是俄罗斯文学的伟大主题之一，俄罗斯自然文学作家灿若星辰，他们的作品抚慰了千千万万读者的心灵。以我自己为例，在我的记忆中，俄罗斯文学作品曾伴我度过文学创作萌芽时期，托尔斯泰、屠格涅夫、陀思妥耶夫斯基、普希金、莱蒙托夫等闪闪发光的名字，照亮了我的少年时代。随着岁月的流逝，俄罗斯自然文学又唤醒了我内心深处对自然的热爱和回归。我长期栖居在城市。今天的城市，黑夜如昼，繁花似锦，建筑若画，现代化程度越来越高，生活越来越丰富多彩，但我却不知不觉地陷入了浮躁，时常感到心灵有一种荒芜与焦渴。我知道那是为什么——那是远离大自然、呼吸不到真正的鲜活空气、精神迷茫的原因所致。我一方面对大自然有着越来越强烈的向往，另一方面，对于大自然的感受能力又在日益消减。是俄罗斯伟大的自然文学作家们，他们的作品描写自然风光，寄幽思于自然，将我拉回广袤的大自然中，让我感受到星空、大地、海洋、湖泊、森林、草原与鲜花，以及原始田野与村庄的宁静，感受到梦一般的纯美。伟大的普利什文在《大自然的日历》《林中水滴》等作品中营造出的"我在自然之中，自然在我之中"的意境，就曾深深打动我的心。在中国，"天人合一"是古代哲人们崇尚的境界，这种哲学思想一直滋养着中国的文人墨客。东晋时代诗人陶渊明曾描绘出"世外桃源"的美景，那是中国自然文学的典范。"世外桃源"，采菊东篱、对酒当歌，就是人们所追求而不达的一种最悠然、最自由、最自然形态的理想生活，大概也是俄罗斯文学中人与自然最为和谐的境界，也是普利什文"我在自然之中，自然在我之中"的意境。

我从自然文学中汲取营养。对大自然的向往，让我抓住一切可以离开水泥与钢筋建造的楼房去大自然中游走的机会。这样的机会大大激活了我的感受力与创作灵感。在创作《广安门的春天来了》《武夷不高，众"仙"云集》《椰子树的魅影》等作品时，我感到情怀自阔。大自然带给我美的享受，更带给我广泛的人文价值的思考。大自然关乎人类的繁衍生息环境，关乎文明历史的进程，关乎文化的繁荣。人类要生存，要发展，大自然要保全，要安宁，如何在不破坏自然的条件下完成人类的生存发展，就成为现代社会重要的命题，为此，我更敬佩那些对破坏森林、掠夺资源、破坏生态平衡等毁坏地球环境、毁坏文明进程的行为进行强烈抨击、抗议与斗争的文学家。他们用自然界的美来对照社会上的丑，在自然文学的浪漫主义色彩中，又凸现出对现实的无情批判，他们是更深刻意义上的大自然的歌者，是大自然的精神守护者。如普利什文的作品，预见到高度发展的科技毁坏的不仅是大自然，而且还会导致人们精神、道德、审美情感的贫乏，饱含着对大自然命运深深的忧虑，折射出现代人的精神与理性之光。中国当代作家莫言、冯骥才、韩少功等，他们在描写大自然之美的同时，也大力倡导社会要加强对大自然的保护。当大自然不再遭受破坏，当天更蓝、山更绿、水更清，世界将变得更加美丽。

俄罗斯和中国，地理上，有着漫长的边境接壤线；风貌上，两国都遍布森林和草原、山川与河流，生态景观美丽迷人；文学艺术上，彼此辉映，交流日益频繁密切。当然，在文学方面，俄罗斯自然文学的光芒值得我们中国作家深深致敬，也因此，中国在引进外国文学作品时，俄罗斯文学始终是不可或缺的重要一支。作为一个中国作家，我已深知俄罗斯自然文学中所蕴含的巨大的能量，我将尽自己最大的能力去学习、感悟，在今后的文学创作中，探索大自然的奥秘，注重人与自然关系的思考，创作出属于中国的自然文学作品。到那时，我希望有机会再和俄罗斯的作家同行们探讨文学的话题。同时，我希望以后有更多的中国作家来参加俄罗斯太平洋文学节活动，也希望在中国见到今天在座的朋友们。我们共同努力，促进俄罗斯和中国、和世界文学的交流与繁荣。

我爱美丽的大自然，我爱中国，我爱世界上一切文明、美好的国家和人民。我祝愿未来的世界如我们所愿，在人类文明更替中，大自然依然美丽，人与自然相互亲近、共生共荣。而我们文学家，依然能够保持敏感而多情、高贵而谦逊的心灵，做大自然永远的歌者、永远的守护者！

祝愿文学节一年比一年办得有影响，祝愿远东地区的文学越来越繁荣，祝愿符拉迪沃斯托克这座城市会因为文学节而闪闪发光！

谢谢大家！

创造力才是核心生产力

——答《图书馆报》记者问

【**记者的话**：一个偶然的电话结识了作家王子君。拜读了她的冰心散文奖获奖散文集《无花》后，带着对她本人和作品的好奇，拜访了这个个性鲜明的南方女作家。之所以突出"南方"，是因为她本是湘女，却在海南岛的椰风树影下孕育了作家的灵魂。她的作品常常从女性视角出发，也书写了许多女性的故事。当年，20多岁的王子君曾经跟着"十万人才过海峡"的热潮，在20世纪80年代末至90年代初的海南特区寻找自己的文学梦，而如今成熟的她，从南至北，来到北京多年，只为了继续对写作的执着。谈到自己正在创作的长篇小说，她不禁回答："只要写作，我就感到非常快乐。"小说、散文、剧本都是她挥洒热情的舞台。这个充满能量的女性，在此次访谈中表达了自己对写作的独到见解。】

记者：您觉得一部作品最重要的是什么？能使一部作品区别于其他作品的核心是什么？

王子君：一部作品最重要的当是主旨，也就是思想，即我们平时说的中心思想——你想要表达的思想，你写这个作品想要表达什么。当然，这个需要准确而生动地表达出来，而且这个思想必须是由心而发，首先得感动自己。它是一部作品的灵魂，是作品的骨血。人物的刻画、语言的风格、创作技巧，都是围绕它、为了丰满它来进行的。大凡文学名著，哪一部不具有深刻的思想性？

我个人认为，语言风格更应该是一部作品区别于其他作品的核心。每个作家都有自己的语言风格，就像一个人有自己的声音特质、着装风格一样。所以，即便不看署名，只要通过他的语言叙述方式，就可以知道这是谁的作品。

记者：作为一个编剧、作家，您怎么看待现在的IP热现象？怎么看待网络文学？

王子君：IP热现象是影视人灵感枯萎、创造力衰竭的表现。因为创作、构思不出好故事，只能从别人的知识产权，从网络小说、综艺节目甚至歌曲中寻找闪光点，将别人写过的故事改编成电影、电视剧。用"衰竭"这个词也许过于严重了，而且衰竭的原因有自身的，也有社会环境的，不能一概而论。斯皮尔伯格曾在接受某家媒体采访时说："对于电影，我们拥有更高的标准。""电影人失去创意，这是一件多么恐怖的事。"我非常认同他的这种说法。影视人不能一味地从IP中寻找灵感，而应该通过自己的观察感悟，致力研究开发好的人物和故事。IP毕竟是他人的创意，而且并不是有了IP就有了好的影视作品，因为一方面，IP是不是真的有价值，其含金量还有待全方位研究；另一方面，将IP打造成优秀的影视作品，还有一个漫长的过程，需要制作团队非凡的创新能力。长此以往，有个性的作品必然会越来越少，原创能力越来越弱。当然，作为一个作家，我很欢迎这种"热"，也期待自己的作品也被"IP"一下，而且我认为自己有些作品是很有被改编的潜力的。

　　网络文学的发展是何等迅猛，大家是有目共睹的，网络文学这个平台，也使不少有才情的作者脱颖而出。但我个人以为，网络文学还算不上真正的繁荣。真正的繁荣当是"和风清穆"，但眼下是杂草丛生。尽管精品不少，被"IP"不少，通过影视剧的传播也日益引起关注，这是好事、幸事，但这并不能掩盖网络文学存在大量垃圾的事实。有些网络文学的玄幻、架空、仙侠等题材，不是说这类题材不能写，而是越来越轻浮造作，莫名其妙，乍一看是想象力非凡，细思则内容极苍白。我们大家也都看到过有关网络文学抄袭、低俗、粗制滥造之作泛滥的报道，为什么？因为创造力低下的缘故。现在有些网络小说动辄就是两三百万字，据说有些平台规定，网文必须不低于多少多少万字。几百万字，这其中不大量注水凑字数怎么能完成？注水的东西即便没有毒，品质上也打了折扣。有些作者明知自己在注水，在塞垃圾，可为了凑字数，为了稿酬，管它呢，编，使劲编就是。如果如此发展下去，网络文学的真正意义将被虚化，前途也未必一片光明。好在随着网络环境的日益规范和知识产权保护法的日益完善，网文也可以去芜存精，百花齐放，真正走向繁荣。

记者：您认为剧本创作和纯文学创作最大的区别是什么？

王子君：最大的区别是思维方式的不同。编剧以画面性思维为主，也可以说是视听思维；作家以文学性思维为主。

我必须做到在编剧和作家两种角色、画面性思维与文学性思维两种思维方式之间自如地切换，准确地找到表达方式。在剧本创作中，避免将文学性思维过多地带进剧本；在文学创作中避免过于平淡直白的语言。

记者：作为一个女性作家，您觉得性别意识对您的创作有影响吗？

王子君：性别意识似乎是不可避免地对创作有影响的。女性关注的事物、思考的角度、思维的习惯甚至表达的方法与男性都有着天然的不同。女性更多偏于感性思维，男性更长于理性思维。所以，女性作家的作品大多委婉细腻，呈现阴柔之美，而有阳刚之气的男性作家，创作的主题往往更加宏大。我作为女性作家，不自觉地更加关注女性的命运。

记得我第一次"触电"，参与的第一个影视剧作品，就是去帮着修改剧本。此剧本为一个大腕编剧的作品，但剧中人物全是男性视角，女性人物说话行事的方式与男性无异，使得整体剧情缺乏刚柔相济之美，因此导演要求从女性视角进行修改创作。

当然，女性作家要真正写好一部作品，就不能单纯地着眼于感性思维，而是必须多视角、全方位地认识人，认识人性，认识社会，避免性别意识带来的失误与偏见。近年来，随着题材上向历史人物拓展，我渐渐地训练自己有更加开阔的思维与更加宏大的叙事。

记者：有人说一个作家70%是靠天赋，30%是靠勤奋，您觉得有道理吗？

王子君：我个人认为是有道理的。具有文学天赋的人，观察力、想象力都是与众不同的，对于周围生活的观察与认识往往会高于其他人群，天性中有一种超越常人的敏感。但人仅有天赋是不够的，有天赋也不是天才。一个优秀的作家除了天赋上的观察力、想象力外，仍然需要不停地学习，丰富阅历，积聚知识，提高思辨能力。

当然，也不是所有作家的天赋都是与生俱来的。特殊环境和经历也会是一个人写作的源泉与灵感。有些作家在后天的社会实践中，对文学产生了极大的兴趣、热爱，积聚起灵气，又投入极大的热情，经过持续勤奋的努力，假以时日，发掘出了这方面的创作才能与聪明才智，同样可以成为出色的作家。

记者：您是一位擅长叙写情感、人生励志题材的作家，近年却涉足传统文化和革命历史等宏大题材。为什么有这么重大的题材取向转变？有什么体验？

王子君：一切源于一个导演邀请我创作的《老子传奇》的30集剧本。当我完全融入周王朝末年那个列国争霸、百家争鸣的时代时，我激动、兴奋，像是被点燃了生命之火，创作激情迸发，一发而不可收。以往，一谈到历史，我总有一种畏惧感，认为那是厚重高深的，也是冰冷枯燥的，这时却体会到中华传统文化辉煌灿烂，源远流长。数千年来，其中所包含的历史人物、历史事件、思想文化及其价值观念，是后世的宝贵遗产。站在一个文学和影视创作者的立场，历史文化丰富广阔，只要我们树立科学的历史观、价值观，就能从中挖掘到非常有现实意义的题材。因此，在完成剧本后，我自觉成了一个老子思想文化及中国优秀传统文化的传播者。

也是一个偶然的机缘，我接触到了黄克诚大将，这个中国革命历史传奇人物，从而又涉足中国革命历史题材，开始了对黄克诚的研究。在这个过程中，不可避免地要研究党史与军史，从而为波澜壮阔的中国革命历史所吸引。眼下，我在创作一部有关黄克诚大将的纪实作品。春节7天，我竟然完成了10万字，将自己全身心地置于黄老的生活工作之中，和他对话，感受一代伟人的精神。

记者：请您推荐三本书给我们报纸的读者，并请大概说说推荐的理由。

王子君：第一本书是《凡·高画传》。用一个词来形容凡·高，我选择"疯狂"。凡·高自己有句话："尽管我又病又疯，但仍不失去对人类的爱。"对，这就是凡·高。每次读到他，我都会为他绘画中的疯狂色彩，为他对艺术的疯狂执着，为他对生活的疯狂热爱而感动、倾倒。没有读哪一本书让我在阅读的过程中产生过如此强烈的痛苦，痛苦得不断地掉眼泪。

第二本书是《万物简史》。这是一部有关人类科学发展史的具有里程碑意义的科普经典。作者比尔·布莱森，是享誉世界的旅游文学作家。他尖刻、幽默、机敏、博学、智慧。他以超常的智慧、幽默风趣的笔法，结合有关现代科学的发现，勾勒了自然的演化史和人们认识宇宙、探索万物的科学历程，既通俗易懂又引人入胜，既妙趣横生又科学严谨。

第三本书是《青鸟故事集》，它是散文、评论，是考据和思辨，也是一部幻想性的小说。除了文本独特以外，它是我2017年读到的第一部拿起来就不想放下的书。

文学就是我的心灵家园

——评论家王波与作家王子君关于文学的对话

【**编者的话**：评论家王波于2021年8月18日在《新华书目报》"对话"栏目和王子君进行了一场文学意义上的对话。原篇名"纪实文学需史家之泰山，无韵之离骚"。对话以王子君长篇纪实文学《黄克诚在中央纪委》一书为切入点，就纪实文学创作、文学写作地理、家乡对作家的影响及散文创作等涉及文学艺术的话题进行了深度而广泛的探讨。作家的思想，就是他作品里人物的思想，人物的思想就是作家的魂灵。从对话中，读者可以感受到王子君的创作风格——她所遵循的是鲁迅先生关于作文的"秘诀"："有真意，去粉饰，少做作，勿卖弄而已。"】

王波：请结合您的长篇纪实文学《黄克诚在中央纪委》一书谈谈您心目中的纪实文学。

　　王子君：一部优秀的纪实文学作品，应该既有充足的历史信息，又有动人的文化情怀，还要具有鲜明个性特征的人物形象，这样才能震撼人心，深入人心。

　　纪实文学，顾名思义，是指记录现实生活或历史中的真实人物与真实事件的文学作品。它有两大特点：一是纪实性，二是文学性。纪实性表明，这种文体的核心是真实，这需要创作者亲历或采访，以及对现有历史相关文献有深刻理解。这种理解，并非仅仅是熟悉作品所涉及的历史片段，更重要的是，要对更广阔的历史面貌和更深层的历史逻辑有着清晰的把握。文学性则代表它需要具有文学作品的要素。纪实作品不是肤浅的、通俗化了的历史资料，不是揭秘式、猎奇式的文字呈现，而是一种个人化的艺术性创作。创作者需要对自己所选择的历史事件、历史人物进行个性化、艺术化的展示，通过文学的表现形式，将史料的真实转化为艺术的真实。

　　2009年，黄健中导演邀请我创作《老子传奇》时，我们讨论得最多的，就是如何把握历史剧的创作原则，这个原则就是"大事不虚，小事不拘"。我想这个原则非常适用于纪实文学创作。这也是我在创作长篇纪实文学《黄克诚在中央纪委》一书中的深切体会。

首先，遵循"大事不虚，小事不拘"原则，尊重历史事实，不虚构重大事件。

黄克诚是一个非常有个性的人物。有诗云："党内夸刚正，人推黄克诚。"写他，不仅要写他的事迹，更要写出他独特的人格魅力。而他个人经历背后的故事，是中国共产党的历史、中国人民解放军的历史，是中央纪委恢复成立时期的历史，是他所处的时代。在影响历史进程的大事件上，必须准确翔实，是来不得半点文学虚构的。正是本着"大事不虚，小事不拘"的创作原则，我在那些有黄老参与的重大历史事件中反复核查史料，准确把握事件的来龙去脉，着重展现他敢讲真话、有独立思考精神、有大局意识、有担当情怀的一面，而在一些日常生活和人际关系上，则着力进行细节描写和心理刻画，将自己作为一名小说家、散文家、编剧创作小说、散文、剧本的经验融入创作中，细节描写、悬疑设置、人物对白、场景呈现等方法水乳交融，带给人们真实的艺术体验，极大地丰富了这部纪实作品的文学性。全书既保持对历史人物真实经历的原貌，又在具体的细节上加以生动的描绘；既有对历史大背景的客观叙述，又有对个人坦荡性格的传神刻画，被评论称为是一部集史料性与文学性、严肃性与可读性于一体的纪实文学作品。

其次，对所选题材从情感上高度认同，有强烈的创作欲望。

情感真实饱满的作品才能真正感染人，才能引起读者的共鸣。

创作纪实文学，对于资料文献的掌握，对事件内容都会烂熟于心是一方面，但更重要的是情感认同。只有情感认同，人物才能在你的心里、你的脑子里活起来，成为你思想的一部分。

我是完全被黄克诚这个人物吸引、震撼，情感上受到极大冲击并产生强烈的创作冲动后，才决定写这部纪实文学的。

大约是2013年盛夏时节，我受邀担纲电视剧《一代楷模黄克诚》的编剧，参与到前期的研究工作中，结识了《黄克诚传》编委会的同志们，他们表现出的对黄克诚的热情深深地感染了我。经过一次次走访、采访、查阅资料等漫长的资料收集，我掌握了海量的第一手材料，在此过程中对黄老波澜壮阔的人生产生了景仰之情，发自肺腑地愿意为他的精神鼓与呼。于是，我全身心地投入到创作中。

剧本完成以后，我意犹未尽，又完成了近80万字的《黄克诚在新中国》纪实文学，和一个上下两集的纪录片《开国大将·黄克诚》的脚本。

2017年，人民出版社向我约稿撰写《黄克诚在中央纪委》。当时，中央纪委即将迎来恢复成立40周年，这个题材的选取是非常有前瞻性的。由于要独立成书，又是重大题材，我仍然是花费了很长时间用于采访、选材和撰写。本着这种严肃认真的创作态度，作品比较成功地塑造出了黄克诚这个具有鲜明个性特征的人物形象。

三是，把握好纪实与文学的融汇力道，深入挖掘和还原出历史的细节。

历史远去，有些细节深嵌于历史发展的整体脉络中，需要创作者细心地拨动、厘清，放出原本的光来。

纪实是"实"，文学是"虚"，之间的度必须统筹考虑。真实是纪实的核心生命，要产生出"纪实即史"的效果，容不得半点虚构，但又不是材料的简单堆积和剪辑；虚构是纪实文学的柴火，可以增加情感的热度，但不是小说般的虚构，可以任由编造。

文学手法在纪实文学中的运用，目的是使事件和人物形象更加丰满、立体。这里的"虚"也要首先实有其事，在事件真实的前提下，然后才是虚构想象的细节描写。细节描写要使当时的形势、历史的场景、当事人的心理特征等，都基本符合在场人物的身份和观点认同，这样才能不仅不影响其可信性，反而有让人身临其境之感——很真实，很自然，很生动感人。举一个例子，有资料说，出任中央纪委常务书记一职，黄克诚最初是不同意的。为了弄清事情的来龙去脉，我一次一次采访黄克诚家属和当年参与《黄克诚传》编辑采访的前辈……渐渐地，其间的细节被还原出来，就有了相关的章节，更深层地展现出黄克诚等老一辈革命家人生的光辉和为国家燃尽自己生命的伟大情怀。同时，在事件的链接、史料的取舍、人物的关系上我也下足了功夫，又通过文学性的描写，将客观真实上升为艺术的真实，从而大大增强了作品的可读性、感染力以及厚重的质感。

全国政协委员、国务院侨办原副主任、散文家任启亮评论说，致力于细节描写，"王子君在《黄克诚在中央纪委》中，写出了全党公认的、人们熟悉的'这一个'中国革命历史人物黄克诚，也为中国文学历史人物形象长廊增添了一个耀眼的人物形象"。总参办公厅原编研室主任，《黄克诚传》编写组副组长李柱江在题为《彰显历史的厚重感》的评论中也称："作者塑造出的正是这样一个全党公认的、人民认可的黄克诚。这样的人物形象，在历史的长河里，时间越久，越立得住。"著名作家、评论家邱振刚则认为，《黄克诚在中央纪委》一书"用极具情感沉淀的文字引导读者回望历史，读懂历史"。

最后，创作者要有一种使命感与担当精神，敢于展示人物的思想脉络。

毫不夸张地说，随着研究的深入，我有了一种深沉的责任感、使命感。我认为黄老是个值得大写特写的人，值得永世铭记。

像黄老这样的历史人物，历史已经对他做出了评价，怎么来体现他的思想脉络？一般来说，人物定格了，创作者很容易陷入一味歌颂式的创作，或过分强调和粉饰，给人物人为地拔高，从而形成一种脸谱化的人物形象。脸谱化是创作的大忌。脸谱化对人物只会起到矮化的作用，失去人物应有的高度。要突破脸谱化创作，就必须对自己所写题材有一种使命担当，在矛盾冲突处绝不能缩手缩脚，要勇于立体化，多角度、多方面地塑造人物。塑造人物是为了表达思想。思想表达到位，题材、内容、境界才能抵达完美。创作《黄克诚在中央纪委》时，我塑造人物不是简单叙事，而是深入挖掘人物的思想脉络，挖掘人物的"魂"。因为思想脉络清晰，有了"魂"，呈现出来的黄克诚就是一个伟人，更是一个血肉丰满的大写的"人"。如众所周知，黄老因在庐山会议坚持说真话被打倒，蒙冤20年，复出后又双目失明。面对当时社会上一度出现的丑化毛泽东、否定毛泽东思想的思潮，按照常人的思维，他即使不记恨毛泽东、不幸灾乐祸，也绝不会再担风险为毛泽东说话。但他却焦虑得三天三夜睡不着觉，反反复复从国家命运着想，最终挺身而出，发表了维护毛泽东和毛泽东思想的历史地位的历史性讲话。在历史的关键时刻，黄老展现出一名共产党人特有的信仰、信念、风骨、风范。他的这番讲话也完全符合他一以贯之的敢讲真话、坚持真理、不人云亦云的思想品格，这是高尚人性的自然展示。

王波：面对一部分作家纪实文学写作的假、大、空、肿，作为一位作家您觉得从文学、历史的角度怎么样才能秉笔直书地抒写历史？

王子君：李泽厚说，当代作家有点浮躁，急于成功，少有面壁十年、潜心构制、"不问风雨如何，只管耕耘不息"的精神和气概。他"希望我们的作家气魄能更大一些，不必太着眼于发表，不要急功近利，不要迁就一时的政策，不要迁就各种气候"。

之所以出现纪实文学创作的假、大、空、肿这种现象，就是因为急功近利、投机取巧心理作祟。有些作家为了名利，扭曲自己的才能甚至人格去适应社会，结果在创作上丧失了作家特有的感受事物新鲜性、独特性的能力，写出来的作品枯燥无味；有些作家则把纪实文学当成是现有资料的拼凑与剪辑，采访敷衍了事，不愿意深挖隐藏在资料中的血肉般珍贵的细节，思想表达肤浅混乱，结果让本应闪光的事物体现不出应具的文学价值，更成不了经典。假、大、空、肿的创作风气一旦蔓延开来，真正的纪实文学将越来越萎缩。

要维护纪实文学的严肃性，我个人认为，创作者必须具有秉笔直书历史的勇气，绝对不能有半点投机取巧的思想。要沉下心来，要耐得住寂寞，要有顽强的钻研精神，更要一种高度的使命感、责任感和"舍我其谁"的气魄，不瞻前顾后地投入创作，在创作的自由和现实的约束之间，在历史的锋芒和题材的限制之间，在历史的赐予中找到最有力的表达方式，把真实的历史、真实的事件、人物真实的思想和情操完全呈现给读者。

一个人的文字风格就是他灵魂的样子，是他的主人公思想的表达。创作者是否真诚、客观公正，是否有历史担当的勇气，他的文字会告诉读者。只有放下个人私念，客观公正地秉笔直书，你所完成的作品才能对得起读者，对得起良知，才能经得起历史的检验。

王波：说说您的文学创作成长经历及家乡对您的影响。

王子君：可以说，我以前是个家乡观念不强的人。我对于家乡的情感是既浓又淡，既远又近。少时，家乡似乎是对自己梦想、理想的一种束缚。那时对家乡的情感是模糊的，唯一清晰的就是要远走高飞才好。所以在师范毕业时，我毫不犹豫地抓住了分配到外地工作的机会，之后，一次又一次地选择到更远离家乡的地方。从异乡到异乡，再到另一个异乡。出门在外，对家乡也没有太多的眷恋。但随着岁月的流逝，漂泊的足迹越来越远，家乡反而日益清晰起来。家乡有我的亲人、我的亲情、我儿时的伙伴，儿时爬过的美好的山和飘带般绕城而过的清悠悠的夫夷江。我的文学梦就是在儿时的家乡萌芽的。于是，又时时回望家乡。在家乡遭受水灾的时候，我为家乡捐款；做媒体时，尽力关注来自家乡的作者；在自己的创作有了一定成绩后，抓住机会推荐写家乡的作品或家乡的作者；家乡申报世界自然遗产地时，我创作以家乡地理为背景的小说，从文化的意义上参与鼓与呼……

我也越来越明白，家乡是烙在你心灵的印迹，抹不去，擦不掉。那是与生俱来的文学营养之地，早已深植在你的血肉里。

从湖南到海南，到深圳，再到北京，每一个停靠的地方都令我从陌生到热爱，到深入骨髓的影响，我无法不将它们当成又一个家乡。从这样的家乡概念来说，湖南、海南都是我的家乡，我的故乡。深圳，虽然停留的时间只有几个月，但它给予我的冲击却有着别样的意义。它为我打开了一扇更宽阔的窗户，让我看到辽远的方向。

我的文学成长的经历，与我生活的迁徙地图密切相关。

湖南是我出生的地方，是我生命的根，是我文学梦萌芽的地方，是我创作的起点，而且它一开始便给了我走近文学大家的机会。那是1986年，我在湖南冷水江市报社副刊部当记者，正好省里下来一个作家采风团。那时的文学湘军很厉害，团里有首届茅盾文学奖获得者莫应丰、古华。我跟团采风，采写的文章深得认可。莫应丰、古华直言我"很有灵气"。受到如此鼓励，我便跃跃欲试。不久后，我创作了微小说《诱惑》，发表在湖南当时名头很响的刊物《主人翁》上，随即被《微型小说选刊》转载。之后写诗歌写小说，灵感泉涌，激情四射。我那时还读了鲁迅文学院的函授生，创作了一部中篇小说作为习作，有位兄长读开头读得直拍桌子，连声说"好"。

　　海南是给予我生活积淀和精神滋养之地，是我精神生命的故乡，我在这里迎来文学创作的第一个高潮。1988年，我随海南热潮南下旅游，却意外地迷上海南，并很快在海南立足，成为《海口晚报》"阳光岛"的副刊编辑、记者。之前的生活渐渐在心中沉淀，海南全新的奋斗又渐渐成为深刻的体验，我的创作激情如海潮汹涌。1991年，我在《海南特区报》发表了《我与母亲不相生》竟被《散文选刊》转载，着实让我大受鼓舞。1992年，我的2000字的散文作品《没有爱情》，激情率真，在当时颇有影响的《海南开发报》发表后，可以说是热透了海南岛。这篇散文对情感的拷问像导火索一样引爆了人们的情绪，引发了一场持久的情感话题讨论。这样的反响是始料不及的。后来海南流行的"海南岛没有爱情""椰子树下无真情"一说，就是这篇散文惹的"祸"。之后，我的散文创作一发而不可收拾，发表了《寻找爱情》《我们不哭》《纸屋》

《干枯的鸟》《我的小鸟儿飞了》，以及"特区女人系列"等作品，皆引人共鸣。于是，有青年评论家称之为"王子君散文现象"。现在回海南，有时还会有文友谈及那些散文。

《没有爱情》是我到达的一次全新的创作境界。作为一个创作者，我实现了从无意识到有意识创作的状态蜕变。1993年，我以"没有爱情"为书名出版了第一部散文集，94岁的冰心先生在病榻上为我题写了书名；1994年，我加入了中国散文学会；1995年，我出版了散文集《倾听诉说》，加入了中国作家协会——那时的中国作协会员可谓是凤毛麟角。我还当选为海南省青年作家协会的副主席，成为海南青年文坛的一面旗帜。不光在海南，同时在辽宁、江苏、山西、陕西、深圳、河北、北京等地拥有许多粉丝，来自全国各地的读者来信真的像雪片一样……

随着生活阅历的增加，我感觉似乎只有长篇才能盛载我对于海南生活的感悟。1997年，我开始尝试创作长篇小说，完成了第一部长篇小说《白太阳》。几经周折，2001年，《白太阳》由当时颇负盛名的文坛品牌"布老虎"出版。而因为创作和出版《白太阳》，我离开海南到深圳，又从深圳到了北京。

《白太阳》未出版之前，一家颇具实力的影视公司买断了电视剧改编权；《白太阳》一上市就进入热销状态，很快印至7万册；紧接着，《白太阳》的繁体字版出版，和王跃文的《国画》等作品进入香港"中国最畅销小说"丛书。签名售书、媒体采访、与读者面对面等活动接踵而来……

北京，如今我已经在这里生活了20年。应该说，它是我现在的家乡。从一个单位到另一个单位，从东四环到东三环，再到二环，再到五环外，漂泊和前行的意义和价值越显越明。在这里，我经历生活的跌宕起伏、成熟思想、独立人格。北京在文化大视野上对我的引领是空前的。在文学创作上，它更是促成了我从"小我"到"大我"的飞跃。

我是幸运的。一路走来，我得到了一大批师长、前辈、文友的支持、提携和指引。除莫应丰、古华外，还有谭谈、韩少功、周明、冰心、林非、陈慧瑛、高洪波、陈建功、王宗仁……以及海南师范大学的一批学者教授……

王波：说说您对文学的理解及童年视觉的初期写作。

王子君：文学是神圣的，必须以真诚的、虔诚的态度对待。文学是用语言文字形象化地反映客观现实和主观认识的艺术，是审美的意识形态，是对美的体现。文学作品就是作家的语言文字艺术，每个作家都有自己独特的语言艺术，他们通过这个艺术再现与升华自己的生活积累，反映自己的独特心灵世界。

我最初的写作启蒙是一个表姐带给我的。表姐喜欢读书，偶尔也写诗，但她写诗只为一时兴起，从不投稿。那一年我13岁。县城发大水，家住河边的表姐家漫进了河水，积水深过膝盖，家具浸泡在水里。全家人站在屋外地势高处，手足无措。其他河边人家也纷纷逃到街上，望着河水叹息。表姐带我到一处地势较高的岸上看夫夷江，看河水在她家屋脚那儿来来回回地冲涌。她突然高声朗诵道："啊！我往日清澈澈的夫夷江水啊，请问！你的烈怒究竟从何而来？你又要怎样才能停歇？！"我震惊地看着她。她说，来了灵感。我猛然醒悟，我们在课本里读诗，诗原来就是这么写出来的，"灵感"就是突然而至的思维冲动感觉。后来我读到舒婷、北岛、普希金、莱蒙托夫等诗人作品时，脑海里就会浮现出表姐即兴而做的几句诗。

高中阶段，语文课老师叫蔡镇楚。蔡老师是下放到县里的教师，后来成了湖南师大的中文系主任、著名的汉语言文学专家。他的开场白讲的竟是县城的地理。他指着远处的一座山峰，说："你们看，那是金紫岭，是我们新宁县的第二高峰。它是越城岭山脉安放在县城东边的屏障……"蔡老师的话一下子抓住了全班同学的注意力，县城和金紫岭的地理形象一下子就印进了脑海，我受到深深的触动。后来，我意识到，这便是散文的语言，是文学的表达。

表姐和蔡老师便这样不经意地让我感受了写作、文学的最直观的感染力。懵懂中，我明白了写作需要灵感、激情的迸发和形象的描写。这种启发影响到我的作文。写梦，写一堂生动的课，写一个熟悉的人，写一次郊游活动，我都写得与众不同。蔡老师很喜欢我的作文，认为我有文学细胞，我会是个有出息的弟子。我的《白太阳》出版后，和几位同学在长沙去拜访蔡老师，蔡老师高兴得不得了，说："没想到我的弟子中出了个作家！"后来，我的高考成绩不理想，只上了师范学校，但语文是全师范第一名，而且一入校就被吸纳进写作组和校团委。

真正进行创作，是在18岁后。我记得写的是散文诗，有激情，有梦想，有孤傲，有忧愁，都是些年少轻狂孟浪的心思。

王波：结合文学大师们的写作，谈谈您对心灵故乡的理解。

王子君：心灵故乡，就是一个人心灵隐秘的精神源泉，是给予他人生启迪和精神成长或学术滋养的地方。"吾心安处即故乡。"以我的经历，对于故乡的理解，非常认同这个观点。心灵故乡，其实也是跟着生活的故乡而建立起来的，只是因其对自我成长的影响深远程度而有所区别。对于一个创作者而言，他们体验生活、体验生命思想独立的过程，就是一个建设新的心灵故乡的过程。从这个意义上说，我认为文学就是我的心灵家园。我在这个家园里，是自由的、独立的、充实的、安定的，不需要伪饰的，心中有光亮有憧憬，生命有寄托有盼望。

　　不同的地理环境造就不同的生活环境和风俗习惯，必然给这个环境下成长起来的作家留下深刻的印迹。所以，有些作家受家乡文化熏陶深重，喜欢把家乡当作他写作的区域背景。比如莫言把虚构的故事发生地放在家乡山东高密；贾平凹将家乡陕西商洛写了个底朝天；日本、英国是岛国，日本、英国作家的作品里总是有大海的气息；俄罗斯作家则少不了对森林、冰雪的描写。

　　文学地理一般分为真实的地理和虚构的地理。真实的地理，他可以把现实地理搬到作品中去，也可以把现实地名镶入书名。虚构的地理就是虚构一个地名作为故事发生地。但这个虚构地名其实是有真实的地理"原型"的，是一个化名，像我们塑造人物一样，把多处熟悉的地方集中在这个虚幻的地名之下。不管是哪种，它一定和作家的经历，和他心中有过深刻影响的地方有关。比如鲁迅笔下的"鲁镇"，它的原型是鲁迅的故乡绍兴。

　　我的文学写作地理大多在三个地方：一是家乡，比如我的中篇《蓝色玫瑰》就承载了我对家乡的热爱。二是海南岛，在我的长篇《白太阳》中，它是真实的存在；在长篇《我骗了谁》和中篇《半开花》中，它是虚化的名字。三是北京，中篇《可疑城市》就是以北京为主人公的生存背景。当然也有虚构的地名，如长篇《栀子花殇》中的地名。

王波：您因散文创作而出道，后来写长篇写剧本，但为什么同时一直坚持散文创作？

王子君：我创作第一部长篇小说《白太阳》时，前辈散文大家林非先生谆谆告诫我："你的散文已自成风格，千万不可丢弃。"这句话使我自省。我首先是个散文作家，所以一直以来，我的散文创作不敢松懈，我总是将自己保持在散文意境里，让散文留住激情与爱。在北京，除了创作小说和影视剧本外，我先后出版了散文集《疑似爱情》《金汤鱼》《无花》。其中《无花》获得了第七届"冰心散文奖"。虽然社会上对"冰心散文奖"有着种种置疑和不满的声音，但我觉得我对得起"冰心"二字，对得起"散文"二字，对得起这个奖。这些年，我的作品在《人民日报》《解放军报》《中国文化报》《文艺报》《欧洲时报》《侨报》《千岛日报》等海内外报刊发表，不少散文作品被选入排行榜、文集，以及中小学课外读物和语文考试试题、培优达标测试题。在刚刚结束的中国散文学会第四次代表大会上，我当选为理事。这都是散文创作带给我的荣光。

我认为散文最重要的一个功能应该是美育。鲁迅曾把文艺看成是"引导国民精神的前途的灯光"，其实这也就是鲁迅的文艺美育观。散文作为文艺作品中最常运用的一种载体，其美育功能不可忽视。如何在散文中完成美育功能，给读者以审美享受、思想陶冶、德与格的升华等，是检验散文品质高下的重要依据。而要完成美育功能，必须具备语言美、结构新、情感真等由表及里的创作要素。畅达的语言让阅读变得愉快，新颖的结构使思想表达有了艺术的高度，真情实感则能够撼动人心。三者同时具备，作品流光溢彩。

王波：谈谈您的读书生活及你喜爱的作家作品。

王子君：我现在读书比较随性，没有很强的计划性。真正称得上"读书生活"的阶段，还在20世纪80年代和90年代。那时，很用心地读了一大批书。那时正值改革开放初期，思想解放，除了经典名著，各种文学流派作品如雨后春笋，各种文学思潮风起云涌，令人兴奋异常，往往是书一捧上手就要读到眼睛发黑。用一种"如饥似渴"来形容当时读书的状态是毫不夸张的。一边读，一边做笔记，遇到特别喜欢的段落还会抄写下来。那时，世界文学在我的生活中成了一片无边无际的海洋。普希金、托尔斯泰、泰戈尔、莫泊桑、莎士比亚、马尔克斯、川端康成……呵，可以列一个书单了。长篇、短篇、诗歌、散文，琳琅满目。对于求知欲、进取心正旺盛的文学青年来说，每部作品都是新奇的，每个作家都伟大。而中国本土，也是文星璀璨：鲁迅、冰心、巴金、汪曾祺、王蒙、高晓声、张承志、陈忠实……之后读书就扩展到名人传记、历史、自然地理，甚至科学、哲学书籍。没有计划，漫无目的，抓到什么读什么，什么书能读进去就读什么书。所有的阅读都是有其意义的，只是它不是立竿见影直接显现而已。《哈姆雷特》《百年孤独》《白鹿原》《万物简史》《凡·高画传》是我印象特别深刻的作品。鲁迅、陈忠实、余秋雨、屠格涅夫、东山魁夷的散文我非常喜欢，还有三毛的散文。在当时，三毛散文中散发出的生命的率真对于我非常具有感染力。

读书，对我的文学创作无疑起到了潜移默化的影响。

王波：最后请谈谈您正在进行的创作。

王子君：正在进行的或正在计划的创作，可以分为三部分。第一部分是将以前的剧本题材完成文学本；在2008年、2009年、2014年我分别写过光绪皇帝、老子、一个老科学家的故事，我一刻也没停止过想进行再创作的意愿，但时过境迁，写起来很艰难，很缓慢。第二部分是零星的散文创作。我的散文一般都是灵感触发后一气呵成，年轻那时只要有灵感半夜起来摸黑也能写下初稿或段落，但现在不行了，脑海里有想法，若不立马记下来，可能很快就忘得一干二净。不过现在也有现在的优势，就是理性色彩深厚了一些，一旦下笔，也基本上是构思成熟了。写得少，就希望写一篇是一篇，少而精，重质不重量。希望在题材、视野、思想上，都能超越自己以往的作品，不断地有更新，有拓展，有突破。第三部分是正在构思一个中篇小说，眼下处在一种想动笔又不敢轻举妄动的阶段。总体上，内心是有矛盾和挣扎的，一方面想快出新作，另一方面又告诫自己绝对不要急。是一个既浮躁又平静的时期。

真正的作家是特立独行的。不是说怪诞和神经质，而是有自己鲜明的个性特质和坚持，有观点和与之相匹配的创作实践。作家在创作时，应该像凡·高画画一样投入，"我内心空旷，不再理会一切规则，我不再有犹豫，不再受到束缚，我像蒸汽机一样工作，倾泻颜料，让画布熊熊燃烧"。这样状态下创作出来的作品，一定能打动人心。我比较向往这样的创作状态。

现在的社会，充满了电子科技与工业文明，像我这样崇尚精神流浪的人，除了写作，已无处可以寻到迷人的童话，放逐寂寞的灵魂。也许选择写作，就是选择了一条不归路吧，但我愿意在这条路上一直走，一直走下去。鲁迅先生谈作文的秘诀，"有真意，去粉饰，少做作，勿卖弄而已"。这是为文的真谛（这也是为人的真谛）。遵此"秘诀"为文，我相信，我的创作就是编织一道爱和美、能量交错的光谱。因为只要创作，我就快乐，心中就充满了爱和美，充满了力量。这样的感觉传导给读者，哪怕只有一个读者，也一定可以产生光谱一样的精神价值。

图书在版编目（CIP）数据

一个人的纸屋 / 王子君著. -- 北京 : 民主与建设
出版社, 2022.4

ISBN 978-7-5139-3820-4

Ⅰ.①一… Ⅱ.①王… Ⅲ.①散文集－中国－当代
Ⅳ.①I267

中国版本图书馆CIP数据核字（2022）第069410号

一个人的纸屋

YIGEREN DE ZHIWU

著　　者	王子君
责任编辑	廖晓莹
封面设计	宋双成
出版发行	民主与建设出版社有限责任公司
电　　话	（010）59417747　59419778
社　　址	北京市海淀区西三环中路10号望海楼E座7层
邮　　编	100142
印　　刷	三河市冠宏印刷装订有限公司
版　　次	2022年4月第1版
印　　次	2022年11月第1次印刷
开　　本	880mm×1300mm　1/32
印　　张	11
字　　数	179千字
书　　号	ISBN 978-7-5139-3820-4
定　　价	49.80元

注：如有印、装质量问题，请与出版社联系。

文学百年／名家散文自选集

第一辑					
序号	作者	作品	序号	作者	作品
1	冰 心	一日的春光	17	沈从文	湘行散记
2	从维熙	朝花夕拾	18	铁 凝	会走路的梦
3	褚水敖	我负北大	19	闻一多	复古的空气
4	邓友梅	饮茶闲话	20	王巨才	退忧室漫笔
5	郭沫若	竹阴读画	21	徐志摩	翡冷翠山居闲话
6	葛水平	绣履追尘	22	萧 红	春意挂上了树梢
7	甘铁生	人生浪语	23	徐小斌	生如夏花
8	韩小蕙	新新中国	24	郁达夫	一个人在途上
9	蒋子龙	红豆树下	25	叶圣陶	没有秋虫的地方
10	鲁 迅	秋 夜	26	杨匡满	感恩的翅膀
11	老 舍	抬头见喜	27	袁 鹰	生正逢辰
12	林徽因	你是人间的四月天	28	朱自清	背 影
13	柳 萌	寒风吹哑琴音	29	张抗抗	北 方
14	李美皆	爱你备受摧残的容颜	30	周 明	写意凤凰
15	刘锡诚	芳草萋萋	31	赵 玫	陪伴着你在暮色里闲坐
16	茅 盾	白杨礼赞	32	朱 蕊	蛇发女妖

第二辑					
序号	作者	作品	序号	作者	作品
1	陈建功	我和父亲之间	17	束沛德	爱心连着童心
2	陈世旭	天南地北	18	王剑冰	古道秋风
3	陈喜儒	履痕碎影	19	吴泰昌	散文六十篇
4	陈善壎	你这人兽神杂处的地方	20	汪浙成	远 影
5	范小青	坐在山脚下看风景	21	肖复兴	昔日重现
6	黄文山	烟霞满衣	22	徐 迅	响水在溪
7	刘成章	安塞腰鼓	23	肖克凡	一个人的野史

8	梁晓声	我与橘皮的往事	24	徐 风	风生水岸
9	雷 达	黄河远上	25	叶延滨	前世是鸟
10	刘庆邦	野生鱼	26	阎 纲	散文是同亲人谈心
11	陆 梅	时间纷至沓来	27	赵丽宏	亲爱的母亲河
12	罗文华	将谓偷闲学少年	28	周大新	呼唤爱意
13	刘汉俊	刘汉俊评说历史人物	29	卓 然	天下黄河
14	林 希	平常人语	30	朱 鸿	退 出
15	刘兆林	牛化自己	31	查 干	红叶归处
16	秦 岭	眼观六路			

第三辑

序号	作者	作品	序号	作者	作品
1	杜卫东	陶人：远古之神	7	王泉根	往昔皆为序曲
2	高洪波	拔笔四顾	8	王必胜	我写故我在
3	郭保林	孤独者的绝唱	9	徐 刚	八卷·九章
4	韩小蕙	火与剑，还是康乃馨	10	杨晓升	人生的级别
5	简 默	活在尘世中	11	张庆和	漂泊的心灵
6	剑 钧	写给岁月的情书			

第四辑

序号	作者	作品	序号	作者	作品
1	白阿莹	高山之巅	10	邱华栋	地球是圆的
2	陈奕纯	生命，向美的境地漂流	11	素 素	乡愁
3	淡巴菰	下次你路过	12	孙 郁	在时间深处
4	何向阳	无尽山河	13	王子君	一个人的纸屋
5	李 舫	不安的缪斯	14	许谋清	每次涨潮都换一波海水
6	陆春祥	柏拉图的斧子	15	叶 梅	江河之间
7	刘上洋	山河气象入梦来	16	朱以撒	两片落叶
8	陆建德	看得见风景的书房	17	朱小平	一担山河
9	马 力	江水之南			